Julia putzt die Häuser anderer Leute. Gelegentlich trifft sie ihre Arbeitgeber, aber meistens ist sie allein dort, und das ist ihr auch lieber. Eigentlich studiert sie, will Schriftstellerin sein, eigentlich fehlt ihr der Exfreund, und auch eine Freundin wäre nicht schlecht … Aber es ist viel einfacher und auch viel spannender, in fremde Wohnungen zu gehen, zu beobachten, wie andere sich einrichten, leben und lieben – und sich in diese fremden Leben hineinzuträumen. Und so nimmt Julia allmählich das Badezimmer in Nummer 61 in Beschlag, tanzt nackt im Wohnzimmer in 122-D, isst die Kühlschränke leer und trinkt Rosé auf einer Dachterrasse mitten in Amsterdam, die ihr genauso wenig gehört wie alles andere auch …

Sytske van Koeveringe wurde 1988 geboren. 2014 machte sie in dem Fach Bild und Sprache ihren Abschluss an der Gerrit Rietveld Academie in Amsterdam, einer bekannten niederländischen Kunstakademie. Sie hat Texte veröffentlicht in *De Gids, Mister Motley, Das Magazin* und *De Optimist.* »Heute ist Montag« ist ihr Romandebüt, das in mehreren Sprachen erscheint.

Andrea Kluitmann, geb. 1966 am Niederrhein, Studium der Germanistik und Niederlandistik, übersetzte Werde von u.a. Hella Haasse, Arnon Grünberg und Gerbrand Bakker und wurde für ihre Übersetzung von Do van Ranst, »Wir retten Leben, sagt mein Vater« mit dem Deutschen Jugendliteraturpreis ausgezeichnet. Sie lebt in Amsterdam.

Sytske van
Koeveringe

HEUTE IST MONTAG

Roman

Aus dem Niederländischen
von Andrea Kluitmann

btb

Die Originalausgabe erschien 2017 unter dem Titel
Het is maandag vandaag bei De Bezige Bij, Amsterdam/Antwerpen.

Der Verlag dankt dem Niederländischen Literaturfonds für die Förderung.

Nederlands letterenfonds
dutch foundation for literature

Quellen: Remco Campert, *Hôtel du Nord*, Edition Rugerup 2016,
dt. v. Marianne Holberg. Valeria Luiselli, *Falsche Papiere*,
Antje Kunstmann Verlag 2014, dt. v. Dagmar Ploetz und Nora Haller.
Michel Houellebecq, *Die Möglichkeit einer Insel*, DuMont Verlag 2005,
dt. v. Uli Wittmann

FSC
www.fsc.org
MIX
Papier aus verantwortungsvollen Quellen
FSC® C014496

Verlagsgruppe Random House FSC® N001967

1. Auflage
Deutsche Erstausgabe
Genehmigte Taschenbuchausgabe Januar 2020
btb Verlag in der Verlagsgruppe Random House GmbH,
Neumarkter Straße 28, 81673 München

Umschlaggestaltung: semper smile, München,
nach einem Entwurf von Éditions Robert Laffont
Covermotiv: © Manon Bucciarelli
Satz: Uhl + Massopust, Aalen
Druck und Einband: GGP Media GmbH, Pößneck
CP · Herstellung: sc
Printed in Germany
ISBN 978-3-442-71716-3

www.btb-verlag.de
www.facebook.com/btbverlag

KENNENLERNEN

Leute mit Meinung,
total verrückte Kleidung.

Le Le – »Neen«

32
You again?

Wenn er nicht gesagt hätte, er habe ein wife, wäre ich davon überzeugt gewesen, dass er auf Männer steht. Epilierte Augenbrauen. Gepflegte glatte Hände und rasierte Arme, die nach jedem Satz auf seiner Brust landeten.

»Tell me, wer bist du?«, fragt William. Wir sitzen auf hohen Hockern an einer weißen Bar in seinem Haus in Amsterdam-West.

Wir lächeln.

Vor uns eine Riesenkanne Tee und eine Schale mit Chocolate-Chip-Keksen. Eine Sekunde berührt er mein Knie. »Well?«

»Julia.«

Er lacht laut, schlägt mit der flachen Hand auf den Rand der Bar. »Crazy! We know that! Die Frage lautet: Who is Julia?« Er schenkt Tee ein. Zwei große Glasbecher. Schwarzer Tee. Ohne zu fragen, wirft er in jedes Glas zwei Zuckerwürfel.

»What are you doing? Like hobbies, machst du Sport, studierst du? Liebst du Männer, Frauen or both? Was beschäftigt dich, what does your house look like? Ich will alles von dir wissen. Everything. Hier.«

Wir lächeln.

»Okay, Darling, dann fang eben ich an.« Dieses Mal berührt er flüchtig meine Schulter. »My name is William, wir sind sehr modern, wenn es um die Erziehung unserer kids geht. Ich bin zu Hause, und mein wife arbeitet fulltime als Herzchirurgin. Ich sag immer: She is twenty four seven bei der Arbeit. Wie unser Herz.« Er lacht lauter, wobei sich sein Gesicht zusammenzieht.

»Damit haben wir keine Probleme. Not at all. Man könnte sagen, ich bin Hausmann. Anyway. Wofür ich dich einsetzen will, ist der hintere Teil vom Haus. Alle zwei Wochen vermieten wir den an Touristen. Tourists are amazing! So neugierig und immer für einen Plausch zu haben.«

Hier geht es um Zeit. Der Abfalleimer ist mit einem Sensor ausgestattet, und aus dem Hahn kommt kochendes Wasser. »Angenehm effizient«, sagte er, als er die Teekanne füllte. Er wird mir auf die Finger gucken, das hätte ich schon wissen können: Ihr Namensschild ist lila, so groß wie eine A4-Seite, die Namen in einer schnörkligen Schrifttype in dunkelvioletten Glitzerbuchstaben. In der Ecke ein Glitzerschmetterling. Und dann die Fußmatte: »You again?« Als hätte ich meine Schlüssel vergessen und würde ihn beim Anfang von was auch immer stören.

»Das kostet mich viel Zeit, auch das Saubermachen. So that's your thing.« Ein hohles Lachen. »Ich meine die Blumen, den fridge leerräumen und saubermachen, Bettzeug in die Waschmaschine und in den Trockner stopfen und bügeln. And of course everything usual. Abwaschen, wenn's nötig ist. Auch darauf achten, ob sie den trashcan geleert haben. Ich will, dass du für neue Gäste eine Flasche Rotwein kaufst und eine Käseplatte und Blumen, das hängt natürlich von den Buchungen ab. But I will tell you. Das ist der Schlüssel von unserem Haushalt: communicate. Wenn ich dich zum

Einkaufen schicke, gehst du natürlich nicht zum Supermarkt. Clear?«

Er macht eine Pause. »Den Raum hinten habe ich vor ein paar Tagen schon erledigt. Also bist du heute für den bathroom hier. Or wait! Soll ich dich rumführen? Noch einen Keks? Some tea? Wie funktioniert so was? Ich weiß überhaupt nichts von dir.«

420
Das erste Mal

Der Mann gibt mir die Hand, seine Hand ist klebrig: »Herr van Rijk«, sagt er, als ich meinen Namen nenne. Erstaunt mustert er mich von Kopf bis Fuß.

Er geht mir voran durch einen engen Flur, der ins Wohnzimmer führt. Ein saurer Geruch wabert mir entgegen.

»Oben befindet sich eine weitere Etage. Mach einfach, was du sonst auch machst.« Seine Stimme ist tief, die Wörter kommen mühsam aus ihm heraus. Als hätte er tagelang keinen Menschen gesehen.

Im Wohnzimmer ist es hell. Keine Fotos von Familienangehörigen, keine Kunst über dem Sofa, keine Beistelltische mit Zeitungen, Stiften, nirgends ein Stapel Bücher. Es gibt ein einziges Regal mit einem Teelicht und einer stillstehenden Uhr. Hier ist es immer halb drei. Der Fußboden ist übersät mit Kürbiskernen, Müsli, Nüssen und hart gewordenen Nudeln. Auf dem Esstisch liegt nichts, außer einer Staubschicht. Ein Wohnzimmer wie nach einem Umzug.

»Hier ist die Küche, unter der Spüle findest du alles.«

Es gelingt mir nicht, ihn anzusehen.

»Ich bin oben, wenn was ist, ruf mich ruhig.« Er geht weg.

»Wo steht der Staubsauger?«

»Ich habe keinen.« Mit viel Gestöhne zieht er sich am Treppengeländer hoch.

»Wäre es nicht praktisch, einen anzuschaffen?«

Keine Reaktion, nur schwerer, mühseliger Atem, der sich allmählich nach oben verflüchtigt.

Ich öffne den Kühlschrank. Ein chemischer Geruch, vermischt mit Schimmel, entweicht, als fände der Geruch selbst es auch nicht zum Aushalten. Schnell klappe ich die Tür wieder zu. Mein Kopf hämmert. Die Schmerzen haben sich von rechts nach links verschoben. Jedes Mal, wenn ich etwas Starkes rieche, scheinen meine Schläfen zusammengepresst zu werden.

Im Abfluss schlaffe, schwammige Essensreste. Kaffeespritzer an der Wand, die beiden Kochplatten sind mit eingebrannten Nahrungsresten verschmiert. Ich lasse einen Eimer heißes Wasser einlaufen. Bei allen fange ich am liebsten in der Küche an.

Das Haus ist ähnlich eingeteilt wie bei meinen Eltern: kompakt. Vielleicht riecht es in seinem Gästezimmer auch nach den Zigaretten der Nachbarin. Wacht Herr van Rijk in Sommernächten auch vom Staubsauger auf, der kurz an- und wieder ausgeschaltet wird. Nur hat er keine Mutter, die eines Tages zu den Nachbarn geht, wie meine es getan hat, und dann sagt: »Dein Vater jagt sie mit einem aufgerollten T-Shirt, ich mit der dafür bestimmten Fliegenklatsche, und die Nachbarin saugt sie mit der Staubsaugerschlange auf. Julia, ich kann es gar nicht oft genug sagen, jeder macht alles auf seine Weise.«

Zum fünften Mal nehme ich frisches Wasser. Noch eine Stunde. In der Toilette sind die Wände genau wie in der Küche mit Spritzern bedeckt. Das Handtuch neben dem Waschbecken wird mit Sicherheit als Klopapier benutzt. Einen Augenblick schließe ich die Augen.

»Herr van Rijk?«

Poltern. Ich wiederhole seinen Namen.

»Ja?«, sagt er hinter der geschlossenen Tür.

»Haben Sie eine Klobürste?«

Türquietschen, Schritte, seine bleiche Hand ruht oben am Treppengeländer.

»Ich glaube, da hängt eine Spülbürste, die kannst du nehmen.«

»Ah ja.« Die Spülbürste hatte ich schon gesehen, ich hatte gehofft, es seien Essensreste. Herr van Rijk geht zurück in das Zimmer, aus dem er kam. Mein Handy vibriert in meiner Hosentasche, ich gehe nicht ran.

»Nein«, sage ich laut. Die Schritte kehren zurück.

»Nein?«

»Nein«, sage ich wieder. »Ich mache Ihre Kloschüssel nicht mit einer Abwaschbürste sauber.«

Kurzes Schweigen. Das Treppengeländer knarzt, Herr van Rijk wechselt die Hand. »Ich kann dir eine kaufen.«

»Dann belasse ich es für heute hierbei«, sage ich. In Momenten wie diesen kommt es mir vor, als würde ich für den häuslichen Pflegedienst arbeiten.

Herr van Rijk geht zurück, bleibt oben, verabschiedet sich auch nicht, als ich seine Wohnung verlasse.

8
Vier Haltungen

Es klingelt, Lara flucht, macht die Tür auf.

»Wir müssen leise sein, alle schlafen«, sagt sie halb flüsternd. Ich schaue nicht auf mein Telefon. Um zehn Uhr lag ich schon im Bett. Ich dachte, ich würde krank. Stechende Ohrenschmerzen, bohrendes Kopfweh, ein Druck auf der Brust und ein zugeschnürter Hals. Ich hatte Lara nach Hause kommen hören. Ihr Schlüssel kratzend auf dem Metall, bis er das Schlüsselloch fand, Laras Kichern. Schwere Tritte, wankend, während sie sich an den Wänden festhielt. In ihrer Wahrnehmung ist sie leise, wie alkoholisierte Leute grundsätzlich meinen, sie würden gar keinen Lärm machen.

Laras Gang erkenne ich an ihren hämmernden, kleinen Schritten. Als wäre sie ständig wütend. Hinter ihr folgt jemand mit langen Schritten. Sie gehen durch die Küche zu meinem Balkon und setzen sich dort. Lara tickt an mein Fenster.

»Juli, schläfst du nackig?«

»Wer wohnt da?« Der Junge flüstert nicht.

»Julia, sie ist neunundzwanzig.«

»Wie meine Schwester. Was studiert sie?«

»Nichts, sie ist längst fertig. Sie kümmert sich um unsere Wohnung, ruft den Vermieter an, weiß, was man bei Stromausfall tun muss, sie macht den Kühlschrank sauber, kauft Putzmittel ein, Staubsaugertüten. Willst du Wein?«

Schlafen kann ich nicht mehr, einmal wach sein bedeutet, auf den Morgen zu warten.

Hinter meinem Rücken höre ich, wie eine Flasche entkorkt wird. Sie lachen leise, aber hörbar.

»Ist sie so eine Art Hausmeister?«, fragt der Junge. »Meisterin«, verbessert er sich.

»So könnte man es nennen«, sagt Lara. Unbehagliches Gelächter. Alles ist noch neu. Wie auch alles für mich mit Kamiel neu war. Sogar, als es endete: Das Vermissen des Zusammenseins kannte ich nicht.

Ein kurzer Aufschrei von Lara, die Flasche zerschellt. Unterdrücktes Gelächter.

»Ich hab noch Bier, oder willst du lieber was Stärkeres?«, fragt Lara in normaler Lautstärke. Vergessen, dass es Nacht ist.

Der Junge will beides. Eine Kühlschranktür, das Zischen von Flaschenkorken, in Glas strudelndes Bier, Zuprosten.

Ich nehme mir vor, künftig nach zwölf Uhr schlafen zu gehen. Mit dem Rücken lehne ich an der kalten Wand. Niemand hat mir erzählt, dass Schlafen schwierig sein kann, dass es nur vier Schlafhaltungen gibt und man eine Art Beklemmung vor der Nacht entwickeln kann. Vor diesen trägen, dunklen Stunden. Ich bin zu müde zum Aufstehen, aber zu wach zum Schlafen. Ich schalte meine Nachttischlampe an, greife nach meinem Buch. Dunkelgrau mit roten Buchstaben.

K. lautet der Titel.

Julia Stern die Autorin.

Ich klappe es zu, starre auf den Umschlag. Ein Autorenfoto konnte Maurits sich noch nicht leisten, es gab kein Geld für einen professionellen Fotografen. Den Umschlag, so wusste er als ehemaliger Redakteur eines großen Verlags, wollte er möglichst schlicht halten.

Flüstern und Gelächter vom Balkon. Lara hat inzwischen eine so schwere Zunge, dass sie nur noch Piepser herausbringen kann.

Licht aus und unter die Bettdecke.

Ich hätte warten müssen, mich nicht von Maurits hetzen lassen dürfen. Ich hätte mehr schreiben müssen. Mich trauen, mir mehr Zeit zu nehmen. Es hat dreiundneunzig Seiten, ist kleinformatig. Mir gefiel das, ein kleines Debüt. »Gut für unterwegs«, hatte Maurits gesagt. Oder gefiel es mir, weil er es sagte?

Maurits war Kamiels bester Freund, mit der Betonung auf war. Wenn sie einander sahen, gaben sie sich aus Höflichkeit die Hand. Bei diesem kurzen höflichen Gruß schaute Kamiel an Maurits vorbei und Maurits zu Boden.

»Ich will nur Bücher, die die großen Verlage nicht haben wollen, die aber unbedingt wahrgenommen werden müssen. Lindeboom wird der Name. Lindeboom-Verlag, für besondere Autoren. Ich glaube, da würdest du gut hinpassen, Julia S-S, wie war dein Nachname noch mal? Wie blöd! Wie kann ich das nur vergessen? Das Firmament! Julia Stern!«, sagte Maurits, als ich ihm von der Schreibausbildung erzählte, die ich in Utrecht absolviert hatte.

»Mir ist schlecht, ich glaub, ich muss mich übergeben!«, ruft Lara.

»Komm zu mir auf den Schoß.« Der Schatten des Jungen ist groß und breit. Auf dem Kopf trägt er eine Kappe oder etwas Ähnliches. Das Gelächter geht über in Geflüster, wieder Gelächter und Gestöhne.

Ich schiebe die Hand in meinen Slip. Nichts. Trocken. Weich, aber trocken. Ich habe schon über ein Jahr lang keinen Sex mehr gehabt. Vielleicht sollte ich daran was ändern. Männer suchen, ansprechen oder wenigstens Antwort geben. Vielleicht sollte ich etwas tun, und zwar jetzt: Leise nehme ich die Keksrolle, die ich gestern gekauft habe. Es war eine Packung mit vier Rollen. Das hier ist die letzte. Ich esse, als hätte ich tagelang nichts bekommen. Mir ist egal, was, solange ich nur etwas zum Kauen habe. Eine Beschäftigung, eine Meditation wie das Putzen.

Krümel in meinem Bett.

Eine Hand auf meinem Fenster, zwei Kekse in meinem Mund, Laras lauter Atem, ein trockener Mund, ich kaue, stopfe mir noch einen Keks rein. Leises Stöhnen, noch einen Keks, auf den die gezischte Mitteilung folgt, er solle leise sein. Ein unterdrücktes Männerstöhnen, ich streue alles möglichst laut auf meinen Schoß, greife hinein, Keksbrocken auf meinem Laken, in meinem Mund, das lange Stöhnen endet in einem Klatsch auf ihren Hintern.

25
Dachterrasse

»Und da ist die Dachterrasse, da hast du ansonsten natürlich nichts zu suchen, aber wenn du magst, können wir kurz raufgehen. Bitte, Damen zuerst. Ich hab den ganzen Tag Sonne, und sieh nur, dort ist das Rijksmuseum. Kennst du das? Schade, dass ich jeden Tag nach Den Helder muss, sonst könnte ich abends den Sonnenuntergang genießen. Ich kann nur am Wochenende auf meiner Dachterrasse sitzen, aber ausgerechnet dann ist es oft bewölkt, oder es regnet.

Hier kann man gut reden, findest du nicht? Ich hab noch einen offenen Rosé im Kühlschrank. Nach der Arbeit sehe ich nie jemanden, ich bin halt allein, was. Nicht einsam, natürlich, ich hab Menno. Und Freunde. Obwohl die alle eine Familie unterhalten müssen. Wie findest du Menno? Er ist immer munter. Es ist schön, wenn jemand da ist, der sich freut, wenn ich nach Hause komme. Der Nachbar von gegenüber geht mit ihm Gassi, sonst wäre er wirklich sehr lang allein. Also nicht erschrecken, wenn du ihn siehst, nicht dass du denkst, er wär durch die Hintertür hereingekommen.

Wirklich nichts zu trinken?

Würdest du das Staubsaugen bitte auslassen? Menno erträgt das nicht. Das Geräusch macht ihn unruhig. Wenn du also bitte nur den Küchen- und Badezimmerfußboden fegen und wischen würdest, das reicht. Einmal im Monat sauge ich die ganze Wohnung und bringe Menno hierher. Der arme Kerl, ich weiß.

Was zum Knabbern? Ich hab auch Käsestangen …

Wie ich schon sagte, ich lege jede Woche meine Oberhemden und die Blusen meiner Mutter bereit. Wenn du die bügeln würdest, das wäre schön. Meine Mutter wird allmählich auch älter. Sie wohnt zwei Straßen weiter, das ist praktisch für diese kleinen Sachen. Wenn sie später wirklich alt wird, ist es ideal. Ich darf gar nicht dran denken, sie in einem Pflegeheim besuchen zu müssen. Sie will auf gar keinen Fall aus ihrer Wohnung. Du wirst sie noch kennenlernen, wir besuchen uns regelmäßig. Aber gut, ich schweife ab. Gibt es sonst noch etwas, was du wissen müsstest? Ich glaub, ich hab dir alles gezeigt.

Wie sieht deine Zukunft aus? Ich hab deinen Namen im Internet gefunden. Da stand, du hättest ein Buch geschrieben! Dieser Mann, über den du schreibst, gibt's den wirklich? Ist es autobiografisch? Ich hab kein Problem damit, dass du auf die ältere Generation stehst, dafür brauchst du dich vor mir nicht zu schämen. Ich verurteile niemanden. Absolut niemanden. Wie auch immer, das Thema klang sehr unterhaltsam, gerade weil es so realistisch zu sein scheint. Was sollen wir mit dem ganzen fiktiven Kram?

Und jetzt, was machst du jetzt, außer putzen? Ich nehme an, das willst du nicht den Rest deines Lebens machen. Das meine ich nicht böse. Du müsstest einen reichen Mann finden, der deinen Lebensunterhalt zahlt, damit du tun kannst, wozu du Lust hast, ohne dir Sorgen über Geld machen zu müssen.

Nenn mich ruhig altmodisch, aber so sehe ich es. Der

Mann verdient Geld, die Frau ist zu Hause, damit sie den Haushalt gut unter Kontrolle hat. Und nebenher kann sie sich ein nettes Hobby suchen. Natürlich ist es egal, wer die Hosen anhat, aber wenn es um Finanzen geht, hab am liebsten ich die Hosen an. Das wird nicht jeder Mann von sich behaupten können, und wenn ich ehrlich bin, ich musste dafür auch hart arbeiten.

Ist es bei dir spät geworden letzte Nacht? Du musst schon die ganze Zeit das Gähnen unterdrücken, mir brauchst du nichts vorzumachen, ich weiß Bescheid. Als ich in deinem Alter war, ha! Das willst du nicht wissen.

Wenn du nichts trinken oder essen magst, sollen wir dann mal wieder runtergehen? Ich geb dir gleich die Schlüssel. Wann möchtest du kommen, was sagtest du noch mal? Wie schon erwähnt, mir ist es wirklich egal, an welchem Tag du kommst. Wenn du nur kommst. Bitte, Damen zuerst.«

4-C
Gelber Ordner

Mein Nacken ist verspannt, die letzten zwei Stunden vor dem Weckerklingeln habe ich tief geschlafen. In den Stunden davor lag ich wach. Mein Körper wollte schlafen, aber mein Kopf nicht. Als würde ich an meinen Gedanken vorbeisprinten: Die verpassten Anrufe meines Vaters. Marlène, ihr Essverhalten. Sie trank, aß aber wenig: keinen Zucker und keine Kohlenhydrate. Vor allem Rohkost. Wenn es auf der Welt nur noch Pommes gäbe, wäre sie so jemand, der die Kartoffelschalen isst oder Gras mit einem Schuss Spiritus dazu. Ich dachte daran, wie sie in der Klasse auf Ingwerbrocken kaute. An ihre geschälten Möhren und Gurkenwürfel in so einer fettigen Plastikdose. Im letzten Jahr aß sie viele rohe Knoblauchzehen. Vor allem, wenn sie sich nicht wohlfühlte. War ich wirklich schuld an unserem abgebrochenen Kontakt? Ihre letzte Mail weiß ich auswendig, aber etwas stimmte nicht. Als ich sie kennenlernte, sah sie aus, als hätte sie alles unter Kontrolle. Still, in sich gekehrt, aber sie wusste, was sie wollte.

Ich sah zu ihr auf.

Ich wollte sie sein.

Ich wollte die Einzige für sie sein.

Ich musste an die Ordner in meiner Mailbox denken: praktisch, Text, Gehaltsstreifen, lang, *K.* und Krankheiten. In »lang« stehen die Mails, die ich von Marlène bekommen habe, die ich an sie geschrieben habe und immer noch schreibe, aber nicht abschicke. Sie sind als Entwürfe gespeichert.

Ich dachte an Kamiel, an einen eventuellen nächsten Mann.

Ich meine, wenn meine Tage jeden Tag gleich aussehen, ob es dann noch einen Mann gibt, der mich will?

Mehrmals versuchte ich, meinen Gedanken Einhalt zu gebieten, indem ich laut Stopp sagte. Um anschließend an die Gesichtsausdrücke meiner Eltern zu denken. An Sätze aus meinem Buch, ob ich, wenn ich es anders angegangen wäre, wohl gelesen würde, auffallen würde. Ob dann wohl Rezensionen über *K.* in den Zeitungen gestanden hätten.

Er summte beim Knoblauchschälen, was er auch auf seine eigene Weise tat: Erst pellte er die Haut mit den Fingern ab, danach schnitt er ihn klein, dann erst kam er in die Knoblauchpresse. Sorgfältig, aber gleichzeitig so nachlässig.

Ich hätte es auch so machen können:

Summend pellte er mit den Fingern die Haut von den Knoblauchzehen. Dann schnitt er sie klein, und dann erst kam alles in die Knoblauchpresse.

Ich habe mehrere Sätze auf verschiedene Weise wiederholt, sagte dann zehnmal Stopp, wollte eine neue Zehn vollmachen, muss aber auf halber Strecke eingeschlafen sein.

»Ich will, dass du Öko-Reinigungsmittel benutzt. Wenn etwas alle ist, kannst du mir das sagen, das ist wirklich kein

Problem. Dinge sind irgendwann eben alle«, sagt Marieke. Sie legt eine Pause ein, in der sie mich streng anschaut.

»Ich will, dass du jeden Freitag um neun Uhr hier bist. Wenn ich dich anrufe, musst du zu einer anderen Uhrzeit kommen. Aber immer freitags.« Sie spricht jedes Wort deutlich, und ohne zu stocken, aus. Genau wie die weibliche Stimme, die auf einem Bahnhof die Ansagen macht: monoton, damit niemand es falsch interpretieren kann, wie mein Vater es gern mag. Aber sogar wenn ich deutlich bin, will er lieber, dass ich vorbildlich bin. Nicht abweiche.

»Ich will, dass du meine Einkäufe raufbringst und auspackst«, liest sie weiter.

»Ich will, dass du mein Bett machst. Dich um meine Wäsche kümmerst und sie aufhängst. Ich will, dass du meinen Pflanzen Wasser gibst, frische Blumen hinstellst, die Fenster jede Woche putzt, das Treppenhaus wischst, die Kacheln in der Küche und im Bad mit einer Bürste abschrubbst …« Den Rücken ein wenig vom Geländer entfernt, eine gelbe Mappe fest in den Händen, liest sie immer mehr Punkte von ihrer Liste vor.

Als wir uns an der Haustür begegneten, sagte sie ganz schnell: »Ich heiße Marieke, bin Rheumapatientin und brauche kein Mitleid.« Sie ging vor mir her. Ihre Wohnung roch miefig. Ich hielt den Atem an, etwas zu lange. Im Wohnzimmer schnappte ich nach Luft. Marieke sah mich mit einem Blick an, der etwas Arrogantes hatte. Sie sagte, ich sei noch jung, und führte mich zu einem alten Ohrensessel. Sie nahm mir gegenüber Platz und erzählte von ihrer Krankheit. Als hätte sie ein Referat einstudiert. Sie sagte auch, sie hoffe, wir würden ein gutes Verhältnis zueinander bekommen, worauf sie nach ihrem Ordner griff und mit dem Vorlesen anfing.

Es riecht hier nach Blumenkohl. Von der Decke hängen Tücher, die mit schwarzen Haaren und braunen Flecken bedeckt sind. Ich möchte mir gern etwas vors Gesicht halten, aber jedes Mal, wenn ich mir die Nase reibe, sieht Marieke mich fragend an.

»Und ansonsten, steht hier noch, will ich, dass du nett zu meiner Katze bist und mich nicht wie ein Opfer behandelst. Alles klar, oder? Dann kannst du sofort anfangen.«

25
Gezähmt

Menno freut sich über den unerwarteten Besuch. Sein Schwanz klopft gegen den Türrahmen. Ich streichle sein langhaariges Fell nicht, obwohl er ein guter, sauberer Hund ist. Fröhlich, aber ruhig. Berühren ist nicht drin.

»Ich hab gerade erst geduscht, weißt du«, sage ich leise. Menno ist es egal, geduscht oder nicht, streicheln oder nicht. Er ist froh, dass ich da bin, und das tut mir gut.

Er ist gezähmt, sagt sein Herrchen. Ob es auch einen Zähmkurs für Menschen gibt? Alle auf ein ebenbürtiges Niveau gezähmt. Auf Klänge und Kommandos horchend. Vielleicht dachte mein Vater, das sei Großziehen. Einen Menschen nicht erziehen, sondern zähmen.

Im Haus ist es so still, als würde niemand dort wohnen.

Ich habe vergessen, ein Glas mitzubringen. In der Küche nehme ich mir eins. Auf dem Obst liegt eine angebrochene Tüte Cocktailnüsse, die ich auch mitnehme.

Menno trippelt mir nach. »Warum so froh?« Sein Schwanz wedelt so schnell hin und her, dass ich den Blick schnell abwende, gleich bricht das Teil noch.

Die Sonne steht genau richtig. Eine Dachterrasse haben, aber nie dort sein.

Meine Wangen prickeln, ich schenke das Glas voll mit Cola, die ich unterwegs gekauft habe. Die Kohlensäure springt über den Rand, verschwindet.

Menno ist schwarz. Ein Ohr steht hoch, das andere hängt. Wenn unsere Blicke sich aus Versehen treffen, schlägt sein Schwanz noch fester hin und her.

Ich gebe Menno eine Handvoll Cocktailnüsse. Er kaut unappetitlich und schmatzt dabei. Nasse Nüsse fallen ihm bröckchenweise aus dem Maul.

»Du bekommst nichts mehr.« Gezähmt kauen lässt sich offensichtlich nicht lehren. Ich behalte meine Jacke an, damit ich, wenn es sein muss, gleich wieder wegkann. Als wäre ich zufällig in der Nähe.

Unten wasche ich mir die Hände.

Von oben ertönt Gepolter. Menno? Die Nachbarn?

Mit noch nassen Händen eile ich rauf. Aber Menno liegt an derselben Stelle wie gerade, die Augen halb zugekniffen, die Zunge aus dem Maul. Es werden die Nachbarn gewesen sein.

Nach und nach stecke ich mir die Cocktailnüsse in den Mund. Noch einen Schluck, und ich schließe die Augen. Ich höre die Kohlensäure im Glas. Autos, eine klingelnde Straßenbahn in der Ferne.

Meine Nacken- und Schultermuskeln sind schwer. Mein Kopf hämmert. Eine Art Müdigkeit überkommt mich. Die Sonne, es ist wunderbar, aber das sage ich natürlich nicht laut.

8
Lara

»Warum sitzt du immer in deinem Zimmer?« Obwohl Lara so aufdringlich ist, hat sie ein schönes Lachen. Auf einem Schneidezahn ist ein wenig Lippenstift. Ich sage nichts darüber, natürlich sage ich nichts darüber. Ich hebe die Schultern und frage mich, was der Nutzen eines Zimmers ist, wenn man nicht darin sitzen darf.

»Alles in Ordnung?« Ihr Kopf ein wenig schräg.

»Ja, ja«, murmele ich. Auf meinem Handy wieder zwei entgangene Anrufe von zu Hause. Ich rufe nicht zurück. Jetzt noch nicht.

»Ist Marlène schon mal vorbeigekommen?«

»Sie hat viel zu tun«, sage ich.

»Womit?«

»Mit Arbeit, Zusammenleben, Kinder machen?«

»Wenn in meiner Familie oder meinem Freundeskreis Kinder unterwegs sind, höre ich das«, sagt Lara.

Ich öffne den Kühlschrank, werfe einen raschen Blick auf mein leeres Fach und schließe die Tür. Er muss dringend saubergemacht werden.

»Und was ist mit deinen anderen Freundinnen?«

»Die auch.« Die anderen gibt es nicht. Marlène lernte ich bei der Schreibausbildung kennen. Sie kam am Einführungsabend zu spät. Mit roten Flecken am Hals setzte sie sich neben mich. In der Pause bat sie um Entschuldigung. Nicht alle, sondern mich. Das war der Moment, in dem mir klar wurde, dass es mehr Menschen gibt, die nicht in Gruppen funktionieren.

»Und was ist mit dir? Es ist nicht böse gemeint, aber du bist doch etwas älter als wir?« Lara zeigte nach oben: die Zimmer der anderen beiden. In der Hand hält sie ein Eis am Stiel. Ich öffne den Kühlschrank.

»Deine Sachen sind alle, du hast gerade schon nachgeschaut.« Ihre Zunge am Eis.

»Es gibt keinen Mann«, sage ich und verdrehe die Augen. Das ist das längste Gespräch, das ich bisher mit ihr geführt habe. Meist bleibt es bei zwei Sätzen, und ich stehe wieder vor meinem Zimmer.

»Dann suchst du dir einen.« Sie ist kleiner als ich. »Oder du hast halt Sex mit dem Ex.« Wieder Gekicher. Seit sie hier eingezogen war, platzte sie einfach so in mein Zimmer. Dann setzte sie sich auf meine Bettkante und fing an, von ihren Affären zu erzählen. Nachts kam sie auch einfach rein. Fettige Haarsträhnen, Wimperntusche unter den Augen und trockene Lippen, an denen noch Lippenstiftreste klebten. In den ersten Wochen brachte ich sie zurück in ihr eigenes Zimmer. Seit ich ein Schloss habe, verlässt sie immer rein zufällig ihr Zimmer, wenn sie mich nach draußen kommen hört.

»Mein Ex wohnt nicht mehr im Land«, sage ich.

»Aha?«

»Er lebt auf Malta.«

»Aha.« Dieses »Aha« ist kürzer. Als wäre es normal, dass man nach Malta zieht.

»Ja.« Kamiel ist gegangen, nachdem er von der Existenz meines Debüts erfahren hatte. Es lag schon in den Buchhandlungen. Nach seiner einen Mail habe ich nie mehr etwas von ihm gehört. Obwohl ich es feige von ihm finde, lese ich die Mail regelmäßig immer wieder. Mehr noch, ich kenne den Text auswendig.

Julia,
im Moment bin ich auf Malta. Auf Umwegen hörte ich von K. Beglückwünschen tue ich dich aber nicht. Ich hab dein Buch geschickt bekommen. Irgendwo in der Mitte habe ich aufgehört, ich hab es in ein Regal am Strand gestellt, in dem Leute ihre gelesenen Bücher tauschen können. Hoffentlich freut sich jemand darüber. Ich hab mich ganz bestimmt nicht gefreut.
Und Maurits? Ich dachte, wir wären Freunde.
Vorläufig bleibe ich hier.
Gruß,
Kamiel van der Sloot

»Julia? Hörst du zu? Kommst du mal mit mir und meinen Freundinnen mit zu einer Party?«, sagt Lara.

»Ich weiß nicht.«

Lara lacht spöttisch, die schmalen Augenbrauen hochgezogen. Hopsend verschwindet sie in ihrem Zimmer.

Ein paar Mal bin ich mit Marlène ausgegangen. Als wir noch in Utrecht wohnten. Wir gingen ins Tivoli. Sie war dort jeden Donnerstag und Freitag und oft auch noch samstags. Allein. Was sie dann erlebte, hat sie mir nie erzählt. Warum sie so oft dort war, auch nicht.

Wir konnten zu Fuß gehen, wenn wir bei mir schliefen. Wir zogen gegen ein Uhr los, so dass wir mitten in der

Schlange landeten. Uns in dem schwarz gekleideten, energiegeladenen, noch rauchenden Menschenstrom vorwärtsschoben. Um so gemeinsam in eine dunkle Höhle zu tauchen.

Marlène trug dann schwarze kurze Tops und enge Jeans. Sie schminkte sich: dunkelblau um die Augen, dunkelrot auf den Lippen. Als wäre ich mit einem anderen Menschen unterwegs.

Ich trank Wein, sie Gin. Immer Gin Tonic mit einer Zitronenscheibe. Zwei Eiswürfel bitte. Perfekt, danke.

Wenn ich meinen Weißwein halb ausgetrunken hatte, bestellte sie sich einen neuen Gin Tonic. Je mehr Gin Tonics, desto mehr schaute sie sich um, suchte Aufmerksamkeit, ging zur Toilette, bearbeitete ihr Gesicht mit Lipgloss oder Puder nach. Wenn jemand auf sie zuging, war er nach ein paar Worten wieder verschwunden. Wenn jemand auf mich zuging, wurde gefragt, ob ich was dabeihätte.

Nie tanzten wir wild, wir standen wie so viele Jungen am Rand und schauten der wogenden Masse zu. Da stand auch immer derselbe Mann mit grauen Haaren. Er war allein, soweit ich sehen konnte. Er tanzte, oder war es eher hoppeln? Er schaute viel herum und fing ein Gespräch an, wenn ein Mädchen an ihm vorbeiging. Nichts für ungut, aber er gehörte ins Bett. Oder in eine altmodische Kneipe mit Gleichaltrigen. Mit verschlissenen Holzdielen vor der Bar, in der nach Mitternacht noch heimlich geraucht wurde. Jedenfalls gehörte er nicht an einem Donnerstagabend zwischen Studenten auf die Tanzfläche. Als wäre ich auf einem Fest, und mein Vater stünde da. Oh, hör bloß auf.

388
Ohne Entschuldigung

»Ich komme zu spät zur Arbeit«, sagt der Mann. Die Tür flog sofort auf, als ich klingelte. In seiner Haustür ist ein Loch. So ein Loch, durch das man schaut, bevor man die Tür aufmacht. So ein Loch, durch das öfter gespäht wird, als die Klingel ertönt: beim Geräusch der Türklinke der Nachbarn zwei Türen weiter, bei jedem Schritt im Treppenhaus, bei jedem Gespräch, das sie aufschnappen. Wie meine Mutter auch immer alles im Blick behielt.

Statt mich zu begrüßen, sich vorzustellen, steht der Mann dort mit hängenden Armen. Er sieht aus, als hätte auch er heute Nacht keinen Schlaf gefunden. Als hätte er genau wie ich dagelegen und gezählt, sich gewälzt, Atemübungen gemacht, um zur Ruhe zu gelangen, wie es heißt. Als hätte er gegrübelt und wäre schließlich aufgestanden, um einen Becher Milch mit Honig warm zu machen. Trank sie vor dem Fenster stehend, wartete darauf, dass der Schlaf ihn holt. Er ging zur Toilette, zog nicht ab, diese Wasserspülungen nachts sind auch nicht zum Aushalten. Schließlich kroch er wieder ins Bett, nicht vor Müdigkeit, sondern weil es Nacht war. Die Zeit ist so eingeteilt, dass wir dann schlafen. Seine Frau lag noch genau so da, wie er sie zurückgelassen hatte: auf dem Bauch mit einem Kissen halb unter der Brust. Er legte sich wieder auf die Seite, den Radiowecker vor sich, und zählte die Zeit. Ob eine Minute tatsächlich aus sechzig Sekunden besteht.

Im Flur riecht es, als wäre schon eine ganze Weile nicht mehr gelüftet worden.

»Wie soll ich das meinem Chef erklären?« Seine Stimme ist tief. Er kratzt sich den Hinterkopf. Das wenige Haar, das ihm geblieben ist, klebt ihm ungekämmt am Schädel. Mit seinen schläfrigen Augen mustert er mich. Er geht zu seinem Schlafzimmer gegenüber der Wohnungstür und setzt sich auf die Bettkante. Die Vorhänge sind zugezogen, und auch hier ist das Licht aus.

»Nicht«, sage ich schließlich. Meine Tasche stelle ich neben seine Aktentasche unter die Garderobe.

»Nicht? Ohne Entschuldigung mit der Arbeit anfangen?«

»So in der Art.« Ich hänge meine Jacke auf. Gepolter von oben. Das Licht wird eingeschaltet.

»Guten Morgen! Du musst Julia sein. Mein Name ist Josefien. Die Putzsachen stehen in allen Häusern an derselben Stelle, nicht wahr?«, sagt sie lachend. Sie steht mitten auf der Treppe, sie ist klein und dick.

»In etwa«, sage ich.

»Schön, dich kennengelernt zu haben! Achte einfach nicht auf Ferdinand.« Sie macht eine Wegwerfgeste Richtung Schlafzimmer. Als spräche sie von Fruchtfliegen.

Eilig packt sie ihre Sachen, grüßt und verlässt das Haus. Ihre Bewegungen sind genauso laut wie ihre Worte. Ferdinand sitzt auf dem Bett, die Hände auf den Knien ruhend. Auf Zehenspitzen gehe ich die weiße Treppe hinauf. Genau wie wenn mein Vater von der Arbeit nach Hause kam. Dann schlich ich mich so leise wie möglich nach oben, um dort ungestört weiterlesen zu können.

Oben öffne ich Türen und Schränke. Alle Küchenschränke

wurden mithilfe von Etiketten in zwei Fächer geteilt: Josefien und Ferdinand. Sogar das Besteck ist getrennt. Im Kühlschrank stehen mit Frischhaltefolie bedeckte Behälter, die nur für Ferdinand bestimmt sind. Sein Name steht auf einem blauen Etikett. In der Kühlschranktür eine Tafel Bitterschokolade mit einem Kakaoanteil von fünfundsiebzig Prozent. Darauf klebt ein rosafarbener Josefien-Sticker. Unten bleibt es still, Ferdinand muss eingeschlafen sein.

Ich breche einen Schokoriegel ab. Kauend schneide ich ein Stück Parmesankäse ab, der auch ihr gehört. Der Schokoladengeschmack mit dem Käse ist eine gute Kombination.

Schwarze Fingerabdrücke auf Schubladen, Schränken und Türen. Der Fußboden um die Spüle herum ist klebrig.

Marlène wohnte in einem schmutzigen Studentenhaus. Ich war nicht gern dort. Nicht nur wegen des klebrigen Fußbodens, sondern vor allem wegen ihrer Mitbewohner, die ständig einen Wettbewerb veranstalteten: Wer ist die am meisten anwesende Person?

Unsere Mails waren wie eine Pause von allem um uns herum. Die Gespräche im Haus drehten sich oft um Sex und Alkohol. In unseren Mailwechseln gab es hierfür keinen Platz. Sie variierten zwischen ein paar Worten bis hin zu sechsmal mit der Maus scrollen. Von einmal täglich bis zu siebzehnmal an einem Tag. Es muss ein Moment kommen, an dem ich Marlène wieder mailen werde, aber ich warte auf ihren ersten Schritt, gebe mich nicht mit dem zufrieden, was sie mir zuletzt schrieb.

Wir mailten mehr, als wir tatsächlich miteinander redeten. *Auf Papier geht alles leichter, schneller, es gibt nie Momente, die einem später leidtun,* schrieb sie mir in ihrer ersten Mail.

Man wird nie unterbrochen, man hat Zeit, alles richtig auszuschreiben.

> *Marlène,*
> *da ist ein Paar, bei dem ich putze, das verteilt lebt. Überall kleben Sticker. Josefiens Sticker sind rosa, Ferdinands blau. Sie schreiben sogar ihre eigenen Namen darauf. Als wären sie Mitbewohner, wollen ihr Essen nicht teilen. So was wird dir nicht passieren, jetzt, da du einen Freund hast. Wie gefällt dir das Zusammenleben? Ihr werdet einen gemeinsamen Haushaltstopf haben, den du genau überwachst. Du warst immer ein Kontrollfreak (vor allem wenn es um Geld ging). Hier ist das ganz anders. Sogar auf den Zeitungen kleben Etiketten. Auf der* Vrij Nederland *zwei.*

Neben der Spüle stehen vier Weidenkörbe. Einer für Plastik, einer für Papier, einer für Glas und einer für Grünabfälle. Ich will einen alten Schwamm entsorgen. Plastik? Ich wickele ihn in eine Plastiktüte und stecke ihn in meine Tasche. Zu Hause werde ich ihn in meinen Abfalleimer werfen.

Den restlichen Parmesankäse schneide ich in Würfel, ich esse alles auf. Auch diese Plastikverpackung stecke ich in meine Tasche. Wenn sie die Verpackung nirgendwo sehen, ist auch der Inhalt nie da gewesen. Die Küche, das Wohnzimmer und das Büro sind ein einziger langer Raum. Überall Bücher und Figuren aus verschiedenen Kontinenten, die übrigens nicht in einem Schrank stehen, sondern einfach verteilt, als wüssten sie sich selbst auch keinen Rat. Trotz der vielen Sachen hat es etwas Armseliges. Etwas Enttäuschendes. Als würden Josefien und Ferdinand mir versprechen, die Spültücher jede Woche zu waschen, es aber nicht tun. Als würden sie die Topfkratzer und Abwaschbürsten nie ersetzen. Und die Flüssigseife in den Seifenspendern mit Wasser auffüllen, bis man sich auf Dauer die Hände mit Wasser unter Wasser wäscht.

Nach anderthalb Stunden komme ich nach unten, Ferdinand sitzt noch immer auf dem Bett.

»Lass das Schlafzimmer ruhig aus!«, ruft er, als wäre ich noch oben. Die Vorhänge sind noch immer zugezogen. Er sitzt mit den Händen auf den Knien da und starrt vor sich hin. Auch als ich die Schlafzimmertür vor seiner Nase schließe.

8
Mein Problem

Ich habe mich heute wegen des Wetters krankgemeldet. Wenn mein Wecker klingelt und es regnet, habe ich keine Lust auf den Tag. Dann reicht es mir gleich. Und wenn ich keine Lust habe, egal auf was, dann mache ich es nicht. Mein Vater sagt: »Wenn du keine Lust hast, musst du dir welche machen.« Aber das ist ja gerade das Problem: Ich kann keine Lust machen, wenn ich keine Lust habe. Als würde ich in einem Aufzug feststecken. Ich kann erst raus, wenn er repariert wurde. Wann der Monteur kommt, weiß niemand. Ja, irgendwann zwischen zwölf und sechs. Er verrichtet eine kleine Handlung, und der Aufzug funktioniert wieder.

Natasja, meine Ansprechpartnerin bei Clean Matching, sagte, das könne passieren. »Diese grässliche Grippe auch immer.« Sie sagte, mehrere Reinigungskräfte hätten sich krankgemeldet. Es würde umgehen. Wird ein Tag kommen, an dem ich mich krankmelde und dann höre, das wäre jetzt aber wirklich seltsam, weil sonst keiner die Grippe hat?

Ich setze Wasser auf, ein Beutel löslicher Kaffee in einem Becher. Vier Scheiben Weißbrot bestreiche ich mit Erdnussbutter. Mein Buch liegt schon da. *De doodshoofdvlinder*. Der Totenkopfschwärmer. Als mein Kaffee vor mir steht, ist mein Gehirn scheinbar auch wach geworden. Nicht in aller Ruhe, sondern hektisch. Der Druck auf meiner Brust wird stärker. Als würde jemand sehr fest dagegendrücken.

Ich muss etwas tun.

Die Küchenschränke.

Meine Mitbewohner sind früh aus dem Haus gegangen. Ich räume meine beiden Schränke aus und wieder ein. Alles ist in Gruppen geordnet, jede Gruppe hat einen Korb: die Öle und Gewürze, mein Brotbelag. Reis und Nudeln bilden eine Gruppe. Mülltüten, Brotbeutel, Backpapier und Aluminiumfolie gehören zusammen.

Den Backofen sprühe ich mit einem aggressiven Spray ein, ich schrubbe den Topfkratzer kaputt. Den Kühlschrank mache ich von innen und außen sauber. Ich wische den Gasherd ab, säubere das Gestell, räume auch gleich die Küchenschränke der anderen auf. Sie haben keine Körbe. Öffnen Tüten, indem sie sie aufreißen: überall Nudeln, Reis und vertrocknetes Gemüse.

Ich wische den Fußboden, sauge den Flur, die Treppen, ordne die Post. Nicht nur die meiner Mitbewohner, auch die der vorigen. Stapel Altpapier neben der Haustür.

Die Ordner in meiner Mailbox anklicken. Alle Namen überprüfen, wurde jeder Name auch richtig einsortiert? Mails tippen. Die Ringhefter, Aktenordner und Notizbücher überprüfen. Ich sammle alles, was an mich gerichtet ist: Handgeschriebene Umschläge mit meinem Namen bewahre ich in einem großen Aktenordner. Zettel, die hier aufgehängt werden, kommen zusammen mit den Zetteln, die meine Putzadressen mir hinlegen, in einen Ringhefter. SMS-Nachrichten schreibe ich in Notizbücher ab. Alles nach Datum geordnet. Zitate aus Büchern schreibe ich in ein dafür bestimmtes Heft. Auch meine Geschichten, Ideen für Geschichten während der Schreibausbildung, habe ich in Notizbüchern aufgehoben. Kassenzettel, Einkaufslisten, To-do-Listen, Bücher, die ich noch lesen muss, ich hebe alles auf.

Kleidung sortieren, bügeln, aufräumen. Meine Bücher der Größe nach ordnen. Einkaufen, auch so was. Ich mache es jeden Tag. Immer dieselbe Handlung: eine Liste machen, unterwegs Schaufenster ansehen, Plakate lesen. Denselben Obdachlosen begrüßen, durch die kühlen Gänge streunen, als käme ich jeden Tag wieder zum ersten Mal her. Die Veränderungen registrieren: Die Tüte Maltesers hat im vergangen Jahr ein anderes Format bekommen. Sie ist geschrumpft. Die Lakritzen gehören jetzt zu einem breiteren Sortiment.

In der Schlange stehen: Näher und näher zu der Kassiererin vorrücken, ich begrüße sie, bedanke mich bei ihr. Nach Hause gehe ich langsam, zu Hause schaue ich auf den Kassenzettel. Nicht weil ich misstrauisch bin, sondern um vom Kassenzettel zu meinen Einkäufen zu schauen. Und von meinen Einkäufen zu meinem Kassenzettel, den ich glatt streiche, bis meine Handinnenfläche sich grau färbt. Ich schreibe die Wochennummer auf den Kassenzettel und stecke ihn in einen Ordner. Blättere zurück in meinem Essverhalten.

76
Einfach nicht mehr grüßen

»Hallo, angenehm«, sagt eine Frau mittleren Alters im roten Bademantel. »Du kannst deine Jacke hinlegen, wo du willst, eine Garderobe habe ich nicht.« Laut lacht sie über sich selbst. »Nun komm, komm nur, Kind.« Mit wedelnden Händen bedeutet sie mir, ihr zu folgen. Der Flur ist hoch und breit.

»Hier ist die Küche oder das, was einer Küche ähnelt.« Wieder lacht sie. Ihre Haut ist fast so weiß wie ihr Haar.

»Clean Matching hat dir bestimmt erzählt, dass ich dich zweimal die Woche anheuere, oder?« Bevor ich antworten kann, sagt sie: »Sehr gut. Schau, hier ist ein Eimer, Allesreiniger und ein Lappen. Ich gehe duschen, meine Kursteilnehmer kommen gleich.«

Sie lässt mich in der winzigen Küche zurück: zwei Elektroplatten auf einem Tischmodell-Kühlschrank. Daneben steht ein Tisch, der mit angebrochenen Verpackungen und Tüten voller Lebensmittel übersät ist.

»Und noch was, während ich dusche, bitte kein warmes Wasser nehmen!« Lachend fährt sie fort: »Dann wäre ich allerdings schon im Nu wach!« Ihre Stimme ist hoch und schrill. Sie dreht die Dusche auf, ruft: »Hab ich glatt mein Shampoo vergessen!« Ich folge ihrer vornübergebeugten Gestalt, öffne den Warmwasserhahn und lasse den Eimer einlaufen.

»Hey«, sagt sie. Ich nicke. Sie schließt die Badezimmertür mit einem Knall, ich drehe den Wasserhahn zu.

Heute Nacht habe ich eine Kanne Gute-Nacht-Tee getrunken. Ich verbrannte mir die Zunge, wurde noch wacher. Fast zwei Stunden habe ich in *De doodshoofdvlinder* gelesen. Ich bin fast durch, es ist ein schweres Buch. Keine packenden Sätze, jedenfalls keine Sätze zum Abschreiben. Zu viel Tod.

»Hab ich glatt mein Badetuch vergessen«, ruft die Frau. Ohne die Dusche abzudrehen, geht sie vorbei. Aus meinem Wasserhahn kommt ein dünner Strahl.

Ich ignoriere sie, jetzt schon. Leute ignorieren kann ich genauso gut wie Putzen, danach bin ich sehr müde, aber währenddessen kostet es mich wenig Anstrengung. Mein Vater tat oft, als würde es mich nicht geben. Als wäre ich Teil der Einrichtung, wie der Esstisch im Wohnzimmer. Oder sein schwarzer Lesesessel, in dem er nicht las, sondern fernsah oder einfach nur vor sich hin starrte.

Mit einem Handtuch in den Händen kommt die Frau näher; bei jedem ihrer Schritte klirrt das Geschirr in den Küchenschränken. »Hey«, sagt sie wieder. Wasserhahn wieder zu. Abrupt bleibt sie stehen, mitten im Gang, als wäre sie ein Auto, dessen Motor plötzlich aussetzt.

Die Sonne scheint durch das große Küchenfenster. Der Linoleumfußboden ist genauso eklig wie früher in der Grundschule: dunkelblau mit undefinierbaren schwarzen Kreisen und Flecken.

Ich warte, die Hände auf den Hahn gestützt. Mein Körper ist steif. Ein hohles Gefühl im Bauch, ich habe heute Morgen nicht gefrühstückt. Verschlafen. In Eile. Jetzt zittrig.

Ohne was zu sagen, geht sie Richtung Badezimmer. Die angebrochene Tüte Schinken-Käse-Chips ist verführerisch, das Wasser läuft mir im Mund zusammen. Ich klaube eine

Handvoll Chips aus der Tüte, ich kaue wie ein ausgehungertes Tier. Eine weitere Handvoll ist noch darin. Leer essen oder zurücklegen? Ich entscheide mich für das Erste, stopfe die leere Tüte in meine Tasche.

Es ist warm, ich starre auf den Boden, zu den Scheuerstellen um die Flecken und Kreise. Sie wurden mühsam von knieenden Frauen bearbeitet. Es wird viel Zeit auf sie verwendet worden sein. Genau wie auf das Entfernen von Kaugummi von Gehwegen, Graffiti von Wänden, das Abkratzen von Postern an Stellen, wo sie offiziell nicht erlaubt sind, und auf die halb weggeputzten Aufkleber an Ampeln.

Meine Mutter erzählte, sie hätte Eltern auf dem Pausenhof meiner Grundschule angesprochen. Sie lud deren Kinder zu uns nach Hause ein. Wir spielten jeder in einer Ecke des Wohnzimmers. Es gab keinen Streit, kein Rumjammern oder Weinen, so lief es. Als bekäme ich nach der Schule eine hinreichende Dosis Mensch, so wie jeder am Tag auch nur über eine bestimmte Stundenzahl Konzentration verfügt. Meine Mutter hat es nicht hierbei belassen. Sie ist mit mir bei allen möglichen Ärzten gewesen. Ich musste Tests machen und habe sogar ein paar Termine bei einem Logopäden gehabt. Ich stotterte. Nicht schlimm, aber genug, um dort zu landen. Ich bekam Atemunterricht. Aber durch besseres Atmen fing ich nicht an, mehr zu sprechen. Die Stille bereitete meinen Lehrern, meinen Eltern Sorgen. Meine Mutter war damals noch nicht der Ansicht, jeder würde es auf eigene Weise machen. Ich war noch ein Kind, und Kinder kann man formen. Auch der Kinderpsychologe schickte mich nach ein paar Terminen nach Hause.

Jetzt ist es nicht anders: Ich gehe über die Straße, und

Leute sehen mich, und Leute sehen mich nicht. Manchmal habe ich Blickkontakt und manchmal auch nicht. Aber gemobbt werde ich nicht. Nicht auf der Straße, nicht im Supermarkt und auch nicht früher in der Schule. Ich bin da, wie jeder andere. Nur offensichtlich reicht das nicht.

Im Kühlschrank liegt ein Brocken Brie. Ich schneide ein Stück davon ab, esse es zusammen mit einem Riegel von der angebrochenen Milchschokolade mit Haselnüssen. Ohne mir die Handschuhe auszuziehen, hole ich sie aus der Verpackung. Ich schlinge sie herunter, ohne wirklich etwas zu schmecken.

14
In den Ringen

Ich ziehe meine Gummihandschuhe an und verfolge die Sportnachrichten auf einem Flachbildschirm: »Abermals Gold für Epke Zonderland«, sagt eine Reporterin. Während ihres Kommentars sieht man, wie Zonderland sich in die Ringe heben lässt, ein paar Sekunden hängen bleibt und dann mit einer einzigen Bewegung auf dem Kopf dahängt.

»Toll, was?«, sagt ein Mann hinter mir. »Nicht erschrecken, ich stell mich gern kurz vor, ich bin Richard.«

Mit einem Handtuch um seine Taille gewickelt, stellt er sich neben mich, er zündet sich eine Zigarette an. Ich sehe ihn nicht an, wedel mit der Hand vor meinem Gesicht.

»Sorry«, sagt er und tritt einen Schritt zurück. Wir sind gleich groß, er ist nicht dick, aber auch nicht schlank oder gut gebaut. Der Körper eines Mannes mittleren Alters. Genau wie Kamiel: ein wenig Hohlkreuz, kleiner Bauch, Haut, die schlaff um seine Arme und Beine hängt. Kamiel. Kamiel. Kamiel.

Meine Mitschüler dachten, ich hätte was mit einem Künstler. Er trug zerknitterte Oberhemden, unterschiedliche Socken, hatte Löcher in seinen Jacken und Sakkos und zerzauste Haare. Sein Gesicht sah immer ernst aus. Erst wenn er sich mit jemandem unterhielt, bekam sein Gesichtsausdruck etwas Leichtes.

(…)

Sein Vater kam aus dem Iran, und seine Mutter war Niederländerin.

(…)

Sein Haar war dünn, grau. Einmal im Monat ging er zum Friseur. Er hatte einen festen, auf der Kinkerstraat. Im Sommer ging ich mit, vor dem Geschäft steht eine Bank, auf die den ganzen Tag die Sonne scheint. Kamiel und sein Friseur waren gleich alt, nur hatte der Friseur viele Tattoos und keine Wohnung. Er hatte immer Sex mit allen und überall. Kamiel mochte seine Geschichten, er sehnte sich nach so einem Leben. Das hat er nie gesagt, aber es sagte genug, wie er jedes Mal immer wieder die Abenteuer des Friseurs wiederkäute. Die ewige Freiheit, als sei man immer achtzehn. Ein Leben ohne feste Muster, keine Wohnung, keine Frau, keine festen Arbeitszeiten, keine Verantwortung.

(…)

Er frühstückte ausgiebig, wenn er sich beeilen musste, war der Rest des Tages, wie er das ausdrückte, zum Scheitern verurteilt.

Während der Woche aß er Sojajoghurt mit Müsli und eine Handvoll Goji-Beeren. Am Wochenende presste er Apfelsinen aus und machte einen Obstsalat für nach dem Müsli. Dazu trank er zweieinhalb Tassen schwarzen Kaffee.

(…)

Er mochte kein Ei. Auch nicht, wenn es irgendwo verarbeitet war, wie in Kuchen.

Es ist die Struktur, die Struktur, die ich nicht ausstehen kann, rief er dann theatralisch.

(…)

Dreimal am Tag putzte er sich gründlich die Zähne, von denen drei Goldplomben besaßen. Wenn er einen Termin außer Haus hatte, nahm er seine Zahnbürste und Zahnpasta mit. Mittwochs reinigte er sich die Zähne gründlich mit Zahnseide. Nicht vor dem Spiegel im Badezimmer, sondern quer durch die ganze Wohnung. Er brachte sein Gebiss und seine Wohnung wieder auf Vordermann.

(…)

Seine Fingernägel biss er auf die richtige Länge. Seine Zehennägel schnitt er sich erst, wenn ein Nagel mir am Bein entlangratschte.

(…)

Als ich bei ihm einzog, dauerte es Monate, bis mir bewusst wurde, dass ich dort wohnte und nicht im Urlaub war. Er hatte keine Uhr im Haus, auch keine Armbanduhr. Ein Handy, auf das er nur morgens einen Blick warf, und keinen Kalender.

Zeit, darum kümmere ich mich nicht, sagte er, als ich fragte, wie es komme, dass er trotzdem immer pünktlich war.

(…)

Wenn Kamiel redete, setzte man sich am besten hin, seine Worte kamen in hohem Tempo aus ihm heraus, und manchmal hörte er mitten im Satz auf. Dann fing er an zu summen.

(…)

Auch den Nachmittag gemeinsam verbringen war neu: Kaffee trinken in dafür bestimmten Kaffeebars, jedes Wochenende eine andere. Sowieso Kaffeebars? Meine Eltern gingen zum Kaffeetrinken nie irgendwohin.

(…)

Sogar Marlène sprach von echter Liebe. Sie freute sich für mich. Obwohl Kamiel ihr Zeit wegnahm. Was ich ohne Bewusstsein dafür zuließ, geschweige denn Schuldgefühle.

(…)

Non-Fiction ist dieser Moment. Es ist unmöglich, das zu schreiben, weil alles das ist. Sagte er einmal bei einem der Essen mit seinen Freunden.

Die Dachterrasse, was Leute tragen, die Gespräche, die untereinander geführt werden, das Fleisch auf dem Grill. Kamiel kniff die Hände zusammen.

Und dann spreche ich ja nur von den Dingen, die wir sehen! Niemand weiß, woher dieses Fleisch stammt, wo unsere Kleidung hergestellt wird. Der Himmel. Gott! Der Himmel, darüber kann man endlos schreiben.

Ich versuchte, ihn zu beruhigen, worauf er meinen Arm wegschlug und grußlos die Dachterrasse verließ.

(…)

Er war mein Erster. Als Schluss war, habe ich alle Notizen Maurits geschickt. Er bot mir einen Vertrag an, den ich in derselben Woche noch unterschrieb. Ohne über den genauen

Vorschuss zu reden. Ich bekam ihn über das Konto seiner Frau. Als ich fragte, ob ich Kamiels Namen ändern solle, meinte Maurits, er habe kein Problem damit, dass Kamiel Kamiel hieß. Er fand es gerade stark. »Der Name hat etwas Trotziges, Authentisches, das funktioniert gut«, sagte er bei einer der ersten Lektoratsrunden.

Irgendwo ähnelten Maurits und Kamiel sich. Beide engagiert, immer munter, beide Anfang fünfzig. Bloß hatte Maurits eine Frau und eine Tochter. Seine Tochter war ein paar Jahre jünger als ich. Ich habe sie nur ein einziges Mal getroffen, flüchtig. Sie waren nie bei diesen Essen. Als ich Kamiel fragte, warum eigentlich nicht, lachte er geheimnisvoll, das müsste ich Maurits schon selbst fragen.

Zonderland nähert sich dem Ende, sein Gesicht konzentriert, die Muskeln in seinen Oberarmen schwellen nach jeder Übung mehr an. Aus den Augenwinkeln sehe ich Richard schräg hinter mir. Er hat das Altern ganz klar akzeptiert.

»Guten Morgen«, sagt eine Frau. Sie ist klein, mager, sieht aus, als wäre es letzte Nacht spät geworden.

»Das ist Betty, ihr Mann ist gestorben, sie schläft zurzeit hier«, sagt Richard, auf den Fernseher starrend.

Ich möchte mich vorstellen, aber es fühlt sich komisch an, nach dieser Einleitung meinen Namen zu nennen. »Okay«, sage ich. Betty hält sich an der Stuhllehne fest. Den Kopf lässt sie hängen.

»Ach, altes Mädel«, sagt Richard. Er bietet ihr eine Zigarette an.

Über vieles wird geheimnisvoll getan: Geld, Einkommen, Alter, das Gewicht von Frauen. Eigentlich über alles, was mit Zahlen zu tun hat. Aber Leid wird oft grob umrissen in die

Welt geworfen. Nachfragen wird nicht geschätzt. Man weiß genug. Mein Blick besagt: Ich verstehe es. Obwohl alle im Raum wissen, dass es nicht so ist.

Zonderland springt, schwebt und landet mit beiden Beinen auf dem Boden. Jubelnd steht er in der Mitte der roten Matte. Das Publikum applaudiert, die Reporterin ist gerührt. Auch ich bin bewegt, aber das bin ich immer, wenn Leute gewinnen. Vielleicht ist das ein Frauending. Meine Mutter hat das jeden Samstag, wenn sie sich Wettbewerbe anschaut: Backprogramme, Sportsendungen, Talente-Shows oder Shows, für die man nicht unbedingt Talent zu haben braucht. Marlène mailte mal, ihr stünden schon die Tränen in den Augen, wenn sie nur Applaus hörte. Sie fehlt mir. Kamiel fehlt mir. Jemand.

»Ich hab auch mal in den Ringen gehangen«, sagt Richard, er ascht in den Aschenbecher. Sein Gesicht ist hart.

Betty und ich schauen uns an.

Richards Freundin hatte mir die Schlüssel gegeben. Sie sagte nichts darüber, dass sie einen Freund hatte oder eine Witwe bei ihnen im Haus lebte. Nein, sie überreichte mir die Schlüssel, sagte, ich könne in der kommenden Woche anfangen, und trieb mich aus ihrem Haus.

Richard inhaliert, wiederholt noch mal, er habe in den Ringen gehangen. »Ich war ein guter Turner, auch im Ballett war ich der Beste, aber an die Spitze habe ich es nie geschafft.«

Ein langes Schweigen breitet sich zwischen uns aus, im Fernseher wird fröhlich über Waschmittel gesprochen. Wir bleiben alle drei reglos stehen.

»Es waren meine Eltern. Sie waren nicht da.«

»Davon wusste ich gar nichts, Richy«, sagt Betty. Auf ihrem grauen Gesicht erscheint ein Lächeln.

Ich schaue zu den hektischen Werbebildern. Mein Telefon vibriert in meiner Hosentasche. Viermal, dann hört es auf. Ich weiß, was mein Vater wissen will.

»Schade, dass Sie damit aufgehört haben«, sage ich. Es ist die Höflichkeit, die spricht.

Richard inhaliert tief, er schaltet den Fernseher aus. Eine Rauchwolke umhüllt uns. Betty runzelt die Stirn, setzt sich an den Tisch und starrt ins Unendliche.

»Warum ist das schade?«, fragt er. Bevor ich etwas antworten kann, sagt er: »Es gibt mehr Dinge, von denen keiner weiß.« Eher zu sich selbst als zu Betty oder mir. Er drückt die Zigarette aus, zündet sich eine neue an und geht steifbeinig aus dem Zimmer, als hätte er gestern noch in den Ringen gehangen.

700-A
Gästezimmer

»Deine Aufgabe ist das Gästezimmer«, sagt Lex mit ausgestrecktem Zeigefinger. Sein Finger ist groß und hat einen abgekauten Nagel. Wir sitzen in seinem kleinen Wohnzimmer. Er in einem Ledersessel, ich auf einem verschlissenen Sofa. Eigentlich müsste ich künftig um etwas Kaltes bitten. Ehe man Tee trinken kann, ist schon viel zu viel beklemmendes Schweigen vergangen.

Lex springt aus seinem Sessel auf. Klatscht in die Hände, lacht breit. Seine Munterkeit stört mich. Sobald mich etwas Unschuldiges stört, weiß ich, wie meine Nacht war. Wie ich Schafe gezählt habe, die sich in Zahlen verwandeln, rote oder orangefarbene eckige Zeichen, die wiederum in unangenehme Gespräche übergehen, die nicht da sind und niemals stattfinden werden: »Dein erstes ist zwar ein Flop geworden, wenn ich es so nennen darf, aber ich gebe dir die Chance für ein zweites.«

»Das ist schön, ich bin auch schon dran an dem zweiten.«

»Erzähl mal was darüber.«

»Lieber nicht. Ich will es anders angehen. Ohne Eile.«

»Kannst du mir versprechen, dass es ein Erfolg wird?«

»Das ist es nicht, was ich will.«

»Ach, hör doch auf, jeder will doch Erfolg!«

Die Wohnung ist dunkel und niedrig. Die Fußböden sind mit Perserteppichen bedeckt. In jedem Zimmer steht eine

Vitrine mit weißen Katzenstatuen. Seine Möbel und sogar sein Bett haben kurze Beine, für die ich, aber er noch viel mehr, in die Knie gehen muss. Im Hintergrund ertönen die BNR-Nachrichten. Die einzigen Wörter, die ich höre, sind Start-up und Freiheit.

Mit einem Ruck zieht Lex eine Tür auf: »Hier ist alles, was du brauchst.« In dem Zimmer liegt ein Wäscheberg. Bügelbrett und Bügeleisen stehen schon bereit.

Lex ähnelt einem Mann, den ich mal im Schwimmbad gesehen habe. Der in einer zu kleinen Badehose, die Schwimmbrille schon auf, aus der Umkleide trat, um neben dem Becken ungeniert Reckübungen zu machen. Ich hatte mir vorgenommen, jede Woche schwimmen zu gehen. Aber alle Schwimmbäder sind überfüllt, wodurch ich mehr mit anderem beschäftigt bin als mit dem Schwimmen: an meinen Beinen entlangratschende Zehennägel, Finger, die über meine Rippen gleiten, und Haare, die zwischen meinen Fingern hängen bleiben. Es ist bei zweimal geblieben.

»Das Gästebett habe ich nach einem Wasserrohrbruch an die Straße gestellt«, sagt Lex, als er meinen suchenden Blick bemerkt. »Ich nenne es noch immer das Gästezimmer. Viola hat es eingerichtet. Ich habe es einfach so gelassen.«

»Und die Vitrinen?«

»Die gehörten auch ihr.« Er starrt auf den dunkelroten Teppich. Ich starre auch auf die kurzen Fasern, die sich wiederholenden Muster. Ich habe vier Aspirin und eine Ibuprofen geschluckt. Es ist weniger geworden, wie bei einem Kater. Wattig, schwammig. Beim Aufwachen dachte ich, mein Kopf wäre krank. Dass etwas darin ist, was nicht dorthin gehört. Aber, dachte ich, solange ich noch aufstehen und mich anziehen kann, wird es schon nicht so schlimm sein. Statt zu frühstücken, klappte ich meinen Laptop auf.

Marlène,
du hast gesagt, ich dürfe keine Paracetamol mehr nehmen, weil sie mich süchtig machen könnten, aber was ist mit dir? Mit deinem Gin Tonic. Du hast nicht nur getrunken, wenn du ausgingst. Du fandest es lecker, meintest du. Nicht den Geschmack, sondern vor allem das Gefühl. Weg von allem. Du sagtest doch auch, ich müsse mehr rausgehen? Dass sich mein Kopf dann von selbst leichter anfühlen würde?

Natürlich warst du es, du bist diejenige, die mir Tipps gibt und von der ich (meist) etwas annehme. Das weißt du. Ich höre auf dich wie ein Kind auf seine Mutter. Auch wenn du das nicht glaubtest, als ich Kamiel kennenlernte. Du sagtest, ich würde alles für ihn aufgeben, uns aufgeben. Was nicht so war, er war mein Erster, mein Einziger.

Du hattest eine gute Beziehung zu deinem Vater, auch wenn er in Tilburg wohnte, du sprachst ihn regelmäßig. Du hattest Freunde, Mitbewohner.

Als ich Kamiel kennenlernte, dachte ich: Lass mich auch mal.

Mein Telefon klingelt, ich drücke die Hand darauf, das Vibrieren in meiner Hosentasche geht weiter. Lex sieht mich irritiert an, seine Augen sind wässrig.

»Tut mir leid, es ist Clean Matching, darf ich rangehen?«

»Natürlich, Arbeit ist Arbeit.« Er geht weg.

»Einen wunderschönen guten Morgen, hier ist Clean Matching, Natasja.«

»Ja?«

»Spreche ich mit Julia Stern?«

»Ja.« Ich verstehe nicht, warum Leute das heutzutage noch fragen, wenn sie eine Handynummer anrufen.

»Wir haben einen neuen Kunden, der ein wenig Hilfe im Haushalt gebrauchen kann, hast du Interesse? Ihr wohnt beide auf dem Overtoom! Thomas Janssen ist ein alleinstehender Mann, ohne Haustiere, ein Raucher, der keine Zeit zum Saubermachen hat.«

»Für wann?«

»Herr Janssen sagte, seine Wohnung sei längere Zeit nicht richtig saubergemacht worden, und das müsse sich sofort ändern.« Natasja lacht.

»Sorry, das wird nicht gehen, ich bin jetzt bei Herrn Vermeer.«

»Bei wem?«

»Einem anderen Kunden.«

»Von uns? Das System sagt, du wärst heute frei.«

»Ich bin ganz normal eingeplant.«

»Ich schaue ins System, wie war sein Name, sagtest du?«

»Lex Verm...«

»Ich sehe es schon! Entschuldigung, Entschuldigung! Ich war bei einer anderen Reinigungskraft. Dann versuche ich es bei jemand anders. Viel Erfolg heute!«

Aufgelegt. Ich wühle in dem Berg saubere Wäsche. Lex möchte sogar, dass sein Bettzeug, seine Waschlappen und Handtücher gebügelt werden. Auch seine Socken, auf denen am Bündchen die Wochentage gedruckt stehen.

8
Dieselben

Marlène,
der Feueralarm wurde ausgelöst, die Batterie war leer. Du würdest weinen, wenn du davon wach geworden wärst. Da bin ich mir sicher. Oder bist du ein völlig anderer Mensch geworden?

Ich würde gern wissen, ob wir noch dieselben sind: Sind wir noch gleich groß, zum Beispiel? Oder schrumpft man erst nach seinem fünfzigsten Lebensjahr? Ich meine, Demenz kann auch zuschlagen, wenn man noch viel jünger ist. Hast du noch immer das ganze Jahr über Heuschnupfen? So hast du's genannt. Ich sagte, du müsstest einen Allergietest machen lassen, dass man wirklich feststellen kann, woher die gereizten Augen, die Niesanfälle kommen. Aber du hast deine Heuschnupfenmedikamente einfach das ganze Jahr über genommen.

In deinem Rucksack hattest du immer drei Päckchen Taschentücher, eine Schachtel Tampons, ein Buch, ein Heft, vier Stifte, eine Flasche Mineralwasser, dein Portemonnaie mit Bargeld (du hast deine Geldkarte nie benutzt, warum?), Handcreme, Ibuprofen, Labello, Nagellack und Nagellackentferner.

Du warst schlank oder, besser gesagt, flach. Flach, aber schön, ich fand dich schön.

Du fandest dich selbst öde.

Du hattest Schuhgröße achtunddreißig. Größe XS oben und Größe vierzig unten. Körbchengröße fünfundsiebzig A. Einen BH hattest du nie an, das fandest du nicht nötig. Normalerweise bleibt das Aussehen gleich, es sei denn, man fängt an, viel zu essen, so wie ich. Man geht auseinander, bekommt Dellen in den Beinen, aber das wirst du nicht kennen mit deinen seltsamen Essgewohnheiten.

Tagsüber hattest du eine Jeans und ein einfarbiges T-Shirt an. Mode ließ dich kalt. Mode lässt uns kalt. Weißt du noch, dass wir erst neue Turnschuhe kauften, wenn wir den Boden spürten? Oder wenn ein Zeh durch den Stoff ragte, die Sohle sich löste. Du hast deine Turnschuhe nie gewaschen. Wie es kam, dass deine Füße nie stanken, aber auch du selbst nicht (abgesehen von diesem rohen, bitteren Knoblauchgeruch jedenfalls), habe ich nie verstanden. Ich wusch meine Turnschuhe jeden Monat, und trotzdem war der Schweißgeruch manchmal heftig.

Deine Haut war noch heller als meine, deine großen blauen Augen (mit dem immer nachdenklichen Blick. Du hast nie viel gesagt, aber irgendwie wurde das als geheimnisvoll gesehen). Du hast dir oft auf die Lippen gebissen. Machst du das immer noch? Und diese Labellosucht? Kaufst du noch immer Soft Rosé?

Deine energische Sprechweise zog mich am meisten an. Auch wenn du müde warst, niedergeschlagen oder einen Kater hattest, deine Stimme blieb davon unberührt. Dein Stimmvolumen war genau richtig:

nicht schrill, nicht laut. Eigentlich habe ich vorher nicht über den Klang meiner Stimme nachgedacht. Jetzt, da ich das mache, klinge ich, als müsste ich fast weinen. Die Sache ist, ich weine nie. An das letzte Mal kann ich mich nicht einmal erinnern! Du hingegen weintest jede Woche. Wenn es nicht wegen der kaputten Waschmaschine war, dann, weil dein Artikel nicht veröffentlicht wurde.

So stabil du auch wirktest.

Schreibst du noch? Bist du geworden, was du wolltest?

Damals schriebst du vor allem Reportagen, aber eine echte (sorry, dass ich das sage) Journalistin bist du nie gewesen. Du kombiniertest Zeitungsartikel, Fotos, Kunstwerke, Aussagen von Leuten im Fernsehen oder in Interviews. Als würdest du eine Collage machen. Du fügtest sie zusammen, sagtest aber nicht, warum, eine Collage ohne Inhalt. Ein Standpunkt, eine Schlussfolgerung oder auch nur eine Meinung gingen nie daraus hervor. Niemand konnte einordnen, was du schriebst. Du hast alles um dich herum miteinander verbunden, und wenn alles an seinen Platz geschoben war, schienst du gelangweilt, hast es losgelassen und wieder neues Material versammelt. Du könntest Programmmacher eines Festivals werden, die bringen auch alles zusammen, weil es schön oder interessant ist.

Liest du noch Zeitung? Folgst du allen Nachrichtensendern, Debatten, Talkshows noch?

Warte, mal kurz zur Toilette.

Ich werde dir verraten, dass ich deine Hände am schönsten fand, als wärst du stark. Aber Sport hast du nicht gemacht, haben wir nicht gemacht. Deine Finger waren lang, aber kräftig, und du lackiertest dir die Nägel dunkelrot. Du bessertest sie nach, wenn der Lack abblätterte. Eine große Narbe auf deiner rechten Hand. Ich wäre gern von deinen Händen getröstet worden. Deine Hände auf meinen Schultern, aus welchem Grund auch immer. Ab und zu hattest du mal jemanden, mit dem du ins Bett gingst, viele Details hast du nie herausgelassen. Ich wusste, dass du am liebsten mit zu ihm nach Hause gingst, damit du bestimmen konntest, wann es Zeit war, zu gehen. Deine richtigen Bettgeschichten machten mir nichts aus. Bloß dass deine Hände andere Menschen berührten, vertrug ich schlecht. Aber diese Eifersucht habe ich, soweit ich weiß, gut unterdrücken können.

Laptop zu, Wasserkocher an. Auf dem Teepäckchen ist ein schlafender Bär in einem Schaukelstuhl abgebildet. Ich zähle die Sekunden, bis ich den ersten Schluck nehmen kann. Nach zwölf bin ich abgelenkt.

Mit Creme gefüllte Kekse.

Ich esse einen. Also gut. Einen nur. Ein voller Geschmack. Sahnig. Einen zweiten. Nach zwei kommt drei. Tja? Ich esse noch einen und noch einen.

In der Packung sind nur noch zwei. Ob ich die bewahre oder aufesse? Mir ist nicht schlecht. Mein Körper ist hierfür trainiert. Halb drei. Meine Augen sind noch immer nicht müde.

56
Ein Mann

Hier ist es, wie es in einem guten Café sein sollte. Holzvertäfelte Wände mit wöchentlich wechselnden Plakaten, dunkel. An der Bar vornübergebeugte Männer, die ihre Zukunft anhand ihres Kaffeesatzes vorhersagen oder ihren Rausch aussitzen. Draußen die Mütter mit einem neuen Buggy, einen Café Latte vor sich. Mit einem großen Smartphone machen sie Fotos von dem Neuling im Buggy, am liebsten den Latte auch noch drauf.

Seit kurzem besucht ein Mann dieses Café. Er ist schon älter, wie Kamiel. Bloß ist dieser Mann groß und schlank. Kahlköpfig, mit Augen wie ein zwölfjähriger Junge, der zum ersten Mal in der großen Stadt ist. Er lächelt mich an. Ich schaue starr vor mich hin, Blickkontakt bleibt schwierig. Als würden seine Augen direkt in meinen Kopf schauen. Der Mann setzt sich schräg mir gegenüber. Als ich aufsehe, schaut er mich an. Ich tue, als würde ich lesen. Im Moment gerade *De kus* (Der Kuss) von Jan Wolkers. Ich lese alles von ihm. Noch immer wird gesagt, Sex sei das wichtigste Thema in seinen Büchern. Ja, in seiner Zeit war das vielleicht schockierend. Aber das war damals, jetzt ist Sex überall. Sogar auf den Postern in den Wartehäuschen an der Bushaltestelle. Gibt es denn niemanden, der über Wolkers' Erzählstränge, gewagte Assoziationen und seinen klaren Ton schreibt? Niemanden, der das Wort Sex nicht in den Mund nimmt? Oder ist es so, dass alle einander nachplappern? Wie die Reklamen in den Wartehäuschen auch alle gleich sind. Das Einzige, worin sie sich unterscheiden, sind die Buchstaben der Marken.

»Ist es schon Zeit für den Möhrenkuchen?«, fragt die Kellnerin. Sie schaut auf ihr Handgelenk, als würde sie eine Uhr tragen. Dünnhäutig. Ihr glattes Haar ruht auf ihren Schultern. Das gesamte Personal weiß, dass ich beim Reinkommen einen Cappuccino mit zwei Schokotäfelchen auf dem Unterteller bestelle. Dienstags einen Möhrenkuchen und am Wochenende süßen Weißwein. So dürfte es jeden Tag sein, wie an den Wochenenden. Darum gibt es Leute, die am Freitagnachmittag draußen vor einer Kneipe stehen. Im Anzug, keine Zeit oder keine Lust, sich umzuziehen. Jetzt oder nie, ein Bierglas in der einen und eine Zigarette in der anderen Hand.

»Welches Buch liest du, wenn ich fragen darf?« Der Mann. Seine Stimme hat etwas Singendes. Er sieht aus, als würde er Yogaunterricht geben. In seinen Augen ein Funkeln, als wären wir schon seit Jahren ein Paar, und er würde mich in der Seite kitzeln.

»Und was macht dein Freund?«, fragt eine beliebige Stimme.

»Er ist Yogalehrer.«

»Oh«, sagt die Stimme. Ja, das ist genau, was ich sagen würde, wenn jemand mir erzählte, sein Freund oder seine Freundin sei Yogalehrer.

Ohne Antwort zu geben, halte ich mein Buch in die Höhe.

»Ein Buch mit lila Umschlag?« Er sagt es lachend.

Der Yogamann trägt einen hellblauen Pullover mit Löchern für seine Daumen. Er stützt sich mit den Händen auf meinen Tisch. Ich starre ihn weiterhin unverwandt an. Ich weiß, dass das nicht die übliche Art ist. Er fragt, was ich trinke. Schlucken fällt mir schwer.

»Diese junge Dame trinkt um diese Zeit einen Cappuccino«, sagt die Kellnerin und schiebt mir den Möhrenkuchen und einen Cappuccino vor die Nase. Sie lächelt. Ich hoffe, so zu sein wie sie: Zwar seine Arbeit machen, aber währenddessen schamlos woanders sein. Nur könnte ich diese Arbeit nicht machen, Arbeit, bei der Anfang und Ende von anderen bestimmt werden. Wie in Supermärkten, Museen, Banken, Geschäften oder in Kneipen oder Restaurants: Leute kommen ohne Termin herein, setzen sich hin und bestimmen selbst, wann sie wieder gehen. Sie bitten um die Rechnung, entscheiden selbst, ob sie mit Geldkarte zahlen oder bar. Manchmal erst im letzten Moment. Und wenn sie weggehen, muss man wie wild den Tisch saubermachen, weil es die Möglichkeit gibt, dass er sofort wieder besetzt wird. Oder nicht. Man weiß es nicht. Man muss damit umgehen können.

»Bitte noch so einen«, sagt der Yogamann, »und so einen Möhrenkuchen. Lecker.« Als hätten wir etwas zu feiern. Als er die Hände von meinem Tisch nimmt, liegt da eine Visitenkarte.

Ich halte die Gabel für meinen Möhrenkuchen in der Hand. Klamm, verkrampft, wie ich während meines Umzugs die Kombi-Mikrowelle mit meinem Vater in mein heutiges Zimmer trug.

»Bring es nur an meinen Tisch«, sagt der Yogamann.

»Entschuldige, aber würde einer von Ihnen beiden ein Foto von uns machen?« Eine Frau am Nachbartisch. Sie sitzt neben ihrer Tochter. Beide schwarze Haare, eine spitze Nase.

Die Tochter schaut uninteressiert auf ihr Handy, wie es ausschließlich Jugendliche können.

Der Yogamann sagt nichts, ich auch nicht. Wir schauen uns an, es scheint Minuten zu dauern. Einen halben Tag, einen Tag.

»Dann eben nicht. Komm, Ilona, ein Selfie. Lach mal!«

Ich lächle meinen Möhrenkuchen an, schnappe mir die Karte und stecke sie in meine Tasche. Ich lasse einen Zuckerwürfel in meinen Cappuccino fallen und rühre, als wäre ich allein, würde vor mich hin starren. Der Yogamann zieht seine dicken Augenbrauen zusammen und geht, ohne sich umzuschauen, zurück zu seinem Tisch. Beherrscht.

122-D
Ein Ofen zur Dekoration

»Hallo, Paul, angenehm.« Er gibt mir eine schlaffe Hand: »Ich habe heute Geburtstag.«

»Herzlichen Glückwunsch«, sage ich.

Paul legt die Hände um eine Glaskugel, die vor ihm auf dem Tisch steht. Seine Hände sind sauber und gepflegt: Bürohände.

»Das habe ich von Sita bekommen.« Mit einem wohlwollenden Nicken reibt er über das Glas, das auf einem Silberständer befestigt ist. Das Glas hat oben eine Öffnung.

»Ja, er hat heute Geburtstag«, sagt Sita. Sie hat den Mantel schon an, trägt Pfennigabsätze mit einer Lackschicht. Ihre Haare sind aufgesteckt, das Gesicht ist gepudert. Beim Hereinkommen wiederholte Sita meinen Namen, entschuldigte sich sofort dafür, dass sie sich schnell »fertig machen« müsse.

Wenn sie ins Bett gehen, lesen sie getrennt voneinander ein Buch. Gleichzeitig werden sie müde, fallen in einen tiefen Schlaf und wachen erst auf, wenn der Wecker klingelt. Bevor sie aus dem Bett steigen, werden sie mit heiserer Stimme sagen, dass sie sich nach dem kommenden Abend sehnen: Löffelchen liegen. Bei warmem Wetter schlafen sie Hand in Hand ein, um so doch miteinander verbunden zu bleiben. Ein vages Gefühl der Eifersucht steigt in mir auf.

»Würdest du unser Frühstück wegräumen? Das haben wir nicht mehr geschafft, eigentlich haben wir nicht einmal gefrühstückt. Sein Geschenk hatte eine ganz schön lange Gebrauchsanweisung«, sagt Sita. Ihre Hand auf der Schulter ihres Mannes. Sie lachen sich an, die Köpfe etwas schräg nach hinten geneigt. Wie es in der Werbung oft abgebildet wird: Familien mit einem glücklichen Leben, weil sie die Zahnpasta einer bestimmten Marke verwenden.

»Was kann man damit machen?«, frage ich. Mein Magen knurrt, dabei habe ich gerade vier Brote mit Schokostreusel gegessen. Ich verspüre einen enormen Drang, mich hier an den Esstisch zu setzen. Noch einmal zu frühstücken. Nicht manierlich, sondern in das Stück Käse beißen, mir mit den Fingern Roastbeefscheiben in den Mund stopfen, das Glas Erdnussbutter auslöffeln.

»Weißt du nicht, was das ist?« Sita verzieht das Gesicht. Diese Gegenfrage bekomme ich öfter. Sie verursacht bei mir nicht nur Scham, sondern auch Bauchkrämpfe.

»Zeig dem Mädchen nur, was es ist«, sagt sie. Paul hält ein Feuerzeug in die Kugel. Nun, da seine Hände nicht mehr um das Glas gefaltet sind, wird ein Silberstab sichtbar, in derselben Farbe wie der Ständer. In dem Stab ist ein Docht, wie eine Kerze. Pauls Gesten sind anmutig. »Großartig, was?« Er schaut lachend zu seiner Frau. Beide legen eine Hand um die Glaskugel.

»Das ist wie ein Ofen, aber nur zur Dekoration«, sagt Sita. »So einen wollte er schon, seit sie auf dem Markt sind.«

»Ah ja«, sage ich und spüre, wie die Stiche langsam verebben. Sita gibt ihrem Mann einen Kuss, fragt, ob ich bitte auch den Herd saubermache.

»Letztes Wochenende war das Hauptgericht ein einziges Fiasko«, ergänzt Paul lachend. Seine Hände noch immer um das Glas. »Du kannst einfach anfangen.« Er nickt Richtung Spüle.

Ich tue, worum man mich bittet. Ich glaube, es ist nicht so schlimm, dass ich nicht über alles auf dem Laufenden bin. Wie kann man alles wissen, wenn es für jede Art von Mensch immer wieder neue Erfindungen gibt? Erfindungen, die nicht immer gleich dringend benötigt werden. Wie drei Viertel unseres Besitzes: Schränke in Form eines Stuhls, Stühle ohne Hinterbeine, ein Sofa mit einer Ecke, Kissen in Herzform, Kissen mit dem Foto deines Hundes bedruckt, Kerzen in Form eines Sterns, Kisten in Form von Legosteinen. Ein Wandteppich. Körbe und Behälter, die offensichtlich für Krempel gemacht worden sind.

Oder was ist mit Duftstäbchen, Duftkerzen, Sprays gegen unangenehme Gerüche? Einem Behälter für Elektrizitätskabel, der nicht geschlossen werden kann, einem Bücherregal bis zur Decke, Stiftablagen mit künstlichem Gras, einer Vase, die für Ziersteine bestimmt ist, oder Buddhafigürchen, einer Meerjungfrau aus Ton. Ton. Fotos von dir selbst, von einem anderen oder von einem Biber.

Ein Schirmständer, ein Sturmregenschirm. Türstopper in Form eines … Türstopper im Allgemeinen.

Staubsauger ohne Kabel, aber mit einem Akku, der nach jedem Raum aufgeladen werden muss. Staubsauger ohne Beutel. Kehrblech und Besen, so klein wie deine Handinnenfläche. Designabfalleimer, die man nicht öffnen kann, Abwaschbürsten inklusive Lauge. Spülmittel mit Apfelsinenduft. Ein Wasserhahn, aus dem so heißes Wasser kommt, dass man sofort Tee machen kann, eine automatische Spülmittelpumpe, ein Automat für Trinkwasser mit Kohlensäure.

Dann Pfeffer- und Salzstreuer, so groß wie Baseballschläger, eine Holzkiste mit Stroh extra für Eier, Kaffeemaschinen, die Kopierapparaten sehr ähneln, überhaupt Küchengeräte, an denen man die Funktion kaum ablesen kann. Hängende Obstschalen, zu denen ein dazugehöriger Hocker angeschafft werden muss, eine Obstschale aus Spiegeln, Happy-Birthday-Tee, ein Energydrink ohne Zucker, von dem man aber eine positive Einstellung bekommt. Duschgel aus Schokolade, Kekse, die aussehen wie kleine Seifen, Magneten wie Lakritzkonfekt, Essen in Form von Dekorationen für die Fensterbank. Besteckladen mit Dellen in jedem Fach, so dass das Besteck genau hineinpasst. Toaster, so groß wie Schneidebretter, Schneidebretter, so groß wie ein Kühlschrank, Kühlschränke, die aussehen wie ein neues Auto.

8
Stabile Grundlage

»Praxis de Heuvel, was kann ich für Sie tun?«

»Hier ist Julia Stern. Ist da die telefonische Sprechstunde?«

»Ja, genau. Was ist Ihr Anliegen?«

»Ich würde gern einen Termin machen, aber ich weiß nicht, ob das nötig ist.«

»Ihr Geburtsdatum bitte?«

»12. Februar, neunzehnhundertsiebenundachtzig.«

»Ihr Familienname?«

»Stern.«

»Wie bitte?«

»Stern, mit einem n am Ende, wie Nashorn.«

»Ein n wie Nordpol.«

»Nashorn, Nordpol. Ist das nicht egal?«

»Stehen Sie mitten im Verkehr?«

»Nein.«

»Läuft Ihr Radio?«

»Das schon.«

»Würden Sie das Radio ausmachen oder leiser stellen?«

»Ich stelle es leiser.«

»Vielen Dank. Ich sehe Ihren Namen hier stehen, was sind Ihre Beschwerden, Frau Stern?«

»Mein Kopf. Ich habe Kopfweh, schon seit Monaten. Ich hatte angerufen, sollte aber zurückrufen, wenn es in drei Wochen nicht vorbei wäre.«

»Ich sehe, dass Sie vor zweieinhalb Monaten angerufen haben. Haben die Kopfschmerzen nachgelassen?«

»Das nicht gerade.«

»Warum haben Sie nicht eher angerufen?«

»Weil, weil ich nicht dazu gekommen bin?«

»Das fragen Sie mich? Gehen Sie rechtzeitig schlafen?«

»Ja.«

»Um welche Uhrzeit gehen Sie ins Bett?«

»Warum?«

»Ich versuche, Ihre Beschwerden festzustellen, daher diese Sprechstunde.«

»Zwischen zehn und elf Uhr.«

»Wann stehen Sie auf?«

»So gegen acht?«

»Schlafen Sie gut?«

»Nein.«

»Leiden Sie unter Stress?«

»Nein.«

»Was machen Sie beruflich?«

»Ich mache sauber.«

»Okay, okay. Nebenher studieren Sie, nehme ich an?«

»Nein. Wieso?«

»Nichts, gar nichts. Sie sind Reinigungskraft. Gut.«

»Wissen Sie jetzt genug?«

»Wie viele Gläser Alkohol trinken Sie am Tag?«

»Manchmal am Wochenende zwei bis drei Gläser.«

»Gut so.«

»Ist es normal, dass Leute täglich trinken?«

»Nein, trinken Sie möglichst wenig Alkohol und möglichst viel Wasser. Trinken Sie genügend Wasser?«

»Zwei Gläser? Ansonsten Saft oder Cola.«

»Ersetzen Sie die Erfrischungsgetränke durch Wasser und trinken Sie höchstens ein zuckerhaltiges Getränk pro Tag, wenn es nicht ohne geht. Nehmen Sie Medikamente?«

»Nein. Oder sind Paracetamol und Ibuprofen auch Medikamente?«

»Nehmen Sie Paracetamol oder Ibuprofen?«

»Beides.«

»Wie viel pro Tag, wenn Sie die täglich einnehmen?«

»Sowieso einen halben Streifen Paracetamol pro Tag und zwei bis vier Ibu.«

»So viel? Logisch, dass Sie nicht schlafen. Haben Sie keine Magenbeschwerden?«

»Nicht unbedingt. Manchmal. Ab und zu.«

»Also nicht extrem? Haben Sie das Radio lauter gestellt?«

»Entschuldigung, ich wollte wissen, wie das Wetter wird.«

»Setzen Sie die Schmerzmittel sofort ab. Trinken Sie genügend Wasser, essen Sie gesund und gehen Sie viel nach draußen. Frische Luft ist immer gut. Halten Sie sich an einen regelmäßigen Rhythmus, damit Sie eine stabile Grundlage haben. Erst dann schlafen Sie auch besser und haben weniger körperliche Beschwerden, in Ihrem Fall weniger Kopfweh.«

»Mein Leben besteht aus nichts anderem als Rhythmus.«

»Ich kann Ihr Unverständnis nachvollziehen, aber wenn Sie nicht gut für sich selbst sorgen, wird der Arzt Ihnen dasselbe empfehlen.«

»Dann möchte ich eine andere Assistentin sprechen.«

»Die wird Ihnen dasselbe sagen. Wir können vereinbaren, dass Sie diese Tipps beherzigen, und wenn es innerhalb von drei Wochen schlimmer wird, nehmen Sie wieder Kontakt mit uns auf.«

»Wieso drei Wochen?«

»Alles Gute und einen schönen Tag.«

61
Beweismaterial

Ich habe für drei Stunden unterschrieben, aber nach einer Dreiviertelstunde bin ich schon fertig. Beim Öffnen der Keksdose schaue ich direkt in eine Kamera, die oben auf einem Küchenschrank steht. Ein blaues Licht blinkt. Schnell schließe ich die ohnehin leere Keksdose und gehe außer Sichtweite. Eine Kamera zur Überwachung seiner Sachen wäre unsinnig. Nur das Allernötigste steht dort: ein Sofa, Fernseher, Tisch, vier Stühle, und bis auf den Messerblock ist die Küche leer. Sein Kühlschrank steht im Blickbereich der Kamera.

Ich gehe durch sein Abstell-, Schlaf- und Badezimmer. Alles steht gerade oder parallel zueinander. Die Schachteln mit Medikamenten sind von klein nach groß geordnet. Zwischen den Haarpflegeprodukten ist immer genau gleich viel Abstand. Alle Handtücher sind exakt aufeinandergestapelt, eine kleine, noch in Plastikfolie verpackte Seife liegt auf dem Waschbecken. Als stünde ich in einem Hotelzimmer. Nirgends eine andere Kamera zu finden. Die ganze Wohnung stinkt nach Rauch, und es gibt wenig Licht.

»Ich will dich bitten, alle Zwischentüren immer hinter dir abzuschließen«, sagte Guido. Flüsternd fuhr er fort: »Die Nachbarin von hier oben ist ziemlich verrückt.« Sein Haar war gelbblond, wie Frauen das manchmal haben. Immer dachte ich, das sei ein Fehler, die Farbe habe zu lange eingewirkt, und der Friseur habe erst am Tag darauf Zeit, es zu ändern. Aber jetzt, da ich Guido gesehen habe, kommen mir Zweifel. Manche Leute haben offensichtlich eine Vorliebe für gelbe Haare.

»Alle drei Wochen bin ich im Ausland, dann ist der Alarm eingeschaltet. Ich geb dir außer dem Schlüssel auch den Code. Ich verlass mich darauf, dass du den für dich behältst.«

Nach einer Pause, in der er seinen Blick ausführlich auf mir ruhen ließ, sagte er, er habe einen Skype-Termin bei seiner Arbeit. Grußlos verließ er das Haus.

Ich setze mich auf den Badewannenrand, bin mir meines Körpers bewusster als je zuvor. Noch zwei Stunden. Ich kann nicht weg. Er hat Beweismaterial. Guido will mich beobachten, etwas von mir sehen, was er sonst nicht so leicht erfährt. Seine Bilder kann er zurückspulen, näher heranholen, wiederholen.

Als ich länger als fünf Minuten stillsitze, spüre ich meine Glieder ziehen. Als wollten sie am liebsten ohne meinen Rumpf weiterleben. Meine Augenlider wollen zufallen. Ich lege mich auf sein Bett, schließlich ist es ein Wasserbett, das begegnet einem nicht überall. Es fühlt sich an, als hätte ich einen Buckel. Das ist für schlecht schlafende Menschen gemacht, da bin ich mir sicher. Genau wie Kräuterkissen, Bett- und Bodyspray, Kamille- oder Kräutertee, Rosshaarmatratzen oder Schaummatratzen, die man sich maßschneidern lassen kann.

Ich bin träge, aber das kann an den Aspirin liegen. Je mehr ich nehme, desto mehr sehne ich mich nach Schlaf, der Nacht.

Mein Telefon vibriert. *Wann kommst du vorbei? Wir müs-*

sen reden. Ich schiebe es wieder in meine Hosentasche. Ignorieren ist am besten.

Die Matratze schwappt, als befände ich mich wirklich auf dem Wasser, läge in einem Boot. Wer denkt sich so etwas aus? Ständig vom Wasser träumen, seekrank, Kotze und Haie.

Die Kamera: Einen Rock habe ich nicht, ebenso wenig Dessous, die auf den Werbetafeln abgebildet sind, Haare, die mein Gesicht üppig umspringen, auch nicht.

Guido lockt mich, testet mich aus, versucht, ob er so weit gehen kann wie Kamiel. Er stand auf jüngere Frauen, weil er sie frisch fand. Nicht nur wegen der straffen Haut, sondern weil sie sich selbst noch erfinden mussten. Er mochte keine Frauen, die alles nahmen, wie es war. Beziehungsweise Menschen, die älter wurden.

Kamiel hat mich entjungfert und gesagt: »Ich bringe dir bei, was Männer wollen.« Er lehrte mich, wie ich schauen sollte, nicht nur küssen, sondern meine Lippen und meine Zunge allmählich über seine Wange, an seinem Ohr vorbei über seinen Körper gleiten lassen. Ich sollte ein wenig keuchen, ein wenig stöhnen. In Zukunft sollte ich die Initiative ergreifen, die Führung. Bei Frauen ist das sexy: wissen, was man will, sich aber unterwürfig geben. Alles sollte langsam gehen, kontrolliert, während die Knöpfe seiner Hose dabei nie mitmachten. Darüber lachen wurde nicht geschätzt. Er legte eine Hand auf mein Gesicht, zog meine Gesichtszüge dann glatt. Zwängte ohne Gefühl zwei Finger bei mir rein, erwartete, dass ich gleichzeitig mit meiner Hand sein Geschlecht umfasste. Natürlich lief das nie, wie er wollte, worauf er ohne Pardon in mich glitt. Seine Hände auf meinem Becken, ich musste mich mit ihm bewegen, meine Lippen spitzen, mich selbst streicheln, nicht in normalem Ton sprechen, sondern ein wenig heiser mit ab und zu einem Stöhnen. Darin war ich am schlechtesten. Das Sprechen während unserer Bettabenteuer. Aber er sagte, ich brauchte mich dafür nicht zu schämen, durch Üben würde ich es lernen. Auch sollte ich seine Hände über meinen Körper führen, und zwar zu meinem Hintern. Am liebsten steckte er einen Finger da rein. Es dauerte lange, bevor er wirklich zu begreifen schien, dass ich das nicht angenehm fand. Kamiel reflektierte nicht. Ich fand, er könne seine Hände am besten auf der Matratze lassen und die Augen geschlossen halten. Und das Licht aus. Warum immer das verdammte Licht an? Während er beim Abendessen gerade möglichst wenig Licht wollte. Drei Kerzen reichten ihm, nie sah ich, was ich mir in den Mund schob.

Er half mir beim Aussuchen meiner Dessous, kam mit Spitzenslips, kurzen Höschen, Schuhen mit dünnen Absätzen nach Hause, die er am liebsten nach dem Abendessen sah. Er hatte immer Lust auf Nachtisch. »Und nicht aus dem Supermarkt«, sagte er mit einem Lachen, als säße ich schon auf seinem Schoß und würde ihm dreckige Wörter ins Ohr flüstern. Das brachte er mir auch bei: Sätze, die ich sagen sollte.

Seit es aus ist, habe ich alles von Kamiel weggeworfen, alles außer den Notizen.

Jetzt ist da der Yogamann, werde ich ihm noch mal begegnen? Will er dasselbe wie Kamiel? Und Guido, die Kamera, welchem Zweck dient das nun wieder?

25
Ich habe Geschmack

Ich trinke aus einem Weinglas aus Kristall und fühle mich gepflegt. Ich fühle mich gepflegt, ich fühle mich teuer. Ich habe Geschmack. Ich sitze auf einer Dachterrasse an der Prinsengracht. Ich habe Geld. Ich bin stilvoll. Ich habe Stil. Ich fühle mich gut, und meine Wangen prickeln. Die Sonne wird wärmer und wärmer. Ich sitze hier in BH und Jeans. Ich bin ein Model. Ich bin heiß. Ich bin gewollt. Gib mir noch eine Flasche, und ich ziehe sofort meine Jeans aus. Ich sitze in einer Ecke auf dem Boden.

Menno freute sich wieder, sogar als ich eine Flasche Rosé aus dem extrem riesigen Kühlschrank nahm. Dann glaubt man's selbst, wenn einem zugejubelt wird, glaubt man es selbst auch. Es braucht bloß einer zu sein.

Ich habe ihn unten gelassen: Je wärmer es wird, desto lauter hechelt und schmatzt er. Als würde ich hier mit meinem Vater sitzen.

Ich schenke mir nach. Mit Alkohol ist alles nicht so schlimm. Das merke ich jetzt wirklich. Das Stimmvolumen meines Vaters wird mit Wein gut auszuhalten sein. Die Gespräche mit meiner Mutter werden reibungslos verlaufen. Als würde alles in der Ferne passieren. Wie bei einem Unfall. Wie gemein, denke ich dann: all das Gewimmer, die Krankenwagen, das Blut, die ernsten Blicke der Umstehenden. Aber ich, ich muss wieder weiter. Ich habe Hunger. Nicht Appetit auf irgendetwas. Oder Lust auf etwas Leckeres. Nein. Bohrenden Hunger. Ich sterbe vor Hunger. Tut mir leid, der Unfall, das Blut. Meine Entschuldigung an den Toten. Aber ich hatte eine Tüte Schokocrossies vergessen.

So in der Art.

Noch einen Schluck, und noch einen, und bei jedem Schluck denke ich: Das geht nicht, das geht wirklich nicht. Es ist erst halb vier. Gleichzeitig denke ich: Was soll's? Die ganze Stadt sitzt trinkend auf den Terrassen, und es ist nicht einmal Wochenende.

Soll ich die Sprechstunde anrufen? Soll ich sagen, dass ich mitmache, dass auch ich täglich trinken werde? Nein, denken ist nicht gut. Zu viel denken, das sollte man nicht machen. Zu viel denken tut einem nicht gut. Scheint so. Aber mit Alkohol ist es gut machbar. Oder? Alles unter Kontrolle. Mein Leben besteht aus drei Entscheidungen, drei Entscheidungen ist Rhythmus. Ich habe Rhythmus. Ich bin Rhythmus. Rhythmus ist Kontrolle. Kontrolle ist, nichts zu klagen zu haben. Luxus. Ich bin Luxus. Anspruchsvoll, arrogant, ich trage die Nase ganz hoch oben, alles dreht sich um mich, das sieht man doch? Ich sitze hier ganz allein auf einer Dachterrasse mitten in Amsterdam und trinke Rosé. Was will ein Mensch noch mehr?

Ich muss etwas tun, ich muss vielleicht ein wenig putzen. Aber nicht hier. Ich darf keine Spuren hinterlassen. Offiziell bin ich nicht hier.

In dem Zimmer mit dem Bügelbrett ziehe ich eine rosafarbene Bluse an. Sie schlackert, reicht mir bis weit über die Hüften. Drei Nummern zu groß. Oder haben alte Frauen keine Kleidergrößen? Ich krümme den Rücken, schaue in den Spiegel. Die Flasche an meiner Seite: Eine siebzigjährige Frau mit einer Flasche Rosé wird sofort eine Alkoholikerin. Meine Hose aus, den Rock seiner Mutter an. Die Bluse darüber. Wieder krümme ich den Rücken. Eine adrette alte Dame. Früher war sie Model, aber das sieht jetzt keiner mehr.

Marlène,
keiner weiß, dass man sich all die Jahre gegen sinnlose Gewalt eingesetzt hat oder für Mädchen aus Afghanistan, Redaktionsarbeiten für eine große Tageszeitung gemacht hat, Staatsanwalt war oder ein eigenes Unternehmen für was auch immer hatte.

Wenn man alt ist, sehen wir eine Person, die verbittert ist. Hängende Mundwinkel, Missbilligung für alles, was jünger ist. Und die Zeit, diese elendige Zeit, die einfach weiterläuft: Ja, früher war alles anders, besser.

Wir sehen meckernde, graue, festgefahrene Häuflein Mensch.

Ich gebe diesen Alten nur recht: Mir würde nichts Besseres einfallen, als durch meine Wohnung zu gehen, überdachte Einkaufszentren zu besuchen, mein letztes Geld für noch mehr blasse, sinnlose Objekte auszugeben, die doch ganz schön praktisch sind.

Aber vor allem viel drinnen bleiben, aus dem Fenster schauen. Ich würde ab meinem Vierzigsten schon drinnen bleiben. Keine abschätzigen Blicke, keine Außenwelt. Ich sollte jetzt schon drinnen bleiben.

27.
Das-

»Das- ist der zweite Lichtschalter. Hast du ein gutes Gedächtnis, oder nimmst du lieber einen Notizblock?« Der Mann scheint surinamischer Herkunft zu sein. Sein Haar ist zu einem Knoten zusammengefasst, durch seinen zurückweichenden Haaransatz sieht er älter aus, als er ist. Er hat einen Wohlstandsbauch, so einen harten. Er streckte die Hand aus, stellte sich vor und sagte: «Dreiunddreißig.«

Ohne, dass ich danach fragte, sagte er, er arbeite bei einer Werbeagentur. Unsere Hände hatten sich noch nicht voneinander gelöst, ein kräftiger Händedruck von beiden Seiten.

»Ein schlaffes Händchen, das bringt keinem etwas«, höre ich meinen Vater bei jedem Treffen sagen.

Ich fragte, bei welcher Werbefirma.

»Einer Werbefirma«, antwortete er. Er ist klein, oder er wirkt klein wegen der hohen Decken. In der Küche ist es kühl, und es hängt dort ein stechender Uringeruch.

»Ich habe eine Katze, die Bobbi heißt, und das- ist seine Katzentoilette.« Eine kurze Stille. Seine Stimme ist melodiös, munter. Er hat kleine Zähne, die weit auseinanderstehen.

»Ich bin eher faul, würdest du das Katzenklo jede Woche saubermachen? Und das- benutzen? Das- kennst du doch? Das- ist Katzendeo.« Nach jedem das- macht er eine Pause.

Mit einer Hand hält er das Katzendeo fest, die andere flach darunter. Kurz bleibt er so stehen, ein Lächeln.

»Nein, das kenne ich nicht«, antworte ich. Er stellt das Katzendeo zwischen die anderen ins Regal. Hier hat er alles: Tüten mit Katzenfutter, Katzenstreu, Waschpulver, Bügelwasser, Klopapierrollen, Duftstäbchen, Flaschen mit Glassex. Daneben tonnenweise Pulver. Ideal: Abnehmen, ohne sich bewegen oder Essen machen zu müssen.

Im Flur ein großer Fleck an der Wand. Er kommt von der Decke her. Gelborange am Außenrand, in der Mitte hellgelb. Er achtet nicht darauf, ebenso wenig wie auf den Stapel ungeöffnete Post an seiner Haustür.

Er reißt eine Tür auf. Dort steht eine riesige Badewanne.

»Das- ist das Badezimmer«, sagt er laut. Er reibt sich die Hände und sieht sich zufrieden um. Schwarze Kacheln mit weiß glänzender Keramik. Ein Duschgel, ein Shampoo, eine Zahnpasta, eine Zahnbürste, ein Rasiermesser sowie eine Dose Rasierschaum und ein Aftershave. Von groß nach klein.

Wir gehen weiter ins nächste Zimmer, darin ein hohes Bett ohne Bettzeug. Mein Telefon brummt; verstört schaut er auf meine Hose. Mir fällt ein, dass ich die SMS meines Vaters noch beantworten und abschreiben muss.

»Das- ist das Schlafzimmer«, sagt er. »Jeden Morgen ziehe ich mein Bett ab, wegen der Katzenhaare. Bobbi liegt gern tagsüber auf dem Bett.«

Im Wohnzimmer angekommen, geht er zum Fenster und breitet die Arme aus. »Das- war's dann. Das- ist meine Wohnung, möchtest du sonst noch was wissen?«

Es bleibt still, reglos steht er vor den Vorhängen.

»Ja. Wo genau stehen die Reinigungsmittel?«, frage ich.

»Ich benutze nur Glassex und einen Lappen. Kann ich jedem empfehlen.«

SICH VERHALTEN ZU

Henry: Wenn du dich entscheiden müsstest, türkische Pizza oder türkisches Dampfbad?
Pim: Türkisches Dampfbad.
Henry: Türkisches Dampfbad? Angenehm. Würdest du mir helfen, indem du mir dieselbe Frage stellst?
Pim: Henry, wenn du dich entscheiden müsstest, türkische Pizza oder türkisches Dampfbad?
Henry: Türkische Pizza oder türkisches Dampfbad? Hm … Türkische Pizza oder türkisches Dampfbad … Hm, schwierig … Weiß ich nicht. Nein. Weiß ich nicht. Kann ich so nicht sagen.

Henry van Loon – *Electropis*

32
Keine Genugtuung

Unterwegs fing es plötzlich an zu regnen. Platzregen. Die Tropfen lagen wie eine Schneeschicht auf meinen Augenlidern. Ich trat fest in die Pedale: Termin ist Termin.

Durchweicht, aber mehr als pünktlich klingelte ich. Beim Öffnen der Tür rief William, ich sei viel zu früh, ich müsse mich an die vereinbarte Zeit halten, wie ich es mir vorstellte, wenn er die Kinder zur Schule brachte. Als er endlich einen Blick auf mich warf, stieß er Aufrufe wie Lord, Gosh und Jesus aus.

»Hier ein Handtuch, ab in den bathroom, abtrocknen, dalli. Give me your clothes, dann steck ich sie in den Trockner.«

»Und was soll ich dann anziehen?«, fragte ich, während er mich mit seiner Hand im Rücken Richtung bathroom schob.

Marlène,
ich mache bei einem Mann sauber, der erwartet, dass ich superschnell und supergut und supersozial bin. Jedes Mal, wenn ich bei ihm war, kann ich nichts mehr. Nicht einmal mehr lesen!

Er sagte, ich sei für den hinteren Teil der Wohnung zuständig, den vermietet er an Touristen. Ich habe bis jetzt noch keinen Touristen gesehen. Er hat mich für sein extrem großes Badezimmer angestellt, das aus-

sieht wie das Schaufenster eines Juweliers nach Geschäftsschluss. Kleine Spotlights hängen dort, aus denen grelles Licht kommt. An den Wänden große Spiegel mit schmalen Goldrändern. Die Wände und die Tür sind lachsfarben. In jeder Ecke hängen gleichfarbige Boxen, aus denen klassische Musik ertönt.

Die Badewanne ist im Boden versenkt, hat eine goldene Sprühdüse. Darüber in der Decke befindet sich ein Dachfenster. Alles für zusätzliche Entspannung.

Aber entspannen kann man sich hier nicht, das merkte ich schon, als er mir alles zeigte. Er wird Entscheidungsstress haben. Nicht nur in den Supermärkten, auch am Sonntagmorgen: Er kann im Bett liegen bleiben, in aller Ruhe seinen Tag anfangen. Aber er könnte auch Sport treiben, Zeitung lesen, ein Frühstück für seine Partnerin machen oder mit seinem neuen Buch anfangen. Um anschließend zwei Stunden auf seinem Telefon zu daddeln und genervt zu sein, weil der Tag so schnell vorbeigeht.

Es ist ein großes Haus. Man sollte meinen, Leute in großen Häusern wären immer fröhlich (das denke ich jedenfalls, wenn ich mit dem Rad an diesen riesigen Kästen vorbeifahre). Dass sie durch ihre Säle paradieren wie Leute, die etwas überwunden oder gewonnen haben.

Er ist keineswegs fröhlich. Als wäre für ihn alles Arbeit, sogar der Gang zur Toilette.

Letztens kam er (wieder) plötzlich ins Badezimmer, während ich Haarbüschel aus dem Abfluss pulte.

Er war schockiert, als er die Klumpen auf meinen Handschuhen sah.

Denk bloß nicht, ich würde mein pubic hair rasieren, sagte er und ging weg. Er sagte nicht, warum er gekommen war, tauchte danach auch nicht mehr auf.

Das ist es nämlich, was er macht, wenn ich da bin, mir auf die Finger schauen, alle fünf Minuten fragen, ob alles gut läuft.

Ich fühle mich wie ein Penner hier. Ungeziefer. Warum ich dir das erzähle, weiß ich nicht. Ich wollte es dich einfach wissen lassen. Wie Freunde es machen: etwas von sich hören lassen, Informationen austauschen, die wichtig sind oder auch nicht.

Mein BH und meine Unterhose sind nass, meine Haare kleben an meinem Gesicht, und der Regen tropft von meinem Kinn. Mühsam ziehe ich meine Jeans aus.

»Here, take this. Ich muss doch eine Wäsche laufen lassen.« Er wirft einen Slip, ein Hemd und eine Jogginghose durch die Türöffnung. Den Kopf hält er abgewandt. William ist ein Mann, der seine Frau niemals betrügen würde.

»Give me your clothes.« Seine Hand durch den schmalen Türspalt.

Im Hintergrund ertönen quengelige Kinderstimmen.

Das Handtuch ist ein großes Badelaken. Es riecht frisch und fühlt sich weich an. In der Ecke bei der Waschmaschine stehen Flaschen mit Weichspüler auf Vorrat sowie das gesamte Sortiment Putzmittel: Sachen, die man nicht zeigt, um damit anzugeben, sondern die zum Leben notwendig sind.

Ich weiß nicht, ob ich die Unterhose seiner Frau anziehen soll. Das hat doch was Ekliges. Aber ohne Unterhose in der Hose von jemand anders ist erst recht eklig. Ich stehe nackt im Badezimmer, sehe mich selbst mehr als sechsmal von allen Seiten. Das ist doch nicht, was man will: sich selbst verdoppelt sehen.

Es ist ein Spitzenslip. Mintgrün mit einem Schleifchen und einem Diamantherzen hinten, elegant über meiner Poritze.

Ich betrachte mich in den Spiegeln. Ich kann es mir leisten. Zum ersten Mal seit Kamiel fühle ich mich sexy. Kommt das, weil ich es so empfinde oder weil die Dessousmode mir das unbewusst vermittelt?

Ein weißes Hemdchen mit Spitzenrand. Kein BH. Das Hemd ist tief ausgeschnitten. Mein Dekolleté macht nicht viel her, aber in diesem Hemd ist es mehr als sonst. Steife Brustwarzen stechen durch den Stoff. Die Jogginghose ist weich und sitzt stramm um meinen Hintern.

Die Kinderstimmen gehen in Gejammer über.

Ich betrete das Wohnzimmer. Die Töchter reichen mir bis zur Taille. Sie schauen kurz auf, jammern dann weiter. Das Einzige, was ich verstehe, ist: »Daddy, Daddy.« Miniaturversionen ihres Vaters.

Weil eine einen kleineren Kopf hat, vermute ich, dass sie jünger ist. Pechschwarze lange Haare. Ihr fehlen ein paar Zähne. William stellt sie nicht vor, die Töchter stellen sich selbst auch nicht vor, ich mich auch nicht. Ich komme rein, als würde ich hier schon seit Jahren wohnen, als wäre ich wunderbar ausgeschlafen und würde mich jetzt zu meiner Familie gesellen. Oder wunderbar, wunderbar. Ich hatte eine schwere Nacht, ich schlafe, als hätte ich tagsüber nach dem Mittagessen ein kleines Tief. So wird seine Frau sprechen:

alle Sinnesorgane ständig vollauf dabei. William sagt, das liege an ihren unregelmäßigen Arbeitszeiten, er wird wohl recht haben.

»They want their mummy«, sagt er. Er sitzt über sein iPad gebeugt da. »Mummy hat Nachtdienst, sie kommt gegen elf Uhr nach Hause«, sagt er zu seinem iPad.

Die Jüngere zieht ein Gesicht, als hätte sie ihren Geliebten bei einem Autounfall verloren. Sie weint ohne Tränen. Mein Vater sagte dann immer: »Ohne Tränen kein Weinen. Entweder hältst du die Klappe, oder du heulst richtig.«

William ist schnell gereizt, er ist nicht mehr der Alte, genießt nicht mehr die kleinen Dinge im Leben. Er ist bedrückt, Stimmungstiefs machen ihm zu schaffen. Ich habe ihm gesagt, er müsse zu einem Psychologen, aber darüber lässt er nicht mit sich reden. Es ist sein Stolz, der ihm im Weg steht.

Die Kinder schauen ihren Vater abwartend an. Ich hätte gedacht, sie seien verwöhnt, aber bisher habe ich weit und breit kein einziges rumfliegendes Spielzeug gesehen. Sogar im Kinderzimmer ist alles weiß und geradlinig.

Die Jüngere wimmert, als hätte sie Schmerzen. Hohe Töne. Ihre Wörter sind nicht gut zu verstehen.

»Maybe Julia. Hier.« Er drückt mir die Bürste in die Hand. Wischt anschließend über den Bildschirm, er ist nicht mehr in seinem Wohnzimmer, nicht mehr bei seinen Kindern oder bei seiner Putzhilfe.

»Ich will einen Zopf, but first you have to comb my hair.«

Sie dreht sich um und legt sich die Haare so über die Schultern, dass ich sofort anfangen kann. Ihre Haare sind schon gebürstet. Nirgends Knoten.

Meine Mutter bürstete meine Haare lange. Zweimal am

Tag. Morgens schnell und abends lange, wonach sie noch mit ihren klebrigen Fingern darüberstrich.

Die Ältere stellt sich neben ihre Schwester. Auch sie breitet die Haare über ihre Schultern aus. Ich bürste zweimal die Haare der Ersten. Weich, dünn und jung: Ich wusste nicht, dass Haare ein Alter haben. Ich flechte einen strammen Zopf. Das Mädchen lacht, schaukelt mit dem Körper, ich interpretiere das als ein Dankeschön. Die Ältere hat etwas widerspenstigere Haare, aber auch hier nirgends Knoten. Ihr binde ich einen Pferdeschwanz. Die Schwestern bewundern gegenseitig ihre Haare, nicken dann beifällig.

»You want some coffee?«, fragt William.

»Ja, gerne.« Die Mädchen um mich herum, wie Staubmäuse, die über den Boden tanzen.

William macht Kaffee, streut Zimt über den Milchschaum. Als wäre es Sonntagmorgen, und wir wären gemütlich zu viert. Das ist wichtig, sie müssen wissen, wer ihre Mutter ist. Gerade aus der Dusche, wunderbar. Ich noch barfuß, nasse Haare, BH-los, mir die Zeit nehmend für meine, Pardon, unsere Familie. Auch das muss sein. Zeit nehmen.

Aber statt dass es mir Genugtuung gibt, wird der Druck auf meiner Brust nur größer. Als ich die Bürste weglege, lasse ich sie fallen. William schaut irritiert auf, schüttelt den Kopf. In jeder Ehe gibt es Krisen. Meist hat es mit einem selbst zu tun, ist man mit sich selbst nicht im Reinen, das weiß ich, ich meine, wie lange kennen wir uns schon? Ich weiß, was Will durchgemacht hat.

Ich nehme einen Schluck Kaffee. Einen zu großen Schluck, er ist noch heiß, trieft an meinem Kinn hinab, über meine Brust, das weiße Hemd.

»Jesus!«, ruft William. Die Töchter lachen mich an. So wie William lachte, als wir uns kennenlernten.

Meine Kiefer fest zusammen. Es ist schwierig, ein gutes Beispiel zu geben, das gebe ich zu. Da sind wir als Paar völlig einer Meinung. Was ist gut? Und was gibt man den Kids mit oder gerade besser nicht? Darüber reden wir regelmäßig, wenn die Kids im Bett liegen. Wir machen Termine, Listen und besprechen jeden Sonntagabend die kommende Woche. Sieh's wie eine Versammlung. Ich meine, wir gehen zwar mit der Zeit, aber die heutige Gesellschaft erlaubt das nicht immer. Regelmäßig kommen die Kids mit Fragen nach Hause, warum sie zum Beispiel einen Vorlesedaddy haben statt einer Mummy. Oder warum er mitfährt, wenn es einen Ausflug gibt, und nicht ich.

Ohne dass William etwas gesagt hat, stehen sie schon in ihren gelben Regenjäckchen an der Haustür. Will hat seine Jogginghose gegen eine Anzughose ausgetauscht. Unter seinem Mantel noch sein Schlafhemd. So rührend, nie schläft mein Mann mit entblößtem Oberkörper, während er darauf besteht, dass ich nackt im Bett liege.

»Ich bringe die Kids in den Kindergarten, wenn ich zurückkomme, bist du weg«, zischt William.

»Aber …«

»Kein Aber, ich hab genug davon. Totally enough!« Er sagt es, als wäre ich sein Kind, einen erhobenen Zeigefinger, ein wenig vornübergeneigt. Er knallt die Tür hinter sich zu. Ruhe. Auch mal schön, wirklich, als arbeitende Mutter, so ein leeres Haus. Eine Weile mal gar nichts.

8
Sie sind überall

Es ist halb zwölf. Werbung und weiße Umschläge liegen auf der Fußmatte. Die Werbung kommt in einen Karton, die übrigen Umschläge ordne ich nach Familiennamen. Jeder Name eine Stufe. Regelmäßig finde ich Post von früheren Bewohnern. Anfangs habe ich sie zurückgeschickt, jetzt hebe ich sie unter der Treppe auf.

Ein hellgelber Umschlag: Julia Stern. Meine Adresse, gedruckt in einfacher Schrifttype. Vorsichtig öffne ich ihn.

Liebe(r),
dieses Jahr besteht Clean Matching zehn Jahre!
Ohne dich wären wir nicht so weit gekommen!

Donnerstag, den 27. Juni, möchten wir das richtig feiern. Für alle Reinigungskräfte und Kunden in Amsterdam haben wir ein Buffet und Getränke organisiert. Lässt du uns bitte wissen, ob du dabei bist?

Dann können wir die Menge der Häppchen und Getränke besser einschätzen.

Wir freuen uns jedenfalls sehr darauf!!

Hoffentlich sehen wir dich am 27. um 19 Uhr hinter unserem Büro in Lagerhalle 9.

Herzliche Grüße,
Edwin Bakker
Manager Clean Matching

Für alle Reinigungskräfte *und* Kunden. Ich lese den Schrieb ein paar Mal. Bedeutet das, dass ich gleich zwischen meinen eigenen Kunden an einem hohen Tisch stehe? Mit einem Plastikteller und einem Becher sauren Wein?

Ich schalte den Wasserkocher an, gebe löslichen Kaffee in eine Tasse. Den Besitz eines ganzen Hauses kann ich nicht nachvollziehen, wenn Leute jemals ein Zimmer bewohnt haben. Alles ist jetzt in Reichweite, warum größer wohnen, wenn alles in einen Raum passt?

Radio 1 einschalten. *Standpunkt.* Am frühen Morgen legt der Präsentator eine Behauptung über ein aktuelles Thema vor, und die Zuhörer reagieren massenweise. Auffallen tun diejenigen, die verstummen.

»Hallo?« Eine hohe, alte Damenstimme.

»Ja, hallo und einen guten Morgen, mit wem spreche ich?«

»Mit Frau Verstegen.«

»Sind Sie mit unserer Behauptung einverstanden oder nicht?«

»Bin ich live in der Sendung?«

»Könnten Sie Ihr Radio vielleicht ein wenig leiser stellen, die Zuhörer zu Hause hören ein Echo.«

»...«

»Frau Verstegen? Hallo? Sie hat aufgelegt, der Nächste. *Standpunkt*, guten Morgen, mit wem spreche ich?«

Als wollte Frau Verstegen sich selbst hören, ob es sie noch gab, sie noch jemand war.

Ich ziehe mich aus und drehe die Dusche auf. Lasse den Strahl heiß werden. Ich starre mich im Spiegel an. Ich bin blass. Der Spiegel beschlägt. Ich verschwimme von meiner Brust zu meinem Hals, meinem Kiefer, meiner Nase, meinen

Augen und Haaren. Ich habe mich im Nebel aufgelöst, wie Frau Verstegen auch plötzlich verschwand.

Ich drehe den Warmwasserhahn weiter auf. Der Vorhang wölbt sich nach innen, berührt meine Beine, meine Haut glüht, meine Fingerspitzen wellen sich. Es ist schade, dass man seine Gedanken, Erinnerungen nicht genauso schnell abspülen kann wie Schmutz vom Körper. Für immer ist nicht nötig, eben wie bei einer Dusche, eine kleine Pause von dem ganzen Schmutz.

Ich schrubbe die Haare, Hautschuppen und Partikel ab, die nicht mir gehören. Man weiß nicht, was man alles mitnimmt. Meine Füße stehen in einer weißen Wasserlache. Ich lasse den Kopf hängen.

Als die Beziehung mit Kamiel endete und ich hier einzog, schenkte mir meine Mutter jede Woche Duschgel, kleine Seifen oder Zeitschriften, ein Zeitungsabo und schickte mir sogar Büchergutscheine.

»Mam, ich will deine Geschenke nicht mehr«, sagte ich nach ein paar Monaten.

»Liest du nicht mehr?«

»Doch.« Es wurde still. Ich hörte sie etwas denken, fast etwas sagen.

»Na dann«, sagte sie schließlich.

»Ich will es nicht, dann schicke ich die Sachen zurück.« Sie hat mir meinen Willen gelassen.

Ich bleibe unter dem Wasserstrahl stehen, bis sich meine Schultern und Waden rot färben, alles zu jucken anfängt. Nach dem Abtrocknen benutze ich Laras Bodylotion. *Seidenweich* steht auf der Flasche. Lara findet es nicht schlimm, wenn ich ihre Sachen benutze. Ich frage mich, ob sie überhaupt irgendetwas schlimm findet. Sie macht, wie meine Mutter vor langer Zeit sagte, alles auf ihre Weise. Noch nackt nehme ich die Einladung vom Tisch und schiebe sie unter Laras Tür.

Auf meinem Telefon vier entgangene Anrufe. Ich lösche die Nachricht. So einfach, wie das geht. Angezogen lege ich mich aufs Bett. Nur ganz kurz.

Ich wache mit einem Ruck auf, schwitzend, kalt, ich schüttele mich. Muntere Stimmen in der Küche. Zehn nach sechs. Wie jeden Wochentag kochen meine Mitbewohner gemeinsam.

»Ich habe eine Stelle angeboten bekommen, über mein Praktikum, genau wie dein Guus.«

»Super! Jetzt hast du wenigstens Sicherheit.«

»Genau. Ich muss schon sagen, ich hab mir immer größere Sorgen gemacht. Niemand findet sofort Arbeit.«

»Das müssen wir feiern!« Lara natürlich.

»Das feiern wir auf jeden Fall. Was hast du nach dem Sommer vor, du wirst dieses Jahr doch auch fertig?«

»Ich habe letzte Woche einen Hinflug nach Peru gebucht.«

»Und wann kommst du wieder?«

»Na ja, das weiß ich eben noch nicht.« Es klingt fröhlich. »Ich entscheide dort, ob ich weiterreise oder bleiben will und mir einen Job suche.«

»Aber dann? Was machst du mit deinem Zimmer? Und deine Eltern? Was sagen die dazu?«

»Untervermieten natürlich!« Lara lacht die restlichen Antworten weg. Eltern sind überall, das weiß jeder.

»Und was für Arbeit willst du machen?«

»Bestimmt gibt's etwas, was Geld bringt. Ich kann alles

Mögliche: in einer Fabrik sortieren, putzen wie Juli, ich kann an der Kasse stehen, bedienen, Zeitungen verkaufen. Was kann ein Mensch nicht?«

Sie hat recht, warum an Arbeit hängen, wenn man so viel kann, ohne wirklich etwas zu können? Mein Daumen steckt noch zwischen den Seiten, mit denen ich eingeschlafen bin: *Wie viele junge Leute werden flügellahm, weil sie in ihrer Jugend so viele Möglichkeiten haben, so viel machen können. Die Folge ist, dass sie meist nichts machen.*

Amerikanisch kurz ist neunzehnhundertzweiundsechzig erschienen.

420
Gesunde Frauen und Männer

Ich weiß, dass es Menschen gibt, die sich für Tiere einsetzen: Sie protestieren gegen zu kleine Käfige, in denen Hühner eingepfercht werden. Sie demonstrieren gegen Kälbchen, denen die Mutter zwei Monate nach der Geburt weggenommen wird, oder gerade dafür. Sie sind gegen Pelze oder für Straßenhunde irgendwo in Amerika.

Es gibt Menschen, die sich für die Natur einsetzen: Wo bleibt der Stolz auf niederländische Naturparks? Mehr Bäume in der Stadt und gegen das Abschießen von Damhirschen in der Provinz Zeeland. Es gibt Menschen, die sich für Essen einsetzen: kein gespritztes Fleisch oder Gemüse, kein Brot aus dem Supermarkt. Sowieso Supermärkte. Sie sind gegen Zucker: Gebt Kindern keinen Zucker, gebt ihnen Äpfel. Aber aufgepasst: Obst enthält auch Zucker!

Es gibt Menschen, die sich für Menschen einsetzen: Instanzen, die gegen Kinderarbeit kämpfen und für arme Menschen in Kontinenten, in denen die meisten noch nie gewesen sind. Sie sind gegen Rassismus, gegen die Misshandlung von Senioren, für geistig Behinderte, für Flüchtlinge, setzen sich ein für Babys mit Brandwunden, für chronisch Kranke oder für gesunde Frauen und also auch für gesunde Männer.

Dann gibt es Menschen, die gegen Abfall kämpfen, was ich auch befürworte: Kein Kaugummi auf der Straße. Den Abfall bitte trennen, Batterien in die Tonne vor dem Supermarkt,

Kleidung in die Kleidercontainer, Glas in die Glascontainer. Unterwegs den Abfall in die entsprechenden Behälter werfen. Sind die voll? Dann nimmt man die Plastikverpackung mit nach Hause. Der öffentliche Raum hat Anspruch auf Pflege.

Wenn das so ist, gibt es dann auch eine Gruppe, die sich für Wohnungen und Häuser einsetzt? Ein Haus verdient auch tägliche Pflege, genau wie ein Haustier. Die Leisten nicht nur sauberhalten, sie dürfen sich auch nicht lösen. Die Türklinken nicht endlos rappeln lassen, die Glühbirnen austauschen, wenn es nötig ist, den Abfluss frei machen, die Klobrille festschrauben, wenn sie wackelt, rechtzeitig den Duschvorhang ersetzen. Oder die Fensterrahmen und -bänke alle paar Jahre streichen, achten Sie auf die Risse in Wänden und Decken. Rufen Sie einen Handwerker, und lassen Sie es reparieren, bitte, auch wenn es eine Mietwohnung ist. Sie wohnen doch da, oder?

Das Haus von Herrn van Rijk sieht aus, als wäre ich noch nie dort gewesen. Heute fange ich mit der Toilette an. Ich habe alte Sachen angezogen und ein Geschirrtuch von zu Hause mitgenommen, das ich mir vor Mund und Nase binde. Auch habe ich alte Lappen und einen Schwamm dabei. Ich weiß, dass er die Lappen, die ich benutze, knochentrocken über der Waschmaschinentür hängen lässt.

Herr van Rijk sperrt die Badezimmertür oben ab. Wieder ist der Geruch in seinem Haus nicht zum Aushalten.

Die braunen Kacheln putze ich weiß, ich nehme jede halbe Wand frisches Wasser. Sogar der Türrahmen klebt und ist mit Spritzern übersät.

Ist dein Telefon kaputt? Hast du meine vorige Nachricht überhaupt bekommen?

Ich habe ein altes Nokia, er wird nicht sehen, dass ich sie

empfangen habe. Natürlich hatte ich ein Smartphone, aber jedes Mal, wenn es klingelte, bekam ich diesen Druck auf der Brust. Mein Vater, Maurits, Marlène, meine Mutter, Kamiel, sie alle konnten ein Gespräch anfangen, ein Thema anschneiden, ohne dass ich darum gebeten hätte.

Eine weitere Nachricht: *Ich habe auch fast Geburtstag, ich gebe ein großes Fest.*

Ich drücke meinen Vater weg.

Ich schaffe es nicht. Zeitlich schon, aber seelisch nicht. Ich will nicht mit meiner Familie im Kreis sitzen, über mich selbst reden, als müsste ich ständig Reklame für mein Leben machen. Als würde jeder Tag aus Höhepunkten bestehen: jeden Tag ein Diplom, einen neuen Hund, eine neue Küche, ein Studium beenden, einen Sprachkurs anfangen, ein Buch, ein Geldpreis, ein Kind oder verliebt. Was, wenn alles immer gleich läuft? Geht es dann nicht gerade gut? Bloß geht's nicht gut, oder wann geht es gut? Grob zerre ich mit meinen Gummihandschuhen die Verpackung der Toilettenbürste auf. Plastik auf Plastik. Ein unangenehmes Geräusch. Es ist die billigste Variante. Ich schrubbe die Kloschüssel so fest, dass sich der Stiel der Bürste durchbiegt. Ich sehe kleine Flecken vor den Augen. Ich versuche, möglichst wenig zu atmen. Aber der Gestank ist schon in meine Nase gedrungen, meinen Körper, meine Haare.

Oben wird die Badezimmertür aufgesperrt. Van Rijk schlurft zu seinem Büro, in dem es keine Arbeit gibt, sondern eine Datei mit Frauen. Das sah ich letztens, als ich ihn begrüßen wollte. Ein großer Schreibtisch steht da, mit einem Computer und einem Tesafilmhalter neben der Tastatur.

»Machst du das Badezimmer noch?«, fragt van Rijk auf

dem Treppenabsatz, warum er die Badezimmertür abgeschlossen hat, verstehe ich nicht.

»Ja, gleich«, rufe ich hinter meinem Geschirrtuch.

Mein Hals ist trocken, als hätte ich einen Kater. Aus seinen Gläsern trinken ist ausgeschlossen, ebenso wie diese Toilette benutzen. Bei all meinen Adressen benutze ich sie schnell, bevor ich die Kloschüssel reinige. Ich sorge dafür, dass ich nichts berühre, mich darüber hocke, wie Menschen in Dritte-Welt-Ländern über einem Loch hocken, um ihre Notdurft zu verrichten.

Van Rijk kommt die Treppe herunter, geht an mir vorbei, als würde ich nicht hier stehen. Er setzt sich aufs Sofa, schaut aus dem Fenster. Eine Haarsträhne ragt in die Höhe, seine Hände ruhen auf seinen Knien.

Oben versuche ich mit viel Kraft, das kleine Badezimmerfenster zu öffnen.

»Lass das nur zu, ich habe die Heizung noch an.« Herr van Rijk steht plötzlich im Türrahmen. »Ich gehe einkaufen, soll ich für dich noch was mitbringen?«

»Neue Spültücher?« Jeder schaut in eine andere Ecke.

»Gut.« Er dreht sich um und geht.

Der Geruch ist in meiner Nase hängengeblieben, wie gewaschene Hände einen Tag nach dem Knoblauchschneiden noch immer danach riechen können.

Das Waschbecken ist mit verkrusteten Zahnpastaresten bedeckt, auf dem Boden liegen einige Häufchen Waschpulver, in der Duschkabine große Klumpen blaues Duschgel. Ich bin froh, dass er kein Haustier hat.

Je länger ich putze, desto durchdringender wird der Geruch. Sicherheitshalber schaue ich in seiner Abstellkammer nach. Nichts. Zurück im Badezimmer folge ich meiner Nase: am Schrank vorbei, hinter der Waschmaschine, um die Duschkabine und zu seinem Wäschekorb.

Am Wäschekorb riecht es am schlimmsten. Die graue Tonne wird in anderen Haushalten als Abfalleimer benutzt. Vorsichtig hebe ich den Deckel.

»Nicht?«, sage ich laut. Der Wäschekorb ist bis zur Mitte mit dunkler Wäsche gefüllt. Auf einem schwarzweißen T-Shirt liegt ein dicker, dunkelbrauner, gedrehter Haufen. Der Deckel fällt mir aus den Händen. Ich muss weiter, das Waschbecken ist noch nicht fertig. Die Küche und das Wohnzimmer habe ich noch nicht erledigen können. Soll ich einen Zettel hinlegen? Die Heizung steht auch hier oben auf einer Temperatur, als wäre es mitten im Winter. Schweiß auf meiner Oberlippe, auf meinem Rücken, schwappende Achseln.

In seinem Büro flackert ein hellrosa Viereck auf dem Bildschirm, eine Tanja.

Ich stehe in seinem Schlafzimmer, warum, weiß ich auch nicht. Vorhänge hängen dort nicht, außen an den Fenstern klebt klumpenweise Vogelmist. Sogar einen Fensterputzer anzurufen ist zu viel Mühe. Seine Matratze hängt auf der rechten Seite durch, und seine Kissen scheinen daran festgeklebt zu sein. Mein Hals zieht sich zusammen, mein Atem ist kurz und unregelmäßig. Mir wird flau im Magen, hämmernde Schläfen. Ich renne zurück ins Badezimmer. Den Deckel auf den Wäschekorb, ich kippe den Eimer Wasser aus. Alles schwappt über das Waschbecken. Schnell trockne ich das klebrige Schränkchen und den Fußboden, räume die Sachen weg. Unten zeigt die Uhr an, dass es noch immer halb drei ist.

25
Ständiges Evaluieren

»Eigentlich ist da noch was, keine Kritik, beileibe nicht. Nein, ich bin froh, dass ich dich habe. Du bist jede Woche da, das war bei deiner Vorgängerin wahrlich anders. Du bist immer pünktlich und rufst anständig an, wenn du später kommst oder gar nicht, und dann nennst du immer ein Ersatzdatum! Ja, ich bin sehr zufrieden mit dir.

Du darfst dir jederzeit Kaffee oder Tee nehmen. Wenn du das nicht magst, dann finden wir eine Lösung. Ein Mensch sollte in Lösungen denken, nicht in Problemen!

Entschuldige, dass ich es sage, aber ich bin nicht so für zuckerhaltige Getränke, aber ich hab nichts dagegen, wenn du das am liebsten trinkst. Du sollst gerne zur Arbeit gehen.

Wie benimmt sich Menno, wenn du da bist? Er freut sich, was, ich sah es sofort: der fröhlichste von allen Welpen. Mein Nachbar von gegenüber ist völlig weg von ihm, hast du den schon getroffen? Auch ein feiner Kerl. Ich mag fröhlich. Leute sind oft anstrengend, findest du nicht?

Was ich versuche zu sagen, ist, wenn du meine Hemden und die Blusen meiner Mutter bügelst … Das sind ganz schön viele, was? Wenn du nur sieben schaffst, dann belässt du es bei sieben! Dann erledige ich den Rest, wenn ich abends nach Hause komme. Das sollte dir keine Gewissensbisse bereiten.

Mein Haus ist natürlich zu groß, um in drei Stunden alles sauberzumachen. Und wie ich schon sagte, putzen, das mache ich nicht wirklich. Nicht dass ich keine Zeit hätte, es ist ein Prinzip: Nach der Arbeit will ich meinen freien Abend genießen. Das kennst du vielleicht noch nicht. Als Studentin ist Freizeit ganz selbstverständlich, aber warte nur, junge Dame, später tust du alles für deine freien Abende, und du bist jeden Tag froh, um sechs Uhr nach Hause zu dürfen.

Ach, warte, du bist schon längst keine Studentin mehr. Sorry, ich vergesse das immer, obwohl du das auch als Kompliment auffassen kannst.

Übrigens, ganz vergessen zu sagen, ich hab dein Buch bestellt. Ich lese gern, hatte ich dir das letztes Mal erzählt? Man kann's natürlich auch sehen, mein Bücherregal quillt ja fast über. Ich will es seit ewigen Zeiten aufräumen. Viele können weg. Aber dann frage ich mich doch, wo lässt man sie? Bücher sind Wissen, und Wissen wirft man nicht weg. Enfin.

Meist hole ich mir mein Mittagessen draußen, und dann schließe ich mich in meinem Büro mit einem guten Buch ein, Essen, und einem Kaffee. Was will ein Mensch noch mehr?

Ich hab mir einen Satz von dir gemerkt, fällt mir jetzt plötzlich ein, da ich mit dir rede. Ich zitiere: ›Ich hatte das Gefühl, wir wären gleich alt.‹ Einen treffenden Satz hast du da erwischt, Julia. Alter ist nicht mehr als eine Zahl, aber darüber wird oft anders gedacht.

Aber worüber ich mit dir reden wollte, ist, dass ich es am schönsten finde, donnerstags nach Hause zu kommen. Dann bist du da gewesen, und alles ist wunderbar sauber. Als hätte ich mir selbst ein Geschenk gemacht. Eine seltsame Empfindung, meinst du nicht? Ich gehe zur Arbeit, komme nach Hause, und das Haus ist sauber. Ohne dich gesehen zu haben! Ich meine nicht, dass ich dich verpflichte, vor neun Uhr anzufangen. Aber so wie jetzt, sich ab und an zu begegnen, dass wir beide von der Existenz des anderen wissen.

Wie ich schon sagte, halte ich große Stücke auf dich, ich empfehle Clean Matching auch allen. Sie rufen mich regelmäßig an und fragen, ob ich zufrieden mit dir bin. Ständiges Evaluieren. Wie es sich gehört. Mach dir nur keine Sorgen, ich habe gesagt, ich könnte mir keine bessere Reinigungskraft wünschen. Man hört oft seltsame Geschichten über Reinigungskräfte, die unordentlich sind, nicht pünktlich kommen oder stehlen! Kannst du dir das vorstellen? Ich habe auch genügend Erfahrung mit Reinigungskräften, aber darüber ein anderes Mal.

Was mein Punkt ist, die Hemden und Blusen, die ich immer übers Treppengeländer hänge, die hängen in einer bestimmten Reihenfolge. Das ist mehr die Idee meiner Mutter, ich habe es unbewusst übernommen, wie das eben so ist mit Erziehung. Da musst du mal drauf achten, wie viel du unbewusst von deinen Eltern übernimmst. Ich frage mich regelmäßig: Wer sind wir eigentlich wirklich? Was ist einzigartig an uns?

Enfin. Noch ehe du kamst und als meine Mutter nicht so alt war, hingen sie so, dass wir beide auf jeden Fall drei oder vier Hemden oder Blusen gebügelt bekamen. Aber wie du sie sortierst, das ist nicht praktisch. Meine Mutter trägt immer helle und weiße Blusen, was bedeutet, dass du nicht zu meinen Hemden kommst. Das ist natürlich kein Problem, oder doch, aber es ist bestimmt nicht gerecht, wenn du ihre Blusen bügelst, weil sie weiß oder hell sind, und meine Hemden nicht oder kaum schaffst, weil sie dunkler sind.

Was ich zu sagen versuche: Hör bitte damit auf, unsere Sachen farblich zu sortieren. Das bringt keinem was.«

4-C
Topfgucker

Marieke will, dass ich den Küchenboden auf den Knien schrubbe. Aber ich gehe nicht auf die Knie. Wir leben nicht im Jahr neunzehnhundert. Als der Staubsauger erfunden wurde, aber noch keiner einen hatte.

Ihre spröden Haare im Pferdeschwanz. »Hast du nicht aufgepasst?« Sie sieht aus, als würde sie nie mit jemandem sprechen. Sie macht eine wilde Handgebärde, geht weg.

In der Küche ist es warm. Ein durchdringender Urin- und Abfallgeruch. So riecht die Stadt nach dem Königstag. In der Ecke leere Konserven von Bohnen, Mais und Erbsen. Ohne sie erst sauberzumachen, hat sie sie dahin geworfen. Ein Katzenklo und Futternäpfe neben der Küchenzeile. Die Katze habe ich noch nicht gesehen. Alle ebenen Oberflächen sind mit Sachen übersät. Aus dem Wohnzimmer ertönt eine amerikanische Stimme, die dem Publikum und den Zuhörern zu Hause von der kranken, einsamen Annie erzählt.

»Geht es?«, ruft Marieke über die Fernsehergeräusche hinweg. Ich rufe nichts zurück.

Am liebsten würde ich erst alles sortieren. Obwohl ich nicht zum Aufräumen herkomme. Dass es einen Unterschied gibt zwischen Saubermachen und Haushaltsarbeiten, wissen nur wenige. Haushaltsarbeiten erledige ich nur bei Leuten, bei denen alles stimmt.

Über der Spüle ein Regal mit einem digitalen Fotorahmen.

Weiß umrandet. Das Bild ist grell, verglichen mit dem Rest der Küche. Fotos schieben sich vorbei. Marieke in jüngeren Jahren: Sitzend an einem braunen Tisch mit Freunden und Biergläsern. Marieke auf Skiern, als Ballerina, am Rand eines Schwimmbads sitzend mit Bademütze. Fotos von ihrer Entbindung folgen. Rot und hitzig. Zwei kleine lilafarbene Babys auf ihrer Brust, erschöpft schaut sie in die Linse. Hübsch ist Marieke nie gewesen.

»Was stehst du hier so rum? Ich dachte, das Büro würde Reinigungskräfte vermitteln, keine Topfgucker.« Marieke ist drei Köpfe kleiner als ich. Rheuma und etwas von einer Liliputanerin.

»Ich suche einen Eimer.«

Seufzend sagt Marieke, dass sie nicht alles ständig wiederholt. Genau wie mein Vater in der Zeit, als er zu Hause hockte. Er gab kurze zwingende Sätze von sich, die indirekt für mich bestimmt waren: »Sitzt du nun schon wieder da und liest?« Seine Tage bestanden irgendwann daraus, im Schlafanzug Kreuzworträtsel zu lösen. Nur wenn er zur Toilette und zur Wein- und Spirituosenhandlung musste, stand er auf. Sagte meine Mutter etwas über seinen Alkoholkonsum, lautete seine Antwort: »Ich gebe dem Leben nur eine heitere Note.« In dieser Zeit las ich alles von den Russen bis hin zu Remco Campert. Hauptsache, es ging um Männer, die es auch schwer hatten. Und die gab es: schwierige Männer. Ohne Buch fühlte ich mich kahl. Das erinnerte Marlène an ihren Vater. Ihre Eltern ließen sich scheiden, als sie noch klein war, ihr Vater hatte ein Alkoholproblem. Statt ihn zu verachten, akzeptierte sie sein Verhalten, gerade durch das Lesen.

Wir beschlossen, selbst nie ein Kind zu bekommen. Uns nie zu verlieben. Passierte das, passten wir unsere Ziele an: Sich verlieben durfte sein, aber zusammenziehen ging zu weit. Das verlor ich. Wir lachten darüber. Zusammenziehen durfte sein, aber man musste noch Zeit für andere Menschen als den Partner freihalten. Einen Blick für andere Menschen, keine Kinder.

Marlène,
wissen Leute, was sie sagen, wenn sie fragen, ob man Kinder haben möchte oder nicht? Als würden sie über die Anschaffung eines Welpen sprechen: wuscheliges Fell, große Augen, kleine Ohren, kurze Beinchen. Dass er groß wird, für immer da ist, wird vergessen.

Bist du vielleicht schwanger? Lässt du darum nichts von dir hören? Wir hatten doch eine Abmachung?

Obwohl ich weiß, dass man sich nicht an alle Abmachungen halten kann.

Weißt du noch, dass du sagtest, du hättest als Kind behauptet, du würdest dir deine Brüste abhacken? Oder dass du dich niemals schminken wolltest? Wir legen uns Regeln auf und brechen sie. Wir sind uns dessen bewusst, oder, Marlène? Was lässt sich über diejenigen sagen, die nicht über Elternschaft nachdenken? Was, wenn sie sich massenweise fortpflanzen? Wie deine und meine Eltern? Du wirst sagen, dass es uns dann nicht mehr gibt, dass ich mir darüber keine Sorgen zu machen brauche, einfach, weil ich nichts daran ändern kann. Aber du weißt, was ich meine.

Oder?

Auf Mariekes Fotos ist nirgends ein Mann zu finden. Er muss durchgebrannt sein, als er erfuhr, dass er nicht ein, sondern gleich zwei Kinder bekommen wird.

Ich lasse einen Eimer Wasser einlaufen. Je höher die Temperatur, desto dünner der Strahl. Ich starre in den Garten hinter dem Haus. Ein Berg Müllsäcke mit Löchern, angefressen von den Mäusen.

»Warum gehst du nicht zum Sport, oder machst ehrenamtliche Arbeit?«, fragte ich meinen Vater nach ein paar Monaten.

»Sport ist vielleicht zu viel, aber du könntest jeden Tag eine halbe Stunde spazieren gehen. Dann kommst du mal kurz raus.« Ich las Bücher über seine Krankheit. Ich schrieb alles Mögliche ab. Als ich meinen Laptop bekam, tippte ich es ab und mailte mir die langen Texte. Aber das wusste und weiß er nicht.

Die Kiefer meines Vaters knirschten, seine Hände umklammerten die Sessellehne.

»Erzählst du mir, was ich zu tun habe?«

Ich schüttelte den Kopf. Er sagte, dass – wenn jemand mal rausmüsse – ich das sei.

»Ich gehe jeden Tag zur Schule.« Innerlich bebte ich. Er schoss aus seinem Sessel. Mit zwei großen Schritten war er bei mir, die Hand erhoben. Ich duckte mich, behielt aber Blickkontakt. Sein Atem klang unregelmäßig, seine Augen schossen scheu hin und her. Als hätte er einen Einbrecher auf frischer Tat ertappt, noch einen Schlag, und der Täter ging in die Knie.

Zum ersten Mal standen mein Vater und ich so nah zusammen. Ich sah, dass er mich auch nicht kannte. Ich schaute ihn weiterhin an, kniff die Augen genauso zu wie er. Er ließ seine Hand sacken und schlurfte zu seinem Sessel. Ich bin in die Küche gegangen und habe meiner Mutter geholfen, die mit den Einkäufen ins Haus kam.

25
Alle allein

Ich sitze hier im Bikini. Eine Flasche Rosé und eine Tüte geriffelte Paprikachips neben mir. Ein Stück weiter im Schatten liegt Menno. Ich habe seinen Trinknapf mit nach oben genommen. Sogar wenn er still daliegt, hechelt er.

»So warm ist es nun auch wieder nicht«, sage ich. »Du stellst dich an.« Er sieht mich an, als wäre er nicht meiner Meinung.

Schauen, aber nicht reden.

Die Terrasse des Cafés bei mir um die Ecke war brechend voll, sogar auf der gegenüberliegenden Seite, wo eine Art Verkehrsinsel ist. Selbst dort standen Tische und Stühle. Als müssten alle in Scharen nach draußen. Wo die Menschen im Winter bleiben, weiß ich nicht, aber dass sie alle zusammen im Frühjahr auf der Terrasse sitzen müssen, begreife ich noch weniger.

Der Rosé sorgt dafür, dass ich im Urlaub bin, ohne wegfahren zu müssen. Schade ist bloß, dass ich das nur am Anfang habe. Je mehr ich trinke, desto stärker wird er. Ich nehme mir vor, kleine Schlucke zu nehmen.

Die Dachterrasse ist spärlich eingerichtet, wie sein Haus. Wie Männer Häuser einrichten? Als würden sie in zwei Kategorien denken: unnötig oder unbedingt nötig. Nichts dazwischen. Genau wie ihre Schubladen oder Nachtschränkchen. Sie scheinen nicht zu wissen, was sie mit dem überflüssigen

Platz anfangen sollen. Während bei Frauen die Schubladen fast überquellen.

Ich schaue auf andere Dachterrassen. Menschen liegen träge in einem Gartenstuhl oder auf großen Sitzkissen. Sie spielen auf ihren Telefonen rum oder sitzen an ihrem Laptop. Sie arbeiten zu Hause. Wir können einander belauschen und beobachten. Niemand grüßt sich. Als wären wir alle allein.

Unten geht eine Tür auf, wird wieder zugeschlagen. Menno springt mit einem Satz auf, stellt sich schwanzwedelnd vor die Tür.

»Hallo?«, rufe ich in den Flur. Stille. Noch mal. Es bleibt still. Vielleicht waren es die Nachbarn. Mitten in der Stadt sieht man nicht nur alles, man hört auch alles. Die Regel gilt: Tu, als würdest du nichts sehen, nichts wissen. Obwohl in jedem Haus ein Fernglas auf der Fensterbank steht.

Menno bellt begeistert. Als würde er rufen: »Wir müssen jetzt gehen!«

Die Sonne brennt. Ich nehme noch einen Schluck und noch einen, schenke mir nach. Menno bleibt vor der Tür stehen und wedelt mit dem Schwanz.

»Ich verstehe dich nicht, da ist keiner. Leg dich hin, oder ich setz dich in den Flur.« Er schaut mich fragend an. »Oder willst du Chips?« Ich locke ihn mit einer Handvoll Chips. Er kaut wie immer laut und ungeschickt.

Als ich mich wieder gemütlich hinsetzen will, sehe ich einen Schatten in den Augenwinkeln. Er taucht hinter die Vorhänge des Büros. Ein Druck auf meiner Brust. Ich kippe den Rosé auf ex runter. Oder war es nichts? Lange spähe ich zu dem reglosen Vorhang.

Menno sitzt träge hechelnd neben mir, wartet auf Chips.

»Du stinkst nach Paprika. Geh was trinken.«

Er sieht mich nicht einmal an. Ich schenke mir nach, drücke drei Paracetamol aus der Blisterfolie, spüle sie mit Rosé runter. Noch ein Blick zum Büro, wo nichts Besonderes zu sehen ist, es wird der Alkohol sein, der mich misstrauisch macht.

388
Schlimm

»Ja!«, sagt Josefien. »Einen guten Morgen! Wie du weißt, sollten wir jetzt eigentlich im Urlaub sein, aber das hat nicht geklappt.« Sie steht oben an der Treppe. Als ich neben ihr bin, gibt sie mir die Hand. Als würden wir uns gerade kennenlernen.

»Das wusste ich nicht.« Mir ist schummrig. Letzte Nacht raste ich wie eine Wilde an meinen Gedanken vorbei. Erst gegen vier Uhr schlief ich ein. Natürlich habe ich verschlafen, und natürlich bin ich ohne Frühstück aufs Rad gestiegen.

»Hat Ferdinand das nicht erzählt?« Mit ihrer anderen Hand kneift sie in meine Schulter. Ferdinand schaut mich an, als hätte er mich nie zuvor gesehen. Verwirrt, fast betäubt.

Vorsichtig löse ich mich aus Josefiens Händen.

Lara ist auch jemand, der Menschen gern anfasst. Sie versucht es oft. Nicht mehr wie anfangs: Ihre Hände, die auf meinem Kreuz ruhten, wenn ich den Abwasch erledigte und sie unbedingt an die Spüle musste. Sie wusste, dass ich zur Seite trat, mich abwandte. Jetzt bleibt es bei einer flüchtigen Hand auf meiner Schulter oder Schulter an Schulter im Flur. Ihre stechenden Augen. Die fragen. Die etwas wollen.

»Ferdi, hast du ihr nicht erzählt, dass wir in Urlaub fahren wollten?«

Sie sehen sich schweigend an.

Ich mache kaum Urlaub. Nicht weil ich nicht durchbezahlt

werde, sondern auch, weil ich Angst habe, ausgewechselt zu werden. Clean Matching sorgt für Kunden *und* Reinigungskräfte. Bei ihren Matches berücksichtigen sie die von der Reinigungskraft zurückzulegende Kilometerzahl. Eventuelle Allergien und die Tätigkeiten, die man angegeben hat: Bügeln, Waschen, Gartenarbeit, Einkaufen und sämtliche andere. Ein Büro als Zwischenperson ist für den Menschen der Gegenwart. Wenn Kunden sich beklagen oder mich ohne Grund nicht mehr wollen, läuft das über eine Zwischenperson. In meinem Fall Natasja. Wie Abfall werde ich an die Straße gestellt. Es dauerte eine Weile, aber ich habe mich daran gewöhnt, an das Unpersönliche. Mehr noch, so gehe ich selbst auch am liebsten mit Leuten um: klar, zielgerichtet, schnell und ohne Gefühl.

»Ich kann dir nicht sagen, warum wir beschlossen haben, zu Hause zu bleiben, aber es ist abscheulich, richtig abscheulich«, sagt Josefien, und sie schaut gequält.

»Wie schlimm«, sage ich, um etwas zu sagen.

»Ja, sehr schlimm, schlimm ist es ganz bestimmt.«

»Sehr schlimm«, sagt Ferdinand mit erhobenem Finger.

Josefien sieht ihn kurz an. Ich nehme die Putzsachen, die ich brauche.

Schlimm lässt sich leicht anwenden, man kann es gut einsetzen, genau wie schön, komisch, gemütlich oder nachvollziehen. Um das Gespräch am Laufen zu halten, darf man es nicht zu persönlich machen oder zu inhaltlich und auf keinen Fall unhöflich wirken. Das ist das Letzte, was wir wollen: unhöflich sein. Das hat mir meine Mutter beigebracht: »Wenn du nicht weißt, was du tun sollst in einer bestimmten Situation, rede den Leuten einfach nach dem Mund, ahme sie nach. Zieh ein empörtes Gesicht, wenn sie es tun, frag, wie es geht, und lächle. Vor allem immer weiter lächeln.«

Mein Telefon vibriert, ich drücke meinen Vater weg.

»Ist es nicht besser, wenn du für die gesamte obere Etage dieselbe Lauge nimmst? So verschwendest du unnötig Wasser«, sagt Josefien. Sie sitzt am Küchentisch über eine Zeitung gebeugt. Ich höre auf, den Eimer zu leeren: mitgehen, nachahmen, höflich sein.

»Ferdi, iss dein Frühstück auf. Hast du deine Medikamente schon genommen?«

Seine Antwort ist undeutlich.

»Julia, du kannst den Tisch schon abwischen.« Ich sehe Ferdinand an, der die Schultern hebt.

»Übrigens, mir ist aufgefallen, dass du die letzten paar Mal den Abfall auf einen Haufen geworfen hast. Aber in diesem Haushalt trennen wir alles. Ferdi kann es nicht gewesen sein. Würdest du in Zukunft darauf achten?«

Ich sage ja. Obwohl ich weiß, dass ich es nicht war.

»Gut, und dann noch etwas, ich weiß nicht, ob Ferdi es dir gesagt hat, aber du brauchst unsere Pflanzen nicht zu gießen.« Sie schaut noch immer auf die Zeitung, blättert um. »Unsere Pflanzen sind Pflanzen, die nicht gepflegt zu werden brauchen. Wenn sie jede Woche Wasser bekommen, sterben sie. Lass sie in Ruhe, ja?«

Ich will antworten, aber eine Tüte angebrochene Chips Naturell auf der Spüle zieht meine Aufmerksamkeit auf sich.

»Gut, kannst du schon unten weitermachen?«

»Fast, ich muss hier noch staubsaugen und wischen.«

»Lass das heute mal sein. Würdest du alle Koffer auspacken und die Wäsche nach Farbe sortieren?«

»Wieso?«

»Für die Waschmaschine.« Sie schaut irritiert auf. »Trennst du deine Wäsche nie nach Farben?«

»Die Wäsche?« Warum ich jedes Wort anzweifle, ist mir nicht klar. Aber dass es Leute gibt, die alles voller Überzeugung aussprechen, kann ich noch weniger nachvollziehen.

»In den Koffern.« Sie zeigt nach unten. Im Flur stehen zwei Koffer und drei große Einkaufstaschen.

»Nehmt ihr eure Schmutzwäsche immer mit in Urlaub?«

Josefien zieht die Augenbrauen hoch, als sei ich jetzt zu weit gegangen.

8
Erwachsene

Rempelnde Ellbogen, klebrige Arme, Leute, die mir aus Versehen auf die Füße treten. Es riecht nach Schweiß und Chlor.

»Was arbeitest du?« Bevor ich antworten kann, ruft sie mir ins Ohr: »Und wo sind deine Freundinnen? Lara meinte irgendwie, du hättest keine.« Ihr Atem ist sauer, ihre Lippen glänzen vom Lipgloss. Sie lacht, als würde sie fragen, welches Haustier ich habe.

»Die haben viel zu tun«, rufe ich. Wir stehen an der Bar. Sie nickt, fragt noch einmal, was ich arbeite.

»Ich putze.«

»Wo?« Ihre Augen sind groß, alle Jungen, die vorbeikommen, schauen sie an.

»In Häusern«, rufe ich zurück.

»Was für Häuser?« Weil wir die Musik übertönen müssen, überschlägt sich ihre Stimme.

»Häuser von Leuten.«

»Haben die viel Geld?«

»Genug.«

Sie fragt, ob ich auch einen süßen Weißwein möchte, und bestellt zwei. Die Barfrau sieht aus, als hätte sie verschlafen, wäre schnell zur Arbeit gefahren und hätte unterwegs einen Platten bekommen. Ein Junge neben mir versucht, sie zum Lachen zu bringen.

»Machst du das den ganzen Tag?«, fragt Laras Freundin.

»Nein, nur morgens.«

»Und dann?«

»Das frage ich mich auch.« Ich kippe den Wein runter. Muss ich mich sogar jemandem gegenüber verantworten, der zehn Jahre jünger ist? Ich erzähle niemandem von meinem Debüt. Maurits war nach Marlène der Einzige, mit dem ich über Schreiben und Lesen sprach. Ich hatte das Gefühl, er würde mich verstehen. Maurits fragte, wie ich las, worauf ich achtete. Ich erzählte ihm, dass ich alles las, dass ich Sätze abschrieb und festhielt, was ich wann las, welches Buch ich wo gekauft hatte, dass ich all meine Bücher einschlug.

»Du meinst, wie man das in der Schule musste?«

»Ja, so, ja.«

»Warum, wenn ich fragen darf?« Er lachte, den Kopf ein wenig in den Nacken gelegt, ich lachte mit, und wir lachten meine Antwort weg. Okay, das war das Einzige, was er nicht verstand, aber wenigstens hatte er keinen Kommentar dazu. Kamiel hingegen fand es lächerlich, dass ich meine Bücher einband. Er sagte, ich solle mich nicht so viel mit anderen beschäftigen.

Mein Kopf schwirrt. Ich habe keine Lust, über Tagesabläufe zu reden. Zu tanzen genauso wenig. Am liebsten ginge ich jetzt raus aus diesem Laden, um durch die Stadt zu streifen und alle Lichter, wie in Filmen, wenn jemand betrunken ist, verschwommen an mir vorbeiziehen zu lassen. Alles wie ein einziges großes Rauschen.

»Hast du nachmittags frei?«

»Ja.«

»Wow, wirklich?« Sie hält sich an der Bar fest und prostet.

»Auf alle Jobs mit viel Freizeit.« Im Takt der Musik nickend, geht sie zu ihren Freundinnen. Sie tragen dieselbe Art von Kleidung wie Lara.

Wir tranken schon seit halb zehn in Laras Zimmer. Wein aus dem Karton. Lara stellte mich vor: »Das ist Julia, und sie sagt am liebsten nicht so viel.« Sie lachte und streichelte mir über die Haare. Ich saß, sie stand. Ich schenkte mir oft nach, schenkte mir Mut nach.

Lara und ihre Freundinnen schwatzten über Jungen. Wenn unsere Blicke sich trafen, lächelten wir.

Die Musik ist laut. Viele singen mit oder schauen erstaunt auf, wenn ein neuer Song einsetzt. Die Musik wurde von schwarzen Menschen gemacht. Das fällt auf, weil das Publikum weiß ist. Sie sind Jahre jünger als ich, hier und dort ein verlorener Erwachsener. Wie der hopsende Mann mit grauen Haaren. Vielleicht denken die Leute, mit denen ich aus Versehen Blickkontakt habe, dasselbe: Da war eine Frau, um die dreißig? Krähenfüße um die Augen. Sie stand auf der Tanzfläche. Sie war allein. Eine Gruppe strich um sie herum, aber ob sie wirklich zusammengehörten? Die Gruppe tanzte, die Frau schaute sich um, sprach mit niemandem. Sie schaute einfach nur, oder einfach, sie schaute erschreckt, fast verwildert. Nichts für ungut, aber sie gehört ins Bett. Oder in eine Kneipe mit Gleichaltrigen, Vintagemöbeln und Neunziger-Musik. Wo Geschichten erzählt werden von früher, damit es gemütlich wird. Gemütlich ist ein Wort, das man benutzt, wenn man älter wird, genau wie genießen. Wir benennen das nicht, einfach weil wir es schon tun, genießen. Aber offensichtlich wird das schwieriger, je älter man wird. Man muss alles benennen, sonst wird es nicht geglaubt. Man muss es wiederholen: Alles gut? Ja, gut. Mir geht's wirklich gut. Wirklich.

Diese Erwachsene gehörte eben nicht auf die Tanzfläche. Als würde meine Mutter plötzlich vor mir stehen. Oh, hör bloß auf.

Die Lampen springen an, ich schrecke auf. An eine Säule gelehnt, warte ich auf Lara, die mit einem Jungen in einer Ecke knutscht. Sicherheitsmänner bitten uns freundlich, aber eindringlich, rauszugehen. Sie sind nicht breit, sondern dick. Sie tun so, als wären sie breit.

Mit Lara und diesem Jungen gehen wir in unsere Richtung. Ich hinter ihnen.

Die Luft draußen ist angenehm so unter Alkoholeinfluss. Ich habe nur Angst, dass sie meine Beine sehen, die nicht mehr laufen, wie sie müssten. Lara hat sich in einen völlig anderen Menschen verwandelt. Bei manchen Mädchen verändert sich nicht nur die Haltung, sondern auch die Stimme, wenn ein attraktiver Mann auftaucht. Dieselben Mädchen können schamlos Männer mit nach Hause nehmen.

Der Junge hinkt ein wenig, er hält die Hände an seinen Schritt. Laras Haare hängen in klebrigen Strähnen herab, sie spricht mit schwerer Zunge.

Zu Hause nehme ich drei Paracetamol, schon mal gegen die Kopfschmerzen, die kommen werden. Im Bett dreht sich alles, meine Ohren sausen, mein Körper scheint durch die Matratze zu sinken. Endlich, ich werde endlich schlafen.

Lara ist auf dem Balkon. Ich will auch jemanden, an den ich mich kuscheln kann, zu dem ich gehöre. Ich finde die Visitenkarte des Yogamannes auf meinem Nachtschränkchen. Das grobkörnige Papier sagt, dass er Noam Gorin heißt.

Noam Gorin: Hundeflüsterer. Mein Blick bleibt an dem Wort Hundeflüsterer hängen. Ich weiß nicht, was ich davon halten soll, ob ich davon etwas halten soll. Ich nehme mein Telefon, schicke ihm eine SMS.

Keine Minute später: *Endlich, und das mitten in der Nacht. Liebe Grüße.*

Plötzlich ist es, als würde ich aus einem tiefen Schlaf erwachen. Ich will Lara fragen, was ich tun soll, aber sie sitzt wieder stöhnend auf dem Balkon. Es ist halb fünf nachts, was macht der Yogamann um halb fünf in der Nacht? Er gehört ins Bett, er gehört schon mal ganz sicher ins Bett.

76
Zweimal die Woche

Schulbücher, Romane von Oek de Jong, Peter Buwalda und Tommy Wieringa sowie alles, was in Fernsehsendungen angepriesen wird. Mindfulnessbücher, Berichte mit Namen und Zahlen, Kalender mit verschlissenem Einband. Karierte Papiere, linierte Papiere mit schludrig geschriebenen Sätzen oder Rechensummen. Probentexte mit roten Anmerkungen, Notizbücher ohne Einband, Werbebroschüren, Kontoauszüge von der ING. Grob aufgerissene blaue Umschläge vom Finanzamt, Briefe von der Stadt adressiert »An die Bewohner dieses Hauses«.

Donald-Duck-Hefte, Briefe neuer Kursteilnehmer in schlechtem Niederländisch, Zeitungen, ausgeschnittene Schlagzeilen, Fotos, Interviews und herausgerissene Kolumnen von Arnon Grünberg.

Ansichtskarten mit sonnigen Landschaften, zwei rosafarbene Geburtsanzeigen, zig Geburtstagskarten und sieben umrahmte Traueranzeigen.

Ausgeschnittene Zettel, dünnes Papier, mit jeweils einem handgeschriebenen niederländischen Wort: Hand, Kerze, Tisch. Bis jetzt habe ich die Logik hinter ihrem selbst erfundenen Spiel für die Kursteilnehmer noch nicht entdecken können. Bei einem Quartett müssten sich die Karten wenigstens in einer Schachtel befinden oder mit einem Gummi zusammengehalten werden, oder? Jetzt liegt Stecker unter dem Sofa. Tannenbaum unter der Fernbedienung und Kühlschrank in der Schlüsselschale.

Vollgeschriebene Hefte, Staubsaugertüten, Familienfotos, von denen der Mann abgeschnitten, gefaltet oder abgerissen wurde. Kassenzettel von Albert Heijn und Blokker, Pfandwertzettel, Fotos von ihrem neuen Freund in einem gelben Blumenfeld, benutztes Geschenkpapier, Küchenrollenfetzen, Landkarten von Frankreich, Plastiktüten mit verblichenen Logos, Kinderfotos ihres Sohnes, Deckel von Schalen chinesischer Abholmahlzeiten, Platzdeckchen, ein Batterielader, Teile eines Druckers, CDs mit afrikanischen Namen, Holzuntersetzer, Verpackungen von Handys, iPads, iPods und anderen Sachen von Apple, alte Brettspiele, eine Festplatte, Fotorahmen ohne Glas oder Rückwand, verbrannte Topflappen, leere CD-Hüllen, Batterien, DVDs mit Männern in Bodywarmern mit einem Gewehr in der Hand, USB-Sticks, Kappen von USB-Sticks, Mandarinennetze, Akkus, Brillenetuis und ab und an ein lilafarbener Spitzen-BH.

Ich sortiere das alles zweimal die Woche von groß nach klein, lege es in Stapeln auf die Fensterbank, damit es ordentlich wirkt für die Kursteilnehmer, die eine Stunde später klingeln werden.

14
Die Allergieliste

Laut kläffend begrüßt mich ein junger Hund. Kurze Pfoten, ein dicker und faltiger Leib und ein zerknautschter Kopf.

»Das ist Silber«, sagt Richard nur knapp verständlich. »Er ist neu.«

»Okay«, sage ich. Hätte ich doch nur die Allergieliste von Clean Matching ausgefüllt. Dann hätte ich angegeben, allergisch gegen Hunde zu sein, gegen Haustiere im Allgemeinen. Sie sitzen immer da, wo ich gerade hinmuss. Sie stinken und machen Geräusche. Dieses Rumlecken an ihrem Fell und Geschlecht.

Wenn ich meine Allergieliste doch noch abgebe, füge ich gleich hinzu, dass ich eine Allergie gegen Leute habe, die zu Hause sind, wenn ich da bin. Und wenn sie zu Hause sind, bin ich auch allergisch gegen Leute, die reden. Gegen Leute, die zwar nicht reden, aber überdeutlich da sind. Wie Richards Freundin, sie sitzt im Wohnzimmer an einem Holztisch. Den Rücken ein wenig von der Lehne abgerückt, späht sie konzentriert auf den Bildschirm ihres Laptops. Das Hoheitsvolle, diese Strenge, die diese Freundin kennzeichnen, davon bekomme ich Niesanfälle. Das werde ich bei eventuellen Anmerkungen nennen.

Händejucken bei Menschen, die morgens da sind, aber nicht dort wohnen. Wie Witwen mit langen Gesichtern. Betty nickt mir grüßend zu.

»Es ist unverschämt, dass du meine Mail nicht beantwortet hast. Wochenende oder nicht, Urlaub oder kein Urlaub.« Die Freundin telefoniert. Ihren Akzent kann ich nicht gut einordnen. Ihre Worte sind eckig, suchend, aber scharf. Als sie aufgelegt hat, nimmt sie einen Zug von ihrer Zigarette und öffnet ihre Facebookseite.

Eine Allergie bei automatischen Handlungen wie dem angeödeten Scrollen über die eigene Chronik. Sie fragt Richard, der noch am Fenster steht, ob er Kaffee möchte. Halskratzen bei Paaren, die zu lange zusammen sind.

Im Flur schlucke ich zwei Paracetamol und eine Ibuprofen. Eine SMS vom Yogamann: *Und jetzt?* Ich stecke das Handy weg. Nach seiner Nachricht diese Nacht habe ich nichts zurückgeschickt.

Als ich wieder ins Wohnzimmer komme, sagt die Freundin »Guten Morgen« zu mir und macht sich Kaffee.

Eine Allergie gegen Egoisten.

»Wie ist das Wetter?« Die Freundin.

»Normal«, antworte ich. Gaumenkratzen bei Menschen, für die ich außer Reinigungskraft plötzlich auch Wetterfrau bin.

Das Handy der Freundin klingelt wieder. Sie sagt, sie sei in einer halben Stunde im Büro. Sie tippt ungefähr zwanzig Minuten.

Eine Allergie gegen Menschen, die ihre Termine nicht einhalten, und eine gegen Leute, die morgens telefonieren, auf der Straße telefonieren. Warum in der Öffentlichkeit telefonieren?

Ich staube die Bretter des hohen Bücherregals mit einem rosafarbenen Federwedel ab.

»Wir sind mehr im Betrieb als hier«, hatte die Freundin bei der Schlüsselübergabe gesagt. Sie lachte dazu. Arbeiten bedeutet heutzutage nicht mehr, im Betrieb zu sein. Das ist nicht zum Lachen.

Betty bemerkt mich jetzt auch, als wäre ich gerade reingekommen. »Machst du das öfter?«

»Was?«

»Putzen.«

»Ja, ich war hier die letzten Male auch.«

»Ich meine in anderen Häusern.«

»Auch.«

»Du machst das gut«, sagt Betty in entschiedenem Ton. Ich kann nicht sagen, ob sie es aufrichtig meint. Ihr Blick hat sich schon wieder irgendwohin gewandt, wo ich nicht rankomme.

Einen trockenen Mund verursachen mir Menschen, die von Kummer überfallen werden.

Ich kümmere mich um einen kleinen Tisch mit ulkigen Beinen. Sorgfältig staube ich die Ziersteine, die Buddhafigur und andere, undefinierbare Gegenstände ab, die Glück bringen sollen. Von groß nach klein lege ich sie zurück.

»Bist du vorsichtig mit dem Brett? Es ist antik, aus Indonesien, wenn das zerbricht, dann …« Die Freundin. Sie ist von etwas auf ihrem Laptopschirm abgelenkt. Ich glaube, sie merkt nicht, wie sie sich verhält. Ob sie Menschen als Menschen betrachtet? Vielleicht betrachtet sie mich als Tier, wie Silber. Ist das Teil ihrer Kultur, oder kommuniziert sie am liebsten so, wie viele es online machen? Misskommunikation, das passt auch gut auf die Allergieliste.

Während ich überall mit dem Federwedel entlangfahre, starrt Richard mich an; jetzt erst sehe ich seine geschwollenen Augen, dicke Ränder. Fragen, was los ist, traue ich mich nicht, dafür kenne ich ihn nicht gut genug. Er trägt ein T-Shirt, auf dem eine Pizza abgebildet ist.

Ich werde auf meiner Allergieliste Ausrufezeichen hinter traurige Menschen machen. Richard zündet sich eine Zigarette an. Ich spüre plötzlich einen Anfall von Sehnsucht mitzurauchen. Dann ist es eben zehn vor zehn. Je länger ich schlecht schlafe, desto mehr sehne ich mich nach ungesund.

»Ach, du rauchst?«, fragt eine Stimme.

Ich winke meiner künftigen Zigarette nach.

»Das hätte ich ja nicht von dir erwartet.«

»Leute sehen nur, was sie sehen wollen.« Ich drücke die Zigarette auf einer willkürlichen Wange aus.

»Ich gehe unter die Dusche, bitte kein warmes Wasser nehmen.« Die Freundin. »Kann ich zuerst? Ich hab's eilig.«

Betty nickt abwesend.

»Wer geht zuerst duschen?«

»Das hast du gerade schon gefragt.« Betty.

»Arme Betty, leg dich doch einfach noch mal hin«, die Freundin.

Richard setzt Kopfhörer auf, lässt sich mit seinem Laptop vor dem Fernseher nieder, er hat auch eine Allergieliste, ich bin mir sicher. Nach einem Telefongespräch fragt die Freundin niemand Konkreten, ob sie im Betrieb denn alle verrückt geworden sind.

Betty verdreht die Augen.

Richard nimmt seinen Kopfhörer ab.

Die Freundin geht mit schweren Schritten zum Badezimmer, schließt ab. Stirnrunzelnd setzt sich Richard den Kopfhörer wieder auf.

Ich wische um ihn, Betty und Silber herum, schüttele die Kissen auf, drapiere die Decken über die Sofalehne und wische den Tisch ab. Sie setzen sich nicht woandershin, ich sage auch nichts. Gegen Fragen bin ich auch allergisch. Sowohl an mich als auch von mir. Ich betrachte die drei als Bücherregal, das schiebe ich auch nicht zur Seite, um dahinter saugen zu können.

700-A
Pause

Jeden Dienstag pünktlich um neun wartet Lex im Türrahmen auf mich. Die Hände hält er gefaltet, und in seinen Augen ist ein leichtes Flackern. Er ist Unternehmer, selbstständiger Unternehmer. »Für einen Chef arbeiten, das kommt für mich echt nicht in Frage«, wiederholt er jede Woche.

Ob ich Kaffee möchte. Bei dem Gedanken an Kaffee schwappt eine Welle der Übelkeit durch meinen Körper. Als hätte ich zu viel getrunken. Schlimmer als jetzt kann mein Kopfweh nicht werden. Ein bohrender Schmerz, der tief in meiner Stirn hängt. Als wäre schauen zu viel. Das Einzige, was hilft, ist, auf dem Rücken zu liegen. Möglichst wenig bewegen.

»Du arbeitest viel zu hart«, antwortet Lex, als ich dankend ablehne. Mit der Thermosflasche verschwindet er in seinem Büro. Seine Bewegungen sind schnell.

Heute fange ich mit den Handtüchern, Waschlappen und Geschirrtüchern an. Als ich die Geschirrtücher bügele, wird ein Duft freigesetzt, als hätte er gerade gekocht. So wie Oberhemden in den Achseln säuerlich riechen können, wenn man darüberbügelt.

Die Sonne scheint. Ich schlage vor, wir sehen uns um vier Uhr an unserem Treffpunkt. Gute Idee? Ich drücke den Yogamann weg und verspreche mir, heute einen Bogen um mein Lieblingscafé zu machen.

»Es ist Pause, kommst du?« Lex steht plötzlich hinter mir. Auf seinem Gesicht erscheint ein Grinsen. Ich weiß, dass er mein Buch gelesen hat, genau wie der Mann von der Dachterrasse. Nicht weil sie es in der Buchhandlung gesehen haben, sondern weil ich die Schlüssel zu ihrem Haus habe.

»Komm, auf einen netten kurzen Schwatz.«

»Ich mache nie Pause«, antworte ich. Wir stehen uns gegenüber, mein Blick ruht auf seinen Schultern, die er mit einem kleinen Ruck hochzieht.

»Komm, bitte. Das letzte Mal ist Wochen her!« Einen Moment bleibt es still. Seine Augen gleiten über meinen Körper und bleiben an meinen Augen hängen.

»Ich hab Donuts für dich gekauft. Bitte!«

»Also gut.«

Er geht in die Küche. Ich folge ihm. Bei jedem Schritt ist es, als würde er einen kleinen Hüpfer machen, wodurch die Katzen in den Vitrinen das Gleichgewicht verlieren. Summend macht er Kaffee in seiner niedrigen Küche. Er hat eine alte Kaffeemaschine, eine mit Filter. Er nimmt noch Kaffeesahne aus der Packung, keinen Milchaufschäumer. Einen Sandwichtoaster für den Gasherd. Einen Flötenkessel, keinen Wasserkocher. Ein Radio und einen CD-Spieler, keinen iPod, keine supersonische HiFi-Anlage. Als wollte er nicht mit der Zeit gehen. Warum sollte er auch?

Im Hintergrund wieder BNR. Ob Abtreibung verboten werden müsste. Es wird massenhaft angerufen. Wer sind diese Menschen, die einen Radiosender anrufen? Als könnten sie gar nicht erwarten, ihre Meinung zu verkünden. Eine Frau sagt entschieden, wenn man die Verantwortung für Sex übernimmt, sei man auch für ein Kind verantwortlich.

Lex holt zwei bleiche Donuts aus einer zerknitterten Tüte, legt sie auf Unterteller, die er auf den niedrigen Küchentisch stellt. Donuts mit Glasur.

»Das hier ist also das Lockmittel«, sagt er lächelnd. In seinem Nacken tauchen hellrosa Flecken auf, die, als ich ihn länger anschaue, in sein Gesicht überfließen. Schnell zieht er einen Stuhl für mich heraus. Ein paar Sekunden ist es still zwischen uns.

»Wir müssen zurück zu der Zeit, in der es Abtreibung nicht einmal gab!«, ruft eine Altmännerstimme im Radio.

»Erzähl mal von dir. Ich bin gespannt, an welchem Buch du gerade schreibst. Das macht man doch nach einem Debüt, oder? Ich kann mir so gut vorstellen, dass du jetzt gerade etwas über deinen heutigen Freund schreibst«, sagt er lachend. Er schaut abwartend, neugierig. Seine Hände flattern.

Tagebuchnotizen von jemandem ohne Namen lesen ist dasselbe, wie in ein Sozialkaufhaus gehen, dort auf ein Fotoalbum stoßen, das mit Familienporträts vollgeklebt ist: Man blättert es durch, streichelt den steifen Einband, legt es aber zurück, um anschließend nie mehr daran zu denken. Es sind nicht deine Erinnerungen.

»Den habe ich nicht«, antworte ich.

»Den hast du nicht? Schreibst du dann über dein Leben als Junggesellin oder über was ganz anderes?« Lex reibt sich die Hände. »Ich bin auch Junggeselle, aber ich erlebe genug. Da kann man absolut ein Buch drüber vollschreiben.« Er lacht laut. Ich lache matt mit. Eine Reihe Werbespots hintereinander gellen schrill durch die Küche. Es wird gesagt, nein, gerufen, dass wir in den Laden müssen. Rennen. Und zwar jetzt sofort. Alle ist alle.

Wir sagen nichts. Wir essen Donuts, schauen zu unserem Kaffee, zu der Uhr, dem Radio und suchen manchmal die Augen des anderen. Wenn sich unsere Blicke kreuzen, schießen sie wie Flummis quer durch die Küche.

»Du kannst vielleicht essen«, sagt Lex. Seine Wangen röten sich. Ich sehe ihn an. Er wird noch röter, flattert heftiger mit den Händen.

»Ich mache wieder weiter, danke.«

»Bleib noch einen Moment, das sind die Nerven«, sagt er schnell und kaum verständlich.

Während meines Studiums fragten Leute, was ich mache. Die nächste Frage war: Was studierst du? Als mein Studium fast zu Ende war, fragten Leute: Und dann? Ich erzählte von meinem Debüt und konnte die restlichen Fragen ersticken. Aber nach meinem Debüt ist da wieder dieselbe Frage: Und jetzt?

Jetzt?

Jetzt weiche ich Menschen aus, bloß gibt es verrückterweise immer jemanden, der sich für mich interessiert.

8
Unter meiner Tür

»Juli!«

Ich springe ins Badezimmer.

»Du bist nackt!« Lara lacht, wiehernd. »Was für ein nettes Willkommenskomitee, stell dich nicht so an, ich hab dich schon gesehen.«

»Zisch ab«, sage ich zu der zugeschlagenen Tür. Die Tür ist aus Mattglas, sie wird meine Figur sehen können.

»Ich dachte: Je älter der Mensch, desto weniger prüde. Aber ich habe das Gefühl, ich liege öfter daneben.« Sie zieht knisternd etwas zum Vorschein.

»Was machst du hier so früh?«, frage ich.

»Zwischenstunde.«

»Dann musst du gleich zurück?«

»Zwischenstunde bedeutet: Nimm den Rest des Tages auch frei«, sagt sie mit vollem Mund. »Ich hab Chips, möchtest du?«

»Nein, danke.«

»Bier?«

»Auch nicht. Es ist Mittwoch.«

»So what?« Sie geht in ihr Zimmer.

Das Handtuch, das ich um meine Haare gedreht habe, will ich um meinen Körper wickeln, aber es ist zu klein. Ich warte, bis Lara sich die Jacke ausgezogen hat, Musik angemacht hat und mitsingt. Mich hat sie vergessen.

Eine SMS vom Yogamann: *Wieso höre ich nichts? Es ist doch nichts Schlimmes passiert?*

Warum so hartnäckig?

Ich krieche mit zwei Käsecroissants in mein kaltes Bett. Im Liegen esse ich sie auf. Krümel fallen auf meinen Kissenbezug, auf meine Brust und die Matratze. Ich stippe sie einen nach dem anderen mit dem Finger auf, lecke sie ab, klebe Krümel auf meine Finger, bis nichts mehr da ist. Sähe der Yogamann mich hier so liegen, würde er sofort aufhören, sich um Kontakt zu bemühen. Ein Schluck Cola, und ich schlage mein Buch auf: *Amerikanisch kurz*. Ich lese Sätze, Wörter, die nicht zu mir durchdringen. Nach dem Mittagessen ist mein Körper am schwersten. Als wäre Lunch eine gigantische Aufgabe.

Marlène,
ich muss dir gestehen, dass ich deinen Namen noch jede Woche suche. Ich finde nichts, was mit dir zu tun hat. Ja, dass du die Schreibausbildung gemacht hast, aber da war ich dabei.

Wenn ich mich selbst suche, finde ich unter anderem ein Foto von meinem Buch auf Bol.com. Mein Name unter Verlag Lindeboom und dass man es über Boekwinkeltjes.nl kaufen kann. Auch finde ich meine Geschichte, mit der ich diesen Schreibwettbewerb gewonnen habe. Weißt du noch? Dass ich dir die Mail weiterschickte und du sofort mit einer Flasche Gin zu mir gekommen bist? Wir tranken, lachten, wir hatten einander noch nie mit solchen Bewegungen gesehen. Wir nannten es nicht tanzen. Es war hippen, springen und zucken gleichzeitig.

Wir dachten, dass etwas passieren würde, mit mir, mit uns. Aber es passierte furchtbar wenig. Ein paar Online-Reaktionen, und das war's dann, sogar in unserer Klasse sagte niemand herzlichen Glückwunsch. Im Nachhinein gesehen war es naiv zu denken, dass etwas passieren würde. Aber das war damals, und damals ist Vergangenheit, und außerdem darf man nicht in der Vergangenheit hängenbleiben. Scheint es.

Wenn ich weiter runterscrolle, finde ich auch einen nie ergänzten Stammbaum der Familie Stern. Es gibt jemanden, der ein Vlog über Astronomie führt, und mein Name steht auf dem Blog einer Frau, die Geschichten um mich herum erfindet. Sie sagt, mein Vater und sie hätten am selben Tag Geburtstag. Ist das Zufall oder nicht? Sie weiß mehr über meinen Vater als ich.

Marlène ist nicht mehr auf Facebook. Da sah ich damals, dass sie mit jemandem zusammenzog. Ein Selfie von zwei halben Köpfen und ein Stapel Umzugskartons im Hintergrund. Weil ich nicht wollte, dass sie mich noch auf Facebook finden konnte, habe ich mein Profil auch gelöscht. Einen Verlust kann man es nicht nennen. Ich hatte Familie, Bekannte, Dozenten, frühere Mitschüler, wie das so geht. Ich löschte sie einen nach dem anderen: alle, die ich nicht täglich traf. Ganz schnell hatte ich weniger als zehn, und dann habe ich die auch gelöscht. Danach meine Fotos, die Nachrichten auf meiner Chronik. Als ich mich dann anmeldete, starrte ich auf einen weiß-blauen Bildschirm, in dem ich mich selbst erst wieder eintragen musste. Mich selbst machen könnte: »Julia, füg ein Profilfoto hinzu!« – »Julia, was ist dein Geburtsdatum?« – »Welche Sprachen sprichst du?« – »Wo arbeitest du?« – »Personen, die du vielleicht kennst« – »Das gefällt dir vielleicht.«

»Juli!«

»…«

»Ich weiß, dass du zu Hause bist!«

»…«

»Mach die Tür auf.« Rütteln an der Türklinke. »He! Ist ein Lastwagen über dich gefahren?!«

»…«

»Tut mir leid! Ich dachte, du wärst noch nicht angezogen, aber du hast geschlafen.«

»Warum so eilig?«

Wild schüttelt sie den Kopf. »Ich vergesse die ganze Zeit, es dir zu sagen, aber es liegt Post für dich in meinem Zimmer. Eine Einladung für dich.« Sie reicht mir den Brief von Clean Matching. Sie riecht süß, als hätte sie Süßigkeiten gegessen.

»Was hast du heute vor?«

»Wieso?« Ihre Augen leuchten auf, ein herausforderndes schräges Lachen.

»Kommst du mit?«

»Hast du den Brief unter meine Tür geschoben?«

Ich lache vage, frage noch mal, was sie vorhat. Lara und ich machen ab, bei ihr vorzuglühen, wie sie das nennt. Als sie sich in ihr Zimmer zurückzieht, lässt sie einen jubelnden Aufschrei los. Ihre ausgelassene Reaktion löst in mir leichte Eifersucht aus. Wie wurde sie erzogen?

Während meines Studiums, aber auch in den Ausgehnächten mit Marlène habe ich mich oft gefragt, ob meine Eltern das kennen: Menschen, die lachen, tanzen oder manchmal einfach einen kleinen Hüpfer machen, weil sie fröhlich sind.

Auf meiner Buchvorstellung waren sie, wenn man genau hinschaute, gerührt. Gefeiert wurde in einem kleinen Dachzimmer eines Grachtenhauses. Maurits hatte es gemietet. Hier arbeitete er für Lindeboom. Als ich zum ersten Mal dort war, sagte er: »Entschuldige diesen kleinen Raum, aber hab Geduld. Eine Linde ist auch nicht innerhalb eines Jahres so, wie sie ist!« Worauf eine Lachsalve folgte. Den Eingang teilt er sich mit einer Rechtsanwaltskanzlei.

Wir hatten zwei Flaschen Champagner. Käsewürfel und Wurst. Natürlich schickte ich Marlène eine Einladung. Ich hoffte sogar auf Kamiel. Aber wir waren zu fünft. Ein früherer Dozent kam noch kurz vorbei. Es roch miefig, und es war kalt. Die Dachgaube ließ nur wenig Licht rein, um uns herum Bücherstapel und Papiere. Nachdem Maurits eine kleine Rede gehalten hatte, die mit dem Wort »perfecto« endete, wurde geklatscht, und meine Mutter sagte: »Jetzt geht es los, Mädchen, das ist dein Durchbruch.« Ihre Augen sahen eher traurig aus als froh. Mein Vater fragte: »Julchen, versprichst du, dass du, wo immer du auch hingehst, wieder zurückkommst?«

»Zurück von wo?«, fragte ich.

»Aus Afrika.«

»Was soll ich in Afrika?«

»Ein Kollege las einen Artikel in der Zeitung vor, über Schriftsteller in Afrika. Da gingen sie hin, um zu schreiben.«

Zum Trost gab ich ihnen ein Glas Champagner. Wir stießen an, redeten von dem Erfolg, der mir und Maurits' neuem Verlag bevorstünde, und landeten bei Gesprächen über das Wetter. Denn ja, es war schon sehr warm für diese Jahreszeit.

56
Der Yogamann

Ich sitze immer an demselben Platz. Rechts in der Ecke. Wenn der besetzt ist, links in der Ecke. Ist der auch besetzt, in einer anderen Ecke oder dort, wo sich eine bildet. Nie setze ich mich an einen Tisch in der Mitte, dann bin ich mir zu bewusst, dass ich einen Körper habe. Genau wie jemand, bei dem eine Kamera im Haus hängt oder der damit über die Straße geht.

»Kindisch«, fand mein Vater. Es war ein paar Monate nach meinem Abschluss. Er suchte sich den größten Tisch mitten in diesem Café aus. Sprach lauter als normalerweise, genoss meine Scham. Mir tat der Bauch weh, kurze Stiche: Allen dreien war uns klar, dass es mein Buch genauso gut nicht hätte geben können.

»Was hast du jetzt vor?«, fragte mein Vater. Es war halb eins, er trank schon Bier. Wurde er wieder krank? Oder war er immer schon krank gewesen? Oder finde ich ihn krank? Nach seiner Umschulung zum Klempner war er guter Dinge. Meine Mutter sagte, er sei wieder der Alte. Auf mich wirkte er zu künstlich. Niemand ist ständig guter Dinge. Als fände er selbst auch, dass er nicht länger zu Hause hocken bleiben konnte, sähe aber keinen Ausweg und nähme dann halt jahrelanges Schauspielen in Kauf.

»Vielleicht ein zweites Buch«, sagte ich zur Beruhigung.

»Hast du dir wieder einen alten Kerl geangelt?« Sein Ton

war spöttisch. Meine Mutter saß neben ihm, die Hände um ihre Teetasse geklemmt.

»Und dann wieder monatelang nichts von dir hören lassen, was?«, fuhr mein Vater fort.

»Edje, nun lass doch.«

»Ed«, zischte er. »Du musst erwachsen werden. Aufhören mit diesem Unsinn. Such dir einen normalen Kerl. Einen in deinem Alter.« Wenn er in Form war, bildete meine Mutter seinen Schatten. Jemand, der folgte. Oder folgte sie schon immer?

»Das muss nicht sein, ich kann euch ja öfter besuchen, oder?« Ich wusste, dass das nicht passieren würde.

»Mir ist lieber, du tust es, als dass du es fragst. Das klingt nicht, als hättest du Lust dazu. Komm, wir gehen.«

»Wir sitzen gerade erst«, sagte meine Mutter. Sie biss auf ihre Unterlippe.

»Hier ist schlechte Luft.« Ein unechtes Gähnen, er stand schon an der Tür. Ich sah meine Mutter an, sie zuckte die Schultern. Meine Mutter blieb sitzen.

»Was ist, gehen wir?« Leute an anderen Tischen sahen ihn ungläubig an. Ungläubig und missbilligend.

»Ich hab noch Tee«, antwortete meine Mutter. Er verließ das Café, ging vor den Fenstern auf und ab. Die Hände in den Taschen, den Blick auf den Boden gerichtet und ab und an den Kopf schüttelnd. Als wäre er mit jemandem im Gespräch, dessen Meinung er überdeutlich nicht teilte.

»Lass dir Zeit und achte nicht auf deinen Vater, er hat's schwer«, sagte meine Mutter.

»Womit?«

»Das tut nichts zur Sache.«

»Ich bin nicht mehr zwölf, ich sehe doch, dass es nicht gut geht.« Ohne es zu merken, erhob ich meine Stimme. Ich wusste, wenn etwas großen Eindruck macht, kann man an diesem Tag, in dieser Woche oder sogar lange Zeit danach Rückfälle bekommen. Einmal krank im Kopf ist immer krank im Kopf.

Das Gesicht meiner Mutter verzog sich bei meinem Stimmvolumen. Sie schwieg. Es folgte eine Stille, die zu lang war, um das Gespräch fortzusetzen, aber zu kurz, um von etwas völlig anderem anzufangen. Stille darf ruhig da sein, das findet auch sie.

Wir tranken unseren Tee, und ich hörte ihrem Schlucken zu. Ich schaute auf ihre Hände, die noch immer um den Becher geklammert waren. Lange, aber dennoch breite Finger. Sogar das ist gleich. Unsere Hände. Unsere Art zu trinken, unser Geräusch beim Schlucken des zu heißen Tees. Sie bat um die Rechnung und griff zum Abschied nach meinen Händen. Warme, faltige Hände. Das war das letzte Mal, dass ich es zuließ.

Die Tür geht auf, der Yogamann. In demselben hellblauen Pulli. Freundlich lacht er mich an, nimmt wieder schräg mir gegenüber in einer dunklen Ecke Platz. Als würden wir uns noch nicht kennen. Wir kennen uns auch nicht. Wir haben uns SMS-Nachrichten geschickt. Oder besser gesagt, er hat SMS-Nachrichten geschickt.

Ich bestelle einen Cappuccino und ein Stück Möhrenkuchen. Die Kellnerin schaut mich prüfend an, als wollte sie sagen: Heute ist nicht Dienstag. Ich zucke die Achseln. In meinem Kopf hämmert es von allen Seiten. Gestern Abend habe ich eine Flasche Wein gekauft und ausgetrunken. Sie machte mich nicht wohlig, sondern wacher. Ich bin rausgegangen. Zum ersten Mal bin ich mitten in der Nacht allein rumgelaufen. Hände in den Taschen, Kinn im Kragen. Von ausladenden lärmigen Straßen zu schmalen stillen Gassen. Ich vermisste jemanden neben mir. Einen Gesprächspartner. Und wenn es nur war, um sagen zu können, was ich sah: ein paar Schuhe, an einem Laternenpfahl hängend, eine dicke Ratte, die über die Straße huschte, einen Obdachlosen, der in Müllsäcken wühlte, oder die rote Katze, die mir zwei Straßen lang miauend folgte.

Marlène,
wusstest du, dass es mehr Leute gibt, die nicht schlafen können? Sie wuseln in ihrer Wohnung herum, daddeln auf ihrem Tablet, lesen ein Buch oder starren grübelnd aus dem Fenster.

Wir sind nicht die Einzigen, tut dir das gut? Du sagtest, ich müsse einfach laufen. Du sagtest, du würdest das auch oft tun. Im Winter gingst du in Kneipen oder Diskotheken. Ich frage mich, ob du das aus Ohnmacht gegen die Schlaflosigkeit machtest oder weil du auf der Suche warst nach Abenteuer. Dich einfach langweiltest.

Das Spazieren brachte mir viel, was genau, kann ich nicht erklären. Vielleicht Erleichterung? Nicht mehr verpflichtet im Bett liegen zu müssen, auf etwas zu warten, das nicht da ist, das es nicht gibt.

Nach anderthalb Stunden wurden meine Beine schwer, ich kehrte zurück nach Hause. Man sollte meinen, ich wäre dann wie ein Stein eingeschlafen, aber es gelang mir nicht sofort. Im Bett schien es, als wäre mein Bewusstsein noch voll anwesend. Dann höre, fühle, rieche ich alles.

Ich setze mich auf die Terrasse. Der Himmel ist grau, aber es ist überraschend warm. Draußen sitzen mehrere Leute: Raucher oder Leute, die Alkohol trinken und Probleme damit haben. Wir nicken uns zu, als wären wir Kollegen.

Wenn ich lese, bin ich nicht da.

»So.« Eine kurze Pause. »Wieder ein anderes Buch?«, fragt der Yogamann. »Darf ich mich dieses Mal zu dir setzen?« Eine Gruppe Spanier geht vorbei. Harte Klänge, schnelle Wörter und Gelächter.

»Lieber nicht.«

»Kommt ein Moment, an dem ich es darf?« Seine Wörter haben Rhythmus. Sein Name, sein Blick und seine dunklen, großen Augenbrauen, alles an ihm sticht quer durch mich hindurch.

»Montag, fünfundzwanzigster Juli um vier Uhr«, sage ich.

»Das dauert noch eine Weile.«

»Ja.«

»Warum, wenn ich fragen darf?«

»Dann hat mein Vater Geburtstag.«

»Musst du nicht zu seinem Geburtstag?«, fragt er. Er grinst.

»Nein, dann habe ich um vier Uhr eine Verabredung.«

Er zieht die Augenbrauen hoch, schüttelt lachend den Kopf. Ein ansteckendes Lachen. Die Leute um uns herum schauen auf, sagen nichts. Diese Sekunden dauern lange. Er legt dieselbe Visitenkarte auf meinen Tisch. Mit den Händen in den Taschen überquert er die Straße. Er schaut noch kurz über seine Schulter. Eckige Schultern, lange, muskulöse und vor allem braune Arme.

»Die wird hier vernascht und reagiert gar nicht«, höre ich jemanden sagen.

Ich studiere die Visitenkarte. Noam ist noch immer Hundeflüsterer. Bloß steht dieses Mal auf der Rückseite handgeschrieben: *oder möchtest du lieber schreibend kommunizieren?*

122-D
Kunde ist man überall

»Willkommen«, sagt Paul, wie jede Woche. Er hat die Jacke schon an.

»Alles klar?« Was kann man auf Willkommen entgegnen?

»Alles klar, es läuft gut, viel zu tun, du kennst das bestimmt«, antwortet er. Sita ist längst weg. Pauls Krawatte sitzt schief. Ich will ihn darauf aufmerksam machen, aber er sieht mich prüfend an, öffnet den Mund, überlegt es sich anders und eilt zur Tür hinaus. Als wäre ich diejenige, die verwirrt aussieht.

»Guten Arbeitstag!«, ruft er noch.

»Ja, ebenfalls«, sage ich zu einer inzwischen zugeschlagenen Tür.

Gestern bin ich nach dem Putzen eingeschlafen. Schlafen am Nachmittag bedeutet hellwache Nächte. Ich zog meine Turnschuhe an und ging raus. Nachts gibt es Obdachlose, betrunkene Touristen und schnell fahrende Taxis. Sie kennen den neuen Rhythmus. Ein rauer Wind wehte. Meine Nasenspitze war kalt. Ich kaufte eine Flasche Wein in einem Spätkauf, die ich unter meiner Jacke versteckte. Wenn ich einen Schluck nahm, stellte ich mich mit dem Rücken zur Straße. Es ist Sommeranfang. Das bedeutet aufgerissene, sandige Straßen und in Gerüste und Bauplanen verpackte Gebäude. Um drei Uhr war ich zu Hause, ich habe lange unter der Dusche gestanden. Meine Zähne und die Zunge unendlich lange geputzt, noch am Laptop gesessen und bin erst gegen fünf eingeschlafen.

Statt leerer Schalen stehen zwei halbvolle Schalen Joghurt und Müsli auf dem Küchentisch. Eine Teekanne und zwei volle Teebecher daneben. In der Mitte ein schmutziger Aschenbecher. Ich wusste nicht, dass Paul und Sita rauchen, so sehen sie nicht aus. Ich leere die Müslischalen über dem Abfalleimer, vorsichtig. Mir graut vor Küchengeräuschen. Nehme eine Zigarette aus der Schachtel auf der Spüle, der erste Zug steigt mir sofort in den Kopf.

Mein Telefon klingelt. Mama flimmert auf dem Display.

»Mal kurz hören, wie's läuft«, sagt sie lachend. Wenn sie allein ist, ist sie ein anderer Mensch. »Wie geht's dir?«

»Mir geht's gut. Und dir?«

»Gut, sehr gut sogar.«

»Warum?«

»Manchmal ist das so«, antwortet sie entschieden. Es ist die Sonne, die uns glauben macht, dass es gut geht. Bei einem Regenschauer ist das Gefühl sofort wieder verschwunden.

»Was höre ich da?«

»Nichts, woher soll ich das wissen?«

»Rauchst du?«

»Nein, natürlich nicht.« Ich drücke die Zigarette im Aschenbecher aus.

»Hm, ich meinte, so was zu hören. Sonst noch Neuigkeiten?«

»Nein, nicht wirklich.«

»Dann fange ich mal an, dieses Haus ist so groß. Ich dachte, erst sag ich kurz Jule hallo. Hab einen schönen Tag!«

»Du auch.« Ein Gespräch von fünfundvierzig Sekunden. Während meines Studiums telefonierten wir täglich. Sie fragte, wie es lief, woran ich arbeitete. Sie freute sich für mich, dass ich etwas gefunden hatte, was mir Spaß machte. Regelmäßig beendete sie das Gespräch damit, dass ich durchhalten solle. Warum sie das sagte, habe ich nie gefragt. Seit ich mit dem Studium fertig bin, sind die Telefonate weniger geworden. Das ist meine Schuld.

Der Schlüssel dreht sich im Schloss. »Ja, da bin ich wieder«, sagt Paul. »Wie geht es dir eigentlich?«

Ich renne in den Flur. Paul steckt den Kopf um die Ecke. »Schreibst du schon an deinem zweiten Roman?« Etwas an seinem Gesicht kann ich nicht einsortieren.

»Ja, es geht gut.« Den Blick auf die Ecke der Tür geheftet, sage ich: »Jetzt noch kein zweites Buch, aber alles läuft gut.«

»Ich habe einen Freund, der Makler ist. Sie suchen jemanden, der Sachen für sie schreibt. Für die Website. Dann kämst du auch ein bisschen raus.«

»Wohin denn?«

»In Häuser.«

»Leere Häuser?«

Paul lacht herzlich. Als wollte er sagen: Du bist schon ein verrücktes Huhn. »Ja, normalerweise schon. Soll ich ihn mal für dich fragen?«

»Nein, danke.«

Paul runzelt die Stirn, hebt dann den Daumen. »Spitze! Gutes Arbeiten!«

Stille. In keinem Haus ist Stille gleich.

Ich gieße die Pflanzen, fülle die gläsernen Pfeffer- und Salzstreuer, tausche die Tüten in den Abfalleimern in der Küche, auf der Toilette und im Bad aus. Ich mache die Wasserkaraffe sauber. Niemand will aus einer angekalkten Wasserkaraffe trinken. Ich leere drei Tulpenvasen, spüle sie sorgfältig aus und stelle sie von groß nach klein in den Abstellraum. Wie in Supermärkten alles gerade und mit dem Etikett nach vorn aufgestellt wird. Spiegeln. Kunde ist man überall, auch in seiner eigenen Wohnung, sogar im Abstellraum.

Ich denke an Pauls Frage. Natürlich erzähle ich nicht, dass ich vormittags putze, aber inzwischen damit aufgehört habe, die Nachmittage zu füllen. Mit Ehrgeiz zu füllen.

»Machst du wirklich nichts anderes als putzen?«

»Manchmal laufen die Dinge nun mal anders.«

»Da hast du recht.«

»Zum großen Bedauern meines Vaters. Meine Mutter ist auch Putzhilfe. Mein Vater hat sogar angeboten, mir eine weitere Ausbildung zu bezahlen. ›Du bist nicht mal dreißig, jetzt geht es noch.‹«

Hör damit auf, ermahne ich mich selbst. Paul wird verstummen, schließlich sagen: »Dann habt ihr bestimmt viel Spaß mit euren Geschichten. Ich meine, du wirst in den Häusern anderer viel erleben.«

Ich sage nichts. Ich schrubbe die Küchenschränke, die Schubladen und die Granitanrichte. Meine Mutter weiß nichts über meine Arbeit, und ich weiß nichts über ihre Arbeit. Was in den Häusern anderer passiert, bleibt zwischen mir und dem Haus. Berufsgeheimnis.

Ich weiß eigentlich nur wenig über sie. So habe ich erst kürzlich entdeckt, dass meine Mutter nach dem Umzug von Soest ins Sternenviertel zwei Jahre lang keine Arbeit hatte. Es kam aus Versehen zur Sprache, wie alles mit uns dreien aus

Versehen geschieht. Mein Vater sagt, dass das Leben einen überfällt. Ich las einmal: *Es gibt zwei Sorten Menschen: die Menschen, die sich mit ihrem Leben abfinden, und die Menschen, die ihr Leben einrichten.* Meine Eltern gehören eindeutig zur ersten Kategorie. Sie sind mit ihrer Umgebung mitgewachsen. Mit ihrem Haus. Sie sind wie die Nachbarschaft. Sie schwatzen mit allen, schauen Fußball und nehmen an Nachbarschaftsfesten teil. Frauen teilen klebrige Kuchenstücke aus, und die Männer trinken Dosenbier. Und meine Eltern? Die machen einfach mit.

Wenn ich diese Arbeit weiterhin mache, gehöre ich zur selben Kategorie wie meine Eltern. Die Frage ist, warum ich das Gefühl habe, mein Leben unbedingt einrichten zu müssen. Ist das, weil ich noch keine dreißig bin oder weil ich ihr Kind bin?

Paul wird die Augenbrauen hochziehen. Er wird sagen, dass am Putzen nichts verkehrt ist, aus Höflichkeit. Das weiß ich, weil Leute erwarten, dass man nach der Ausbildung etwas mit dem macht, was man studiert hat. Als würden all die über Fünfzigjährigen etwas mit dem machen, was sie damals studiert haben.

Paul wird schweigen und mich nicht mehr mit »Willkommen« empfangen. Sondern genau wie Sita vor neun aus dem Haus sein.

122-D
Leidenschaft

Ich habe vor jedem Stuhl ein Glas Wein bereitgestellt, einen Teller mit Messer, Gabel und Löffel. Wir essen in einem echten Wohnzimmer.

Wir sitzen an einem Eichenholztisch, das Licht gedämpft. Ich habe die Vorhänge zugezogen.

»Achte vor allem nicht auf das Chaos, im Betrieb ist viel los. Morgen kommt unsere Putzhilfe. Endlich. Am liebsten hätten wir jemanden, der uns jeden Tag im Haushalt hilft, aber wo findet man so jemanden, das ist die Frage.« Ich lache ein wenig dazu.

Eine CD von Jack Johnson im Hintergrund. Leise, aber laut genug, um eventuelles Schweigen zu füllen. Neben dem CD-Player ein Bücherregal mit einem Brett voller *Lonely Planets*. Natürlich wissen wir, dass es Leute gibt, die diese Reiseführer verurteilen, weil man die gebahnten Pfade abklappert, nicht weiter schaut. Uns egal, es geht um die Erfahrung.

»Wir sehen Reisen als Leidenschaft.« Ich erzähle von unseren Reisen. Glückselig, die Hände vor meiner Brust gefaltet, das ist, was man macht, wenn man über seine Leidenschaften spricht.

»Ja, ich glaube, mir hat Japan am allerbesten gefallen, so wenige Touristen, aber doch leicht zu bereisen. Und ich hatte nie das Gefühl, auf der Hut sein zu müssen. Wir fühlten uns dort wirklich sicher, was, Schatz?«

Sie nickt.

»Jemand eine Zigarette?« Unsere Gäste und meine Frau schütteln den Kopf, schauen eine Sekunde zu Boden. Ich zünde mir eine an. Mit der Zigarette im Mundwinkel zeige ich ihnen ein Buch über die Stadt Amsterdam. Bevor ich Wissenswertes daraus vorlese, inhaliere ich tief, nehme mir die Zeit, den Rauch wieder auszublasen. »Amsterdam hat mehr Grachten als Venedig.«

»Nein!«

»Doch. Über hundertfünfundsechzig Grachten. Und unsere Stadt hat auch viermal so viele Brücken.« Wir lachen zusammen darüber, es wird sogar gesagt, das sei doch wirklich witzig. Gelächter bricht das Eis. Das erste Eis.

Schnell gehe ich in die offene Küche. Im Backofen liegt ein Grillhuhn, ein vorzüglicher Gemüseauflauf steht auf dem Herd, und in einer Schüssel warten Kartoffelspalten, die ich mit Folie abgedeckt habe. Voller Begeisterung zeige ich ihnen mein Lieblingskochbuch: *Genial Italienisch* von Jamie Oliver.

»Was für ein toller Typ, oder? So sympathisch. Als wäre er zu Hause genau wie auf dem Foto. Da trägt er auch gern Jogginghosen, wie ich, als gäbe es zu Hause keine Zeit. Als wären wir Freunde. Ja, nennt mich ruhig verrückt, aber so empfinde ich das nun einmal.« Vorsichtig schiebe ich das Buch zwischen den Rest unserer Sammlung. Ich sage gern unsere, wir wohnen nicht umsonst zusammen.

»Ketchup? Nein, den haben wir nicht. Nur selbstgemachtes Pesto, hoffentlich reicht das für deine Geschmacksknospen.«

Ich entkorke eine Flasche Wein, fülle die Gläser.

»Wasser? Ja, klar! Völlig vergessen.« Eine Karaffe fülle ich mit stillem Mineralwasser, einer Zitronenscheibe und zwei Zweigen Minze.

»Schatz, schenkst du das Wasser ein?«

Ich nehme die Töpfe vom Herd, stelle sie auf die Untersetzer, die wir in Kongo gekauft haben.

»Ja, das war auch eine besondere Geschichte. Liebling, erzählst du das Abenteuer? Nenn mich ruhig eine Frau, aber zwei Dinge gleichzeitig machen kann ich absolut nicht. Ich hole das Huhn aus dem Ofen.«

Meine Frau erzählt von dem kleinen Ort in Kongo, sie erklärt, an welchem Fluss er liegt. Es wird verständnisvoll genickt, ich weiß, dass sie das aus Höflichkeit machen, das Nicken. Damit das Gespräch weiterfließen kann, statt bei einem Ortsnamen, Fragezeichen, Kurzschluss hängenzubleiben. Genau wie wenn man sagt, man käme aus Utrecht, und Leute Namen rufen, ob man den oder den auch kennt. Als hätte Utrecht nur zehn Einwohner.

Sorgfältig schneide ich das duftende Huhn mit einer speziell dafür gemachten Schere in der Mitte durch und lege es auf eine Schale. Bei jedem Gericht erzähle ich, was wir essen werden. Wir stoßen an, »auf das Leben«. Wir lachen und hören zu. Die Männer lachen schwer und dröhnend. Die Frauen stoßen ab und zu kleine Schreie aus. Das ist ein Zeichen für einen gelungenen Abend, wenn Frauen kleine Schreie loslassen.

In einem Zug trinke ich meinen Wein aus, setze mich auf den nächsten Stuhl, kippe dort den Inhalt des Glases runter. Eine Aussicht auf das Fenster, die Vorhänge noch geschlossen. Ich öffne sie. Gegenüber stehen Bauarbeiter auf einem Gerüst. Sie schleppen Steine und undefinierbare Gegenstände. Manche hängen an einer Wand. Bauen sie gerade auf oder ab? Dafür gibt es doch Maschinen, oder?

Ich setze mich auf den nächsten Stuhl. Die Bauarbeiter rauchen, bleiben hängen. Ich trinke Wein. Setze mich auf den nächsten, den danach und den letzten Stuhl. In der Flasche ist noch ein kleiner Bodensatz. Ich trinke ihn aus, dann erst räume ich den Tisch ab. Mir ist schwindelig, als wäre ich zu leicht, aber es fühlt sich gut an. Ich spüle die Gläser, poliere sie und stelle sie ordentlich zurück. Noch eine Zigarette, weiter weg sein. Leichter sein. Ja, angenehm. Nein, wunderbar, das würden sie hier sagen: wunderbar. Oder: Ich bin gesättigt.

Im Büro nehme ich an Pauls Schreibtisch Platz. Ein massiver Holztisch, wie Maurits ihn auch hatte. Zwei Laptops liegen darauf. Beide verlangen ein Passwort, schade. Ihre Kamera: Paul und Sita schauen lachend in die Linse. Sie sind in einem sonnigen Land. Ihre Leidenschaft ist Reisen. Sie leben auf ihren Urlaub hin. Sie arbeiten, um zu zweit in Urlaub zu fahren. Um dort Fotos zu machen von Sita auf einem Pferd. Sita im Bikini, sie sieht noch gut aus für jemanden in den Vierzigern. Sita auf einem Berg. Sita am Wasser. Sita vor einem gelben Haus. Sita mit einer alten, mageren Frau. Alles lachend. Ich lege die Kamera zurück und gehe ins Schlafzimmer. Auf dem Bett liegen die Kopfkissen halb aufeinander. An Kopfkissen kann man sehen, welche Beziehung jemand hat. Das Verhältnis zueinander, zum Bett, aber auch zu sich selbst.

Vor dem Bett stehen hohe Spiegel. War das Pauls Idee? Kamiel wollte oft Sex im Badezimmer. Dann konnte er sich selbst während der Tat sehen. Das machte ihn geiler. Als wäre normal geil nicht genug.

Die Schränke: einer voller Satinbettwäsche, daneben einer mit Anzügen von Paul. Daneben Blümchenmuster. In Pauls Nachtschränkchen liegen Kondome, Gleitmittel und Massagespray. Sitas quillt fast über mit Handcreme, Taschentüchern, Hustenbonbons, Labello, Nagellackentferner, einem Pediküreset, Telefonlader, Ohrenstöpsel, zwei E-Readern, einem Schal und sehr vielen Pillen. Blisterfolien ohne Schachteln. Ich drücke zwei heraus und schlucke sie ohne Wasser herunter. Das Bett fühlt sich weich und neu an. Alles wirkt hier neu. Als wäre ich in einem Möbelgeschäft. Ich starre zur Decke, zwei Risse an der Seite. Immerhin. Wenn sie größer werden, werde ich sie warnen. Ich werde ihnen helfen.

»Das darf nicht verwahrlosen«, sage ich laut. Ich will den Wecker auf meinem Handy stellen. Eine SMS: *Ich bekomme ja gar keinen handgeschriebenen Brief, doch lieber digital?* Ein Smiley mit Augenzwinkern zum Abschluss. In letzter Zeit bin ich nicht mehr in meinem Lieblingscafé gewesen.

Ich habe mein Buch mitgenommen, aber zum Lesen komme ich gar nicht. Logisch, dass die Leute nicht zum Putzen kommen. Sie sind natürlich mit dem Leben in anderen Räumen beschäftigt, jeder Raum ist eine andere Person.

Marlène,
während des letzten Jahres hast du dich verkrochen. Du hast nicht einmal mehr Bücher gelesen! Du hast getrunken, wolltest Ruhe. Buchstäblich. Die Mitbewohner, deine Freunde, Bekannte, die du während unserer Studienjahre kennengelernt hattest, du hast sie alle links liegengelassen. Du wolltest dich auf

deine Abschlussarbeit konzentrieren, und das hast du getan. Unser Kontakt war schon lange nicht mehr, wie er mal war. Ich hatte Kamiel, aber als es aus war, merkte ich erst, wie dumm es war, dass ich unseren Kontakt vernachlässigt hatte. Als ich Annäherung suchte, hast du nur noch über deine Abschlussarbeit gesprochen, die auch unbedingt in Buchform erscheinen sollte.

Du erzähltest, dass du, wenn der Wecker klingelte, sofort in deine Kleider fuhrst. Du sagtest, Schlafen sei Zeitverschwendung, und mit Leuten über etwas anderes zu reden als über deinen Abschluss bedeutete dir nichts. War wie Luft. Als wäre deine Abschlussarbeit Religion geworden. Deine blauen Augen trübten sich. Dein Gesicht fing an zu hängen. Deinen Nagellack hast du abblättern lassen.

In jeder Stunde hast du das Thema an dich gerissen. War dir klar, dass du dieselben Symptome bekamst wie mein Vater und Kamiel? Nur noch sich selbst sehen. Eigentlich sehr verständlich: Wenn es einem schlecht geht, tritt ein Überlebenstrieb ein, wie arme Leute sich auch nicht um »Glück finden« oder »Befriedigung« kümmern, sondern ums Überleben.

Ich muss dir ehrlich gestehen, dass ich keine Ahnung hatte, wovon deine Abschlussarbeit handelte, und es mich auch nicht interessierte. Das Thema war zu komplex. Wenn ich mich nicht täusche, warst du auf der Suche nach Verbindung zwischen Kultur und den großen Führern der Welt. Was ich sage: zu komplex. Das Wort »Kultur« ist ebenso hohl wie das

Wort »Welt« und »Führer«. Der einzige gemeinsame Nenner ist, dass sie alle kleine Welten überwölben. Genau wie »du« oder »ich«, »krank« und sonst noch was.

Aber ich muss ehrlich zugeben, auch ich war mit meiner Arbeit beschäftigt. Meinem Buch. Das du nicht verstehen konntest oder wolltest. Du fandest es nur schlimm für Kamiel, und außerdem war es für dich obsessives Verhalten. Aber wenn ich obsessives Verhalten an den Tag legte, wie lautet dann die genaue Bezeichnung für dein Verhalten damals?

61
So muss es sein

Alles an meinem Körper tut weh, sogar meine Unterarmmuskeln. Hoffentlich hört das schnell wieder auf, so wie es auch irgendwann plötzlich da war.

Ich betrachte mich selbst im Spiegel. Ich bin meine Mutter, ich sehe, wie ich nicht werden will, aber wahrscheinlich schon bin. »Du gibst dich besser, als du bist, Mama. Du verhältst dich deinem Mann gegenüber dienstbar, dem anderen gegenüber dienstbar. Das tust du schon dein ganzes Leben lang.«

Mein Kopf näher zum Spiegel: »Du gibst dich besser, als du bist, Juli. Du verhältst dich genauso dienstbar. Mit Kamiel, ohne Kamiel. Jeden Tag aufs Neue.« Ich schaue mich selbst an. Ich schaue meine Mutter an. »Eigentlich bist du furchtbar in dich gekehrt. Ein misstrauischer Blick bei Gesprächen mit Leuten, die du nicht kennst. Distanziert. Ich habe dein Aussehen geerbt, hättest du das gedacht? Sieh nur, dieses gewölbte Muttermal rechts an unserem Hals. Ansonsten ein normaler Körper. Beine, Arme und Bauch. Nichts Besonderes. Außer wenn wir müde sind, dann fallen unsere Augenbrauen über unsere Augen. Ein Familienzug, sagst du.«

Gestern Abend habe ich zwei Flaschen Wein gekauft, von denen ich eine ausgetrunken habe. Die andere ist noch in meiner Tasche, soll ich einen Schluck nehmen? Es ist noch nicht mal zehn Uhr. Mama, kommt dir das bekannt vor?

Morgens trinken, ich vermute schon, ich vermute, dass alles, was ich tue, für dich ein Wiedererkennen deiner selbst ist. Als würdest du in deinen Fotoalben zurückblättern.

Bitter und sauer. Eine warme Glut. Irgendwie wirkt der Alkohol tagsüber härter als abends. Der Körper weiß, dass es etwas für die Abendstunden ist. Ich nehme noch einen Schluck. Niemand, der mich sieht. Sanft bewege ich mich hin und her. Als würde ich aufreizende Musik hören. Wie Frauen in Filmen. Ihre Hände gleiten über ihren eigenen Körper. Wie Kamiel es wollte. Meine Hand über meine Wange, trockene Haut, wie Pappe. Noch ein Schluck. Meine Finger auf meinen Lippen, streichelnd, sanft beiße ich in meinen Zeigefinger. Ich betrachte mich, mache einen Kussmund. Meine Hand über meinen Hals, ich atme tief ein. Ich lecke meine Lippen ab, lächle, ich trinke, lasse einen Tropfen über mein Kinn gleiten. Durch meine Wimpern hindurch schaue ich mich selbst an. Ich streichle meine Brüste. Ich reibe, knete mit fahrigen Bewegungen, als wären sie groß. Ich ziehe mein T-Shirt mit einer einzigen Bewegung aus, drehe den Rücken zum Spiegel, hake meinen BH auf. Drehe die Schultern rhythmisch zum Beat der Musik.

So muss es sein. Ich schaue über meine Schulter, verspielt lache ich mich an. Ich lecke noch mal an meinem Finger. Ich denke an Kamiel, der brummend zuschaute, an den Yogamann, der brummend zuschauen wird.

Ich trinke noch etwas, es tropft an meinem Mund entlang, als würde ich Wasser trinken während einer Hitzewelle. Der Geschmack bleibt säuerlich. Mein Hals zieht sich zusammen. Ich löse das Gummi aus meinen Haaren, lasse sie mir ins Gesicht fallen. Ich bewege mich sanft hin und her. In der einen

Hand die Flasche, die andere knetet meine Brust. Mehr Wein, ich trinke die Flasche leer. Stiche im Bauch, ich habe noch nicht gefrühstückt. Leicht und schummrig. Ich lache mich wieder an. So hässlich bin ich nicht. Mich in den Hüften wiegend, gehe ich ins Wohnzimmer, Fuß vor Fuß, elegant. Ich stehe vor der Kamera. Autos fahren durch die schmale Straße, eine Fahrradklingel. Rufende Männer, bestimmt, weil sie mich sehen. Ich sag's dir doch, so hässlich bin ich nicht. Ich bin eine Frau, und das reicht.

Ich mache dieselben Bewegungen wie gerade, drehe mich um und stehe Auge in Auge mit dem Nachbarn von gegenüber. Er trägt ein blaues Oberhemd. Die Hände in die Seiten gestemmt. Wie Männer oft vor Fenstern stehen.

Gelassen bewege ich mich weiter. Ich lecke die Finger meiner rechten Hand, die allmählich in meinem Slip verschwindet, es ist wirklich nass. Endlich.

Zwei Zuschauer. Oder, Kamiel? Zwei männliche Zuschauer, die das wollen, es suchen. Das ist, was Männer wollen. Guido wird amüsiert von seinem Schreibtischstuhl im Büro aus zusehen. Sich über seine Hose reiben, die im Schritt spannt.

Ich schwenkte die Hüften hin und her, lecke meine Lippen und schaue nach gegenüber. Der Nachbar schüttelt den Kopf und geht weg. Lachend blicke ich in die Linse. Ich nehme auf der Eckbank Platz, die Hand noch immer in meinem Slip. Kamiel flitzt vorbei, der Yogamann. Sie reiben sich den Schritt, wollen sich die Hose aufknöpfen, aber das ist nicht erlaubt. Ich erlaube ihnen nichts, keine Berührung, nur Schauen. Wie Guido hinter seinem Computer guckt; vielleicht sehen ihm Kollegen über die Schulter. Sie brummen, aber das ist alles, ich habe es in der Hand. Danach geht alles weiter, aber jetzt mache ich sie verrückt, geile sie auf. Danach fahren sie fort mit dem, was sie gerade machten, ohne mich anzufassen, sie müssen an die Arbeit, als wäre nichts geschehen, mit einem ziehenden Gefühl in den Eiern. Ein konstantes Verlangen, und wenn sie nach Hause kommen, ist da niemand, der ihnen dabei helfen kann, sie müssen es selbst machen.

Ich bringe es zu Ende und komme mit denselben Geräuschen wie Lara auf meinem Balkon.

27
Frische Luft

»Bobbi muss sich natürlich erst noch ein wenig an dich gewöhnen. Aber irgendwann wird er das auch von dir wollen«, sagt der surinamische Mann. Mit kleinen Schritten geht er zur Tür, steckt die Finger durch den Briefkastenschlitz.

»Einen Garten habe ich nicht, also mache ich das mindestens dreimal am Tag, damit er ein wenig frische Luft bekommt.«

Mit hoher Stimme ruft er, die Finger noch im Briefkasten. Bobbi rennt zu ihm, springt mit den Vorderpfoten gegen die Tür und steckt die Nase durch den Briefkastenschlitz, so weit es nur geht.

»Obwohl er eine reine Wohnungskatze ist, merkt man doch, dass die Tiere frische Luft brauchen.« Mit der freien Hand streichelt er über Bobbis Nacken. Ich kann nur zuschauen. Ihn nachahmen geht nicht; was würde meine Mutter tun, wenn sie hier stünde?

Bobbi steckt eine Vorderpfote durch den Briefkastenschlitz, als würde er sich selbst mehr Luft zuführen. Wie entdeckt man so was? Genau wie Leute, die Tricks mit ihrer Zunge machen können und das in einer großen Gruppe demonstrieren. Worauf jemand anders reagiert, indem er seine Finger einen nach dem anderen knacken lässt.

Es bleibt eine lange Zeit still.

»Wissen Sie, dass im Flur ein Leck ist? Der Kreis wird

immer größer.« Deswegen bin ich da. Als ich reinkam, roch es miefig. Ich habe geschaut, ob die Abfalleimer, die Waschecke oder der Wäschekorb nass sind. Im Flur fiel mir erst auf, dass sich der Fleck verdreifacht hat. Seine Farbe variiert. Wo die meiste Flüssigkeit durchtropft, ist sie dunkelorange, nahezu braun, drum herum heller. Der Gestank ist nicht zum Aushalten. Faulig, sauer, alt, verschimmelt.

Unter dem Leck entstehen weiße Kreise, die sich auch allmählich ausbreiten.

»Das wird er auch von dir wollen.« Er wendet sich an Bobbi. »Das magst du gern, was?« Langsam streichelt er die Katze vom Kopf bis zur Schwanzspitze.

»Okay, ich mache mal wieder weiter.« Ich sage es mehr zu mir selbst als zu ihm.

Für Tiere wird gedacht, wird bestimmt, was sie mögen oder gerade nicht: Ein Körbchen aus Fell, weil die Katze Baumwolle nicht mag. Ein halbleerer Fußball für den Hund, weil ihm nichts an Tennisbällen liegt. Kamiel dachte für mich, sprach für mich, und eines Tages wollte er, dass ich mich benahm wie er. Wie eine Erwachsene sich in seinen Augen benehmen sollte. Gleichzeitig aber sollte ich jung bleiben, rumschäkern, aufreizend sein.

»Ich finde es schwierig, dass du noch ein ganzes Leben vor dir hast«, sagte Kamiel an unserem letzten gemeinsamen Tag. »Dass du nicht mit beiden Händen nach deinem Leben greifst.«

Er machte Kaffee, nicht mehr für uns beide, das hatten wir längst hinter uns gelassen. Wir wohnten zusammen, und damit war auch alles gesagt.

»Du meinst, dass ich jünger bin als du?« Ich schrieb Sätze

aus einem Buch ab, blätterte zurück, um mich daran zu erinnern, was ich gelesen hatte:

– Nichts verpflichtete Kinder, ihre Eltern zu lieben.
Remco Campert, *Hôtel du Nord*

– Er mag es nicht, Menschen zu vermissen. Menschen vermissen ist gefährlicher als ein unordentlicher Schreibtisch, es ist eine Krankheit, es ist der Anfang einer Obsession.
Arnon Grünberg, *Apocalyps* (Apokalypse)

– Wenn ein Kind früh lacht, wird das stolz verkündet. Nicht nur einmal, es wird genau so lange wiederholt, bis diese Eigenschaft selbstverständlich geworden ist.
K. Schippers, *Eerste indrukken* (Erste Eindrücke)

– Sprechen lernen bedeutet, sich nach und nach darüber klar zu werden, dass wir über nichts irgendetwas sagen können.
Valeria Luiselli, *Falsche Papiere*

– Eine Frau wie ein Tier, denkt er. Über den ganzen Körper hellblond behaart. Die dich mit flachem Blick ansieht, die nicht in deine Seele dringen will. Die nicht mit ihrem Blick an dir zerrt und dich auslaugt. Die nicht um eine Antwort bettelt, wenn du keine Antwort hast. Die nicht mehr haben will, als du aus dir selbst heraus geben kannst, und sei es noch so wenig.
Jan Wolkers, *Een roos van vlees* (Eine Rose aus Fleisch)

– Kissen drauf, kurz andrücken, fertig. Wie lange würde es dauern? Nicht so lange, so stark sind sie nicht mehr. Oder würden sie in einem solchen Moment über unvermutete Kräfte verfügen? Jeder will am Leben bleiben. Es würde ein anstrengender Kampf werden mit viel Keuchen, schlussendlich würde er gewinnen. Er fühlt sich nicht einmal schuldig, wahrscheinlich denkt Marion dasselbe, mit noch mehr Überzeugung, es sind ihre Eltern, nicht seine.

Rob van Essen, *Hier wonen ook mensen* (Hier leben auch Menschen)

– Der Mensch spricht, wie der Hund bellt.
Um seinen Zorn oder seine Angst auszudrücken.
Michel Houellebecq, *Die Möglichkeit einer Insel*

Auch das störte Kamiel auf Dauer.

»Ich meine, dass ich es schwierig finde, mit anzusehen, wie du mit deinem Leben umgehst.« Seine Stimme hatte etwas Quengelndes.

»Ich lebe.«

»Du folgst. Du bist eine Folgerin. Holländer folgen immer. Ihr ergreift nie die Initiative. Seid nie Vorreiter. Was in deinem Fall schade ist: Du bist jung, hübsch, hast Talent, aber tust erst was, wenn du alles aufgetischt bekommst. Und das hier, diese elenden Sätze, die du abschreibst. Welchen Sinn hat das?«

»Ist es wieder so weit?« Wie ein erwachsenes Paar. Ein paar Sätze später machte er Schluss. Als wären wir noch mitten im Gespräch. So fühlte es sich auch an. Er beendete es, als wäre er bei der Arbeit: Als ich meine Tasche gepackt hatte, nannte er meinen Vor- und Nachnamen. Streckte die Hand aus und bedankte sich bei mir. Unser Zusammensein als eine einzige große Geschäftsbeziehung.

Noch immer denke ich, dass ich ihn sehen werde, dass wir wieder zusammenkommen, als wäre er kurz im Urlaub. Kamiel wird doch wissen wollen, wie es mir geht, oder? Er will natürlich wissen, dass ich ihn nicht vergessen habe. Er wird sein Haus renovieren müssen und wollen, dass ich bei ihm einziehe. Regelmäßig komme ich mit dem Rad dort vorbei, es sieht traurig aus. Schmutzige Fenster, halb geschlossene Vorhänge und immer dunkel.

Bobbi streicht mir miauend um die Beine, reibt sein Köpfchen an mir, schnurrt. Ich bin im Badezimmer. Sprühe das rechteckige Waschbecken mit Glassex ein.

»BUH!«

»Mann!«

»Sorry, ich wollte Bobbi erschrecken.«

Mir birst der Kopf, mein Atem geht schneller.

»Was ist?«, sagt er.

»Nichts.«

Er hebt die Schultern, greift Bobbi im Nackenfell und nimmt ihn mit in den Flur.

»So kann sie nicht saubermachen. Das verstehst du doch, oder?«

Er arbeitet zu Hause, und sein Kollege ist Bobbi. Ich sprühe die Wanne und die Duschkabine ein, wische alles ab, und unterdessen hoffe ich, weiß ich, dass Kamiel wieder ausgiebig für mich kochen wird. Wir werden mehrere Flaschen Wein trinken, und ich werde meine Spielanzüge für ihn tragen. Ihn verführen, ihm zeigen, dass ich die Einzige bin und er nicht ohne mich sein kann. Alles, ich werde alles für ihn tun. Im Gegenzug kann er nicht einfach so weggehen. Wir legen uns ein Haustier zu, eine Katze, einen Hund. Etwas, das uns bindet. Ein Kind von mir aus. Ich will, dass wir künftig zu zweit in Urlaub fahren. Dass wir, wenn er unbedingt allein wegwill, Kontakt halten. Per Handy, über Mails, in denen wir einander Fragen stellen, damit der andere weiß, dass er antworten muss.

Alles wird wieder laufen, wie es lief. Wann ist egal, er kommt zu mir zurück. Das weiß ich sicher.

STATUS

»Der Wasserkocher und die Kaffeemaschine funktionieren nur, wenn du das Licht in der Küche anmachst. Das ist noch vom vorigen Bewohner.«

Lex Vermeer

8
Ihr seid auch Menschen

Lara, Thomas und ich sitzen auf unserem Balkon, jeder ein Glas Rotwein in der Hand. Seit ich hier sitze, spüre ich, wie mein Körper allmählich schlafen will. Endlich, denke ich, und sofort der Einwand: Das kann doch gar nicht sein.

Thomas und Lara reden, als wären sie zu zweit. Jeder Satz insinuiert Sex. Sie sprechen es nicht aus, reden drum herum.

»Jemand eine Zigarette?«, fragt Thomas.

»Ja«, sage ich.

»Gern«, sagt Lara lächelnd. Ihr Sommerkleid hat sie bis weit über die Knie raufgezogen. Schlanke sehnige Beine, wie eine Sportlerin. Obwohl sie nie Sport treibt, kann sie essen, was sie will. Sie schürzt die Lippen, was sie schon den ganzen Abend macht, genau wie dieses Dauerlächeln.

Wir kamen angeschickert an. Lara hatte mehr getrunken als ich. Ich wollte nicht schon betrunken reinkommen. Man kann ja nie wissen, dachte ich. Meine Kunden waren nicht da. Überhaupt nur wenige, wie ich aus den Gesprächen aufschnappte. Natasja stellte sich zu mir. Ich hatte sie noch nie gesehen. Ihre Haare waren zu einem straffen Knoten gedreht, sie trug eine weiße Bluse und eine schwarze Stoffhose. Als wäre sie noch bei der Arbeit.

»Wie schön, dass du gekommen bist, wie geht's dir?« Sie hatte eine gleichmäßige Haut, geschminkte Augen und eine dünne Linie um ihre Lippen.

Geduldig schaute sie mich an. Freundlich, aufgesetzt.

»Ja, gut?«, sagte ich. Wir standen an einem hohen weißen Tisch. Auf Plastikschalen lagen Käsestangen und Oliven. Ich hatte einen Becher Wein, sie ein Glas.

Am Eingang stand ein langer Tisch mit Softdrinks, Rosé und Weißwein. Vor den Flaschen gefüllte Becher. Daneben ein Tisch mit Körben voll Baguette, Aufstrichen in Plastikschälchen und Fertigsalaten mit Eiern und Thunfisch. Drei Männer grillten. Huhn am Spieß oder Frikadellen. Grillsoße, Mayonnaise und Ketchup auf einem Beistelltisch.

»Schön, sehr schön, hier alle so beisammen zu sehen. Dann hat man doch eher eine Vorstellung, wer jeder ist. Man knüpft doch ein Band«, sagte Natasja.

»Sind auch Kunden da? Ich kann meine nirgends entdecken.«

»Viele Leute konnten nicht, sehr schade.«

»War das nicht absehbar?« Ich nahm einen großen Schluck. Natasjas künstliches Lächeln verschwand.

»Kunden haben ihre eigenen Umtrunke bei der Arbeit«, fuhr ich fort. Und die Freitagnachmittage in der Stadt.

»Natürlich, aber wir hörten, dass es viel Interesse an einem gemeinsamen Treffen gab. Ich meine, ihr seid auch Menschen.« Sie machte eine Pause, in der sie ihre Lippen ableckte. »Aber man kann nicht alles steuern.« Sie sagte es locker. Wieder eine Pause. Im Hintergrund Musik, kein DJ. Die chaotischen Beats wurden ab und zu von einer fröhlichen Frauenstimme unterbrochen: »Radio fünf drei acht.«

»Da ist Jacob, den muss ich wirklich kurz sprechen!« Natasja griff nach meiner Schulter, kniff leicht hinein. »Gut, dich zu sehen, Julia, einen schönen Abend!«

»Quatsch«, sagte ich erst, als sie wegging. Als ich mich umdrehte, sah ich Lara mit einem Mann im Gespräch. Thomas hieß er. Der bestaussehende Mann des Abends: schwarze volle Locken und einen schelmischen Blick in den Augen. Er trug einen eng anliegenden Anzug und rauchte schwarze, dünne Zigaretten.

Lara und ich waren mit Abstand die Jüngsten. Es waren vor allem Frauen in ihren Vierzigern dort. Ich schnappte Gespräche auf: »Habe ich den ganzen Tag geputzt, komme nach Hause, und die Kinder haben die Wohnung völlig auf den Kopf gestellt. Und wer räumt es auf?«

»Ich kenne das, ich kenne das.«

»Altbekannt.«

»Und dann erwartet Männe auch noch, dass um sechs Uhr das Essen auf dem Tisch steht.« Es wurde gelacht, aber in diesem Lachen steckte etwas Mühsames. Sie trugen Kopftücher, hatten Frisuren mit ausrasiertem Nacken oder einen lockeren Pferdeschwanz.

Ich hatte mich vollgegessen und -getrunken. Ich konzentrierte mich auf Lara. Ich schaute zu, wie sie sich bewegte, wie sie aß, trank. Obwohl sie sich ständig nachschenkte, gab es nichts, wofür man sich schämen müsste. Was sie tat, war elegant. Als sie mich sah, nahm sie Thomas an der Hand, und sie gingen wie ein glückliches Paar auf mich zu. »Das ist Julia, sie arbeitet hier und hat mich mitgenommen.«

»Thomas, angenehm. Was machst du? Bist du Matcherin?«

»Nein, du Komiker, sie ist eine der Putzfrauen.«

»Ja.« Ich sagte es nicht zögernd. Zum ersten Mal dachte ich: Ich bin Putzfrau, und was tut es zur Sache? Darüber werden Witze gerissen, man spricht abwertend darüber, es wird davon ausgegangen, dass man immer für die Kunden bereitsteht. Es wird nicht geschätzt, wenn man sich nicht wohlfühlt und vielleicht einmal nicht sein Bestes gibt: Man wird schließlich dafür bezahlt, nicht?

Ich stellte mich vor: ein kräftiger Händedruck, ein großzügiges Lachen. Ich war offen und fröhlich. Es wird der Alkohol gewesen sein. Thomas zog die Augenbrauen hoch, wir hatten lange Blickkontakt. Suchend. Die Arme in die Seiten gestemmt, blieb er stehen. Ich hatte ihn fast. Lara sprang dazwischen, warf ihren Körper in den Ring. Klapperte mit den Wimpern, schürzte die Lippen, zwirbelte an einer Haarsträhne. So vorhersehbar, so einfach, aber schwierig nachzuahmen.

»Musst du morgen nicht arbeiten?«, frage ich. Das einzige Licht stammt von der Küchenlampe.

Thomas schüttelt lachend den Kopf. »Morgen ist Freitag, Schätzchen.« Wir rauchen eine dritte Zigarette. Gemeinsam rauchen hat etwas Beruhigendes.

»Soll ich noch einen Wein aufmachen? Ich hab noch einen in meinem Zimmer«, sagt Lara.

»Soll ich mit? Ich möchte wissen, wie jemand wohnt, der einundzwanzig ist.«

Lara gurrt, sagt mit schwerer Zunge, dass das nicht schön für mich ist. Sie steht auf, hält sich an der Stuhllehne fest. Thomas greift ein. Eine Hand auf ihrem Hintern und eine um ihren Unterarm. Lara windet sich lachend aus seinem Griff.

»So.« Er inhaliert und bläst den Rauch langsam aus. Wenn er einen Zug von seiner Zigarette nimmt, höre ich seine Lippen auf dem Filter landen. »Du wurdest also angerufen, um in meiner Wohnung sauberzumachen? Wie klein die Welt doch ist.« Er lacht spröde. »Hast du nicht studiert?« Thomas lässt die Asche auf den Boden fallen und nimmt einen letzten Schluck von seinem Wein. Sein Körper ist lang. Unter seinem Sakko und seinem blütenweißen Oberhemd wird er muskulös sein.

Ein Krampf in meinem Bauch, meine Hände spannen sich an, ich springe auf, ignoriere seine Frage wie eine SMS, die ich unbeantwortet lasse. Auch ich merke, dass ich nicht zu hundert Prozent im Gleichgewicht bin, meine Beine sind schlaff, und in meinem Kopf dreht es sich.

»Habe ich etwas Falsches gesagt?«

An meiner Zimmertür begegnet mir Lara. »Ich habe gerade Wein geholt, bleib noch kurz.«

»Nein.«

»Ist was?« Sie legt die Hand auf meine Wange. Ihr Gesicht nah an meinem. Ich rieche ihr süßes Parfüm, sauren Atem, duftendes Shampoo. Sie zieht die Augenbrauen hoch. Ihre weichen, klammen Finger gleiten von meinem Gesicht, über meinen Hals, über meine Brust zu meinem Hintern. Langsam, mein Atem stockt.

»Hat Tommy was Falsches gesagt?«, fragt sie heiser. Sie sieht mich eindringlich an. Große Augen. Fast mitleidig.

»Thomas. Er heißt Thomas«, schnauze ich, reiße mich los. Sie greift mich kräftig bei den Hüften. Die Flasche am dünnen Stoff meiner Hose. Ich schaudere.

»Das magst du, ja? Komm, wir lernen uns auf dem Balkon neu kennen.«

»Benimm dich mal kurz normal«, sage ich. Wieder reiße ich mich los.

»Warum so kompliziert? Was du brauchst, ist Aufmerksamkeit. Liebe.«

»Klappt es mit dem Wein, die Damen? Oder soll ich euch Gesellschaft leisten?«, fragt Thomas grinsend.

»Wir kommen schon«, ruft Lara. Wieder genauso geil wie gerade. Sie stößt gegen meine Schulter. Die andere scheuert an der Betonwand entlang.

Mit einer gezielten Bewegung drücke ich Lara gegen die Wand. Ein Unterarm gegen ihre Brust. Laras Augen sind dieses Mal anders groß. Ihr Lachen hat sich in einen zusammengepressten Strich verwandelt. Sie wirkt plötzlich älter. Wir atmen laut. Nein, wir schnaufen. Im Bruchteil einer Sekunde fasst sie sich und drückt ihre Lippen auf meine. Weiche klebrige Lippen. Ihre schmale Zunge, die hereingleitet. Die meine sucht, die meine findet. Ich weiche zurück und gebe ihr einen Klaps ins Gesicht. Wie in einem Film schwenkt ihr Gesicht weg von mir.

»Krank bist du!«, ruft Lara.

»Na, na, na, was ist denn hier los?« Thomas mit einer neuen schwarzen Zigarette in der Küche. Ich stürme in mein Zimmer, sperre die Tür ab, ziehe die Vorhänge zu.

Lara erzählt, was im Flur zwischen uns passiert ist, Thomas bietet ihr Trost. Sie trinken Wein aus der Flasche. Ich schaue auf ihre Schatten.

Sie haben mich vergessen. Jetzt schon. Ich habe einen trockenen Mund, einen schlechten Geschmack.

Schmatzende Geräusche, die von leisem Gelächter unterbrochen werden. Ich ziehe eine Tüte Paprikachips hervor. Esse, als wäre nichts geschehen. Ich habe jemanden geschlagen, und es tut mir nicht leid.

Die Schnalle eines Gürtels, Geflüster. Nur Lara spricht in normalem Ton. Stöhnen, Keuchen. Thomas ermahnt Lara, still zu sein.

»Ich brauche auf niemanden Rücksicht zu nehmen«, sagt sie heiser.

»Dann etwas leiser.«

»Kümmern alle Männer in deinem Alter sich um andere?«

»Nennst du mich brav?«

»Ja.« Laras Antwort ist lang.

»Komm her.« Er packt sie. Lara bückt sich, ihre Hände auf meinem Fenster. Sie hat schöne Hände. Das war mir schon eher aufgefallen, wie ihre Beine.

»Nennst du mich brav?« Thomas hat plötzliche eine andere Stimme. Bei jedem Stoß sagt Lara, sie finde ihn brav. Sie lässt sich gehen. Sie nimmt keine Rücksicht auf mich, die Nacht, die Nachbarn, die nach draußen brüllen, dass es dafür ein Zimmer gibt.

420
Heute ist Montag

»Ja.«

»Van Rijk hier. Spreche ich mit Julia?«

»Ja.«

»Heute ist Montag.«

»Das stimmt«, sage ich.

»Solltest du heute nicht hier sein?«

»Ich bin nicht da.«

»Darum rufe ich ja auch an. Habe ich irgendetwas verpasst, weil du die vergangenen Male auch nicht da gewesen bist?«

»…«

»Hallo?«

»Ja?«

»Ich dachte, du hättest aufgelegt. Beim letzten Mal warst du auch plötzlich weg.«

»Ja.«

»Darf ich fragen, warum?«

»Dürfen Sie.«

»Gut«, sagt er. Es bleibt still.

Eigentlich müsste ich sagen: »Ihr Haus ist verdreckt, es ist sinnlos, es sei denn, Sie beauftragen eine Firma mit einem Hochdruckreiniger. Und lassen danach die Fenster eine Woche lang offen. Dann reden wir weiter.« Oder: »Sie haben in den Wäschekorb gekackt, während ich Ihre Toilette geputzt habe. Sie hätten doch fragen können, ob ich Sie reinlasse, auch wenn es Ihre eigene Toilette ist.«

»Hallo?«, fragt er wieder.

»Ich bin krank«, sage ich schnell.

»Sag das doch gleich, jetzt warte ich wieder umsonst auf dich.«

»…«

»Und beim letzten Mal?«

»Da wurde ich plötzlich krank und bin nach Hause gegangen.«

»Du fällst immer weg, bist du in einem Tunnel?«

»Ich esse.«

»Du isst?«

»Das sagte ich, ja.«

»Würdest du das bleiben lassen?«

»Hm.«

»Danke. Tut mir leid zu hören, dass du krank bist. Du hättest einen Zettel zurücklassen oder ans Telefon gehen können.«

»Ich war zu krank, glaube ich.«

»Verständlich.«

»…«

»Was genau isst du?«

»Gefüllte Mandel-Cookies.«

»Cookies?«

»Cookies, ja.«

»Selbst gebackene?«

»Natürlich nicht.«

»Fertigprodukte? Nicht sehr gesund, wenn man krank ist.«

»…«

Die Pause, die ich entstehen lasse, dauert lange. Wie kann er etwas sagen über gesund oder nicht gesund? Ich kaue weiter. Ich schmatze. Absichtlich laut lecke ich mir die Finger ab.

»Schmeckt's?«

»…«

»Gute Besserung, Julia. Dann sehe ich dich nächste Woche?«

»Nein.«

»Nein?«

»Nächste Woche bin ich auch krank.«

»Wie bitte?«

»Was ich sagte.« Ich habe ohne Gruß aufgehängt. Ohne Schuldgefühl. Es gibt genügend andere, die eine Putzhilfe wollen.

25
Routine

Heute sind es zweiunddreißig Grad. Zu warm für eine Caféterrasse, und zu Hause bin ich lieber nicht. Ich habe meinen Bikini wieder an.

In einem Zimmer gegenüber steht ein langer, hellhäutiger Junge. Er trägt nur Boxershorts. Es stemmt die Hände gegen eine Wand, streckt seine mageren Beine und legt sich hin. In hohem Tempo macht er Bauchmuskelübungen.

Ich trage Faktor zwanzig auf. Mitgenommen von einer Adresse, die Sonnencreme. Für manche Sachen will ich einfach kein Geld ausgeben. Für Sachen, ohne die man nicht sein kann, aber wofür man bezahlen muss, oder die schnell kaputtgehen, die man einmalig benutzt oder ständig verliert: Stifte, Pflaster, Unterwäsche, Socken, Wäscheklammern, Pfeffer und Salz, Zahnpasta, Zahnbürste, Tampons, Klopapier, Kleidung, Teebeutel, Schokolade, eigentlich alles Essbare, Spülmittel. Niemand merkt es. Wenn Leute eine feste Marke benutzen, legen sie Vorräte an, als könnte man sie am nächsten Tag nicht mehr kaufen.

Ich nenne es nicht klauen. Klauen ist Diebstahl. Mitnehmen ist sich darum kümmern. Reihenweise Prodent-Zahnpasta Monate in demselben Badezimmerschrank. Stapelweise Kondome in einem stickigen Nachtschränkchen. Verpackte Zahnbürsten in zu kleinen Schubladen. Unterwäsche, Socken und Kleidung in miefigen, überfüllten Schränken. Weinflaschen, die zur Dekoration in einem Weinregal vollstauben, Konserven mit Linsen, Mais, Tomatenpüree, Kichererbsen usw. in einem dunklen und vor allem zu kalten Vorratsschrank.

»Das will doch niemand, oder?«

Menno schaut mich fragend an. Er war wieder ebenso überrascht wie die vorigen Male. Sogar Tiere gewöhnen sich an feste Tage, Routine.

Im Zimmer des Jungen dämmert es, genau wie in meinem Zimmer. Dort ist auch nie Sonne. Er hat die Arme nach vorn gestreckt und geht dann in die Knie. Kommt hoch und dann wieder runter. Er wiederholt diese Bewegung genauso schnell wie seine Bauchmuskelübungen.

Ich esse Chips von hier, mit Aussicht auf den Jungen. Menno schaut froh auf.

»Für dich habe ich Hundekuchen gefunden.« Er schaut nicht zu mir, sondern zur Tür. Zu dem Schatten vom letzten Mal. Der Nachbar von gegenüber muss schon da gewesen sein, es ist längst nach eins.

»Da ist niemand.« Gemeinsam lauschen wir. Das Geräusch eines Flugzeugs, das nicht zu sehen ist. Ich gebe ihm ein Stück Hundekuchen. Er kaut, dieses Mal normaler, wie es sich für Hunde gehört. Hechelnd setzt er sich neben mich. Mit halb geschlossenen Augen späht er in die Ferne.

Statt eines Buches habe ich ein Heft von zu Hause mitgenommen. Eins vom ersten Jahr der Schreibausbildung. Da stehen Ideen drin, lose A4-Seiten mit ausgearbeiteten Geschichten fallen heraus. Ein Auftrag lautete: Schreib einen Monolog aus der Perspektive eines Gebrauchsgegenstandes. Ich brauche nicht weiter zu blättern, um mich daran zu erinnern, was ich geschrieben habe. Ich entschied mich für einen Spiegel. Ein Spiegel in einem Aufzug. Nachdem alle vorgelesen hatten, sollten wir raten, um welche Gegenstände es jeweils ging. Manche ließen sich sofort erraten, andere fast gar nicht.

»Ein Spiegel ist doch kein Gebrauchsgegenstand«, sagte jemand, der einen Monolog mit einem Löffel als Erzähler geschrieben hatte.

»Vielleicht nicht buchstäblich, aber …«

»Was sagst du? Könntest du etwas lauter sprechen?« Der Dozent.

»Ein Spiegel ist vielleicht nicht direkt ein Gebrauchsgegenstand, aber wir gebrauchen ihn doch, oder?«

»Ich dachte an einen Rasierapparat«, rief jemand, der aus der Perspektive eines Dolchs schrieb. Was niemand erraten konnte. Marlène schrieb aus der Sicht einer Tasse, ihrer grünen Emailletasse, aus der sie Kaffee trank. Nach der Stunde sagte sie, sie fände meine Geschichte gut, der Dozent mailte mir später, er würde jedes Mal an meinen Text denken, wenn er nach Hause kam und den Aufzug nahm. Er beschloss, öfter die Treppe zu nehmen.

Ich trinke Wodka-Cassis mit Eis. Eiswürfel in Form von Diamanten. Alles von hier.

»Na, komm.« Ich locke Menno mit neuem Hundekuchen in eine Ecke der Dachterrasse. Neugierig folgt er.

»So ist's gut, hier liegen bleiben.« Ich strecke die Hand aus. Menno scheint zu erschrecken. Langsam lasse ich meine Hand über sein Fell gleiten. Seine Haare sind warm. Sein Bauch geht schnell auf und ab. Menno findet es angenehm. Ich finde es eklig. Sein Fell ist fettig, er riecht, als wäre er nass geworden.

Auge in Auge stehe ich dem langen, hellhäutigen Jungen gegenüber, der noch immer mit gestreckten Händen dasteht. Er zuckt leicht die Achseln und macht weiter mit seinen Kniebeugen. Wir arbeiten nicht nur zu Hause, wir machen auch Sport zu Hause. Bald geht niemand mehr aus dem Haus, auch nicht wegen der Sonne.

»Bleib hier, ich geh mir die Hände waschen.« Menno wedelt mit dem Schwanz. Als ich am Büro vorbeigehe, sehe ich zwei Füße unter dem Vorhang. Zwei schwarze Lederschuhe, sie sind ausgetreten. Der Vorhang bewegt sich nicht. Das Herz schlägt mir bis zum Hals. Ich könnte etwas sagen. Den Vorhang zur Seite schieben, etwas rufen. Aber ich kann es auch lassen.

Zurück in den Liegestuhl. Meine Schläfen hämmern. Noch mal schaue ich mich um. Ich sehe ihn nicht, nur die seltsame Wölbung des Vorhangs. Was will dieser Mann? Der Junge mit den Kniebeugen hat seinen Vorhang zugezogen. Menno trottet mir nach, setzt sich neben mich. Legt den Kopf auf meine Beine, hechelt. Geifer kommt aus seinem Maul, auf meine Beine.

»Rühr mich nicht an.«

Mennos Schwanz wedelt dreimal hin und her, dann hört er auf, als würde sogar das in dieser Hitze zu viel Mühe kosten. Noch mal blättere ich durch mein Heft.

Marlène,
Maurits bot mir, als K. erst einmal in den Läden lag, einen zweiten Vertrag an. Er sagte, er würde mich sehr schätzen, an mich glauben, er hätte genug Geld für einen guten Vorschuss. Einer seiner Auto-

ren verkaufte sich gerade gut. Das alles am Telefon. Er wollte wissen, woran ich arbeitete, wir sollten uns mal wieder auf einen Kaffee treffen. Ich dachte über das Angebot nach, es war eine Erleichterung, mit ihm über Bücher zu reden. In der Klasse traute ich mich das nicht, du sagtest auch nicht viel während dieser heftigen Diskussionen. Wir nahmen erst teil, wenn der Dozent uns ausdrücklich das Wort erteilte: »Julia (oder Marlène, natürlich), was hältst du davon?« Worauf er mich, aber auch dich, mitten in der Antwort freundlich bat, lauter und deutlicher zu sprechen. Das sagte er mit geballten Fäusten. Als würde, was man sagt, nur rüberkommen, wenn man die Stimme erhob. Indem man eine energische Körperhaltung, solide Standpunkte und scharfe Meinungen einsetzte. Es ist keine Zeit zum Nachdenken da, oder auch zum Nicht-Nachdenken, es dabei bewenden zu lassen, weil etwas einen schlichtweg nicht interessierte. Wenn das so ist, sag wenigstens, warum es dich nicht interessiert. Sag nie nichts, sag nie nichts mit leiser Stimme.

Sorry, ich schweife ab.

Ehe Maurits auflegte, beendete er das Gespräch damit, dass längst nicht alle Schriftsteller gesehen werden, dass es viele Bücher gibt, deren Autor unbekannt bleibt. Es geht darum, ob man es will oder nicht, diesen Prozess. Und du willst es, davon bin ich heilig überzeugt. Du bist eine Schriftstellerin, Julia Stern. Das sagte er zwingend, obwohl es auf mich spöttisch wirkte.

Ich habe das Angebot abgelehnt, seine Anrufe weggedrückt. Der letzte Satz bereitete mir Atemprobleme. Ich habe das natürlich noch nie jemandem erzählt. Vielleicht ist es Angst, wie Kamiel sagte, wie du schon früher sagtest.

Das eine Mal in meinem Zimmer. Du hattest schon ziemlich viel Gin intus, ich nippte an meinem Wein. Du wolltest in die Kneipe. Aber ich hielt dich davon ab. Ich hielt vieles ab. Ich saß lieber mit dir in meinem Zimmer als dort, wo ich nicht deine volle Aufmerksamkeit bekam.

Juli, du hast einfach Angst.

Angst wovor?

Angst zu leben.

Angst? Nein. Ich weiß nicht, wie man lebt.

Unsinn. Du lebst schon, wieso solltest du nicht wissen, wie man lebt, wenn du jeden Tag aus dem Bett steigt, weiteratmest?

Ich weiß nicht, was richtig ist.

Existiert richtig?, fragtest du. Ich sagte, dass es natürlich richtig oder falsch gibt. Wir schwiegen, wir tranken. Du schminktest dich, schicktest jemandem eine WhatsApp. Ich schaute deinen Handlungen zu. Wie du die Lippen halb öffnetest, um sie zu bemalen, deine Lippen offen blieben, als du Wimperntusche auftrugst. Ich weiß noch, dass ich dachte, dass ich hier richtig saß, auf dem Boden mit dem Rücken an der Heizung, meiner Aussicht auf dich und ein Glas Wein in meiner Hand. Ich dachte, dass richtig nur richtig ist, wenn ein anderer dabei ist. Dass richtig und falsch von dem anderen bestimmt wird. Ich sagte das nicht, aus Angst vor deiner Reaktion.

Jetzt denke ich, vielleicht war es (und ist es noch immer) Angst. Die reine Angst zu versagen. Das könnte sein, Marlène, aber der Punkt ist: Ich spüre keine Angst. Ich habe keine Angst. Da ist eine Leere. Wenn ich an die Zukunft denke. Oder nein. Wenn ich nur an morgen denke, sehe ich eine hart gewordene Sandfläche vor mir. Mit diesen schwarzen Rissen. Wohin ich auch schaue, die Aussicht ist unendlich dieselbe. Der Himmel ist strahlend blau, und die Sonne steht hoch.

Das schon.

8
Anonyme Mutter

Die Rollen sind umgedreht. Lara weicht mir aus, bleibt in ihrem Zimmer. Ich mache den Kühlschrank sauber. Absichtlich langsam. Jemand hat Fischsoße umgestoßen, sie natürlich nicht weggewischt. Alle Fächer putze ich gründlich. Beim Einräumen schneide ich ein Stück Ziegenkäse ab, Brie, nehme Apfel, Paprika, Tomate und Schokolade.

Mein Fach ist leer.

Der Ziegenkäse hat einen vollen Geschmack, der Rest scheint sich im Nichts aufgelöst zu haben. Nicht mal die Schokolade schmecke ich.

Ich will mich entschuldigen, obwohl ich weiß, dass es egal ist, es ist geschehen. Ich werde es nicht aufrichtig meinen. Es tut mir nicht leid. Nur dass Lara mir ausweicht, tut mir leid. Eine Entschuldigung bedeutet, den eigenen Fehler einzusehen. Zurückzublicken, zu begreifen, dass man das besser nicht hätte machen sollen, und sich in Zukunft zu bemühen, diesen Fehler zu vermeiden. Was wieder anders ist als: im Nachhinein betrachtet. Dann bleibt es beim Betrachten.

In meinem Zimmer klingelt mein Handy. »Hier ist Natasja von Clean Matching!«

»Ja.«

»Passt es gerade?«

»Ja.«

»Für die Website suchen wir engagierte Reinigungskräfte,

die sich fotografieren lassen, daneben ein Satz. Warum du für uns arbeitest. Warum es dir bei uns schon seit Jahren so gut gefällt. Was deine eigenen Prioritäten sind, aber auch für uns als Unternehmen.«

Du und wir.

»Wir haben einen professionellen Fotografen und eine Visagistin. Es kostet dich einen Nachmittag, für den du den üblichen Stundenlohn bekommst. Wir servieren Häppchen und was zu trinken. Du wirst wie ein VIP behandelt.« Ihre Stimme klingt munter, aber dennoch monoton.

»Nein, danke.«

»Ich kann verstehen, dass dir das zu plötzlich kommt, kann ich total gut nachvollziehen. Sollen wir abmachen, dass ich dich am späten Nachmittag noch mal anrufe?«

»Nein, danke.« Anständig. Höflich, ruhig.

»Gut, danke! Wir reden heute Nachmittag!« Aufgelegt.

Lange schaue ich auf mein Telefon. Leise höre ich, wie die Tür zum Flur geöffnet wird.

»Lara?« Ihre Tür schlägt zu, als ich meine öffne.

Summen. Wieder mein Handy. Meine Mutter.

»Jule. Wie geht's?« Lächerlich fröhlich. »Ich bekam gerade einen netten Anruf von …«

»Dass du auf die Site darfst?«

»Ja! Haben sie dich auch anrufen?«

»Ja.«

Sie lacht. Wenn sie lacht, lacht ihr ganzes Gesicht. Nicht nur ihr Mund, wie bei vielen anderen.

»Schön! Dann gehen wir zusammen. Können wir beide uns endlich mal wieder einen netten Tag machen, an das letzte Mal kann ich mich nicht mal mehr erinnern.«

»…«

»Du hast doch ja gesagt?«

»Nein.«

»Hast du nein gesagt?«

»Das sagte ich doch.«

»Nein, das hast du nicht gesagt.«

»Ich will nicht auf der Site von einem Raumpflegeunternehmen stehen. Dann ist es von vornherein schon misslungen.«

»Was ist misslungen?«

»Das Treffen.«

»Welches?«

»Ein Treffen.«

»Wer sucht denn nach uns? Es geht doch um Clean Matching.«

»Dafür brauchen sie uns nicht.«

»Los, Jule, das macht Spaß. Du musst nicht alles so ernst nehmen.«

»Ich will auch nicht, dass du gehst.«

»Ich hab schon zugesagt.«

»Mama«, rufe ich lauter, als ich will. »Ich verstehe dich nicht…«

»Vielleicht wirst du entdeckt!«

»Als was?«

»Soll ich sonst am Samstag zu dir kommen? Gehen wir irgendwo schön Kaffee trinken.«

»Schön«, sage ich.

»Nicht?«

»Doch.«

»Es muss nicht sein, oder arbeitest du da?«

»Samstags mache ich nie sauber.«

»Deine andere Arbeit, deine Schreiberei.«

»Mama.«

»Ich schaue mal in meinen Schrank, was ich für dieses Fotoshooting anziehen kann, es ist schon bald.«

»Mama.«

»Vielleicht kaufe ich mir was Neues. So was erlebt man nicht jeden Tag. Ich bin ja mal gespannt, was Edje sagt. Seine Frau auf einer Website!«

»Mama.« Tu das nicht, will ich sagen. Sie verabschiedet sich, legt auf. Ich will nicht, dass Clean Matching sieht, dass Mutter und Tochter dasselbe machen. Ich will eine anonyme Mutter. Ich will einen Rhythmus, will, dass jemand da ist, der mir einen Auftrag erteilt, das Resultat ist unwichtig. Solange ich nur diejenige bin, die ausführt, liefert, auf einen neuen Auftrag wartet. Ja, und ich will, dass jemand zu mir spricht, ohne zu schreien. Ich will nicht, dass Lara mir ausweicht, dass ich müde bin, dass ich auf dem Bett liege und weiß, dass ich fast einschlafen werde.

4-C
Das System

»Guten Morgen, Interpolis, Sie sprechen mit Gijs Mulder. Ich rufe an, weil Ihre Anschrift nicht mit der in unserem System übereinstimmt.«

»Hallo?«

»Spreche ich mit Julia Stern?«

»Ja.«

»Hallo? Du bist doch schon eine Weile hier?«, ruft Marieke aus dem Wohnzimmer.

»Ich bin am Telefon!«, rufe ich zurück. Der Fernseher wird lauter gedreht.

»Passt es Ihnen gerade?«, fragt Gijs Mulder.

»Ja. Nein. Dann bitte schnell«, sage ich.

»Im System steht, Sie wohnen in Utrecht, aber laut den Angaben Ihrer Bank ist Ihr Wohnsitz Amsterdam.«

»Das stimmt.«

»Dass Sie in Utrecht oder in Amsterdam wohnen?«

»In Amsterdam.« Ich starre auf den digitalen Fotorahmen. Da passen viele Fotos rein: zwei kleine Babys in zwei Bettchen, sie sind beide weiß gekleidet.

»Würden Sie mir Ihre heutige Adresse geben, dann bringen wir das so schnell wie möglich in Ordnung.«

Ich gebe Antwort, während Marieke im Hintergrund redet, als wäre sie im Gespräch mit der amerikanischen Stimme aus dem Fernseher.

»Dann steht hier noch, dass Sie studieren, stimmt das?«

»Nicht mehr.«

»Aha. Zurzeit bezahlen Sie den Studententarif, das ist natürlich nicht Sinn der Sache. Haben Sie eine gute Arbeit?«

»Nein.«

»Oh.«

»Nein. Ja. Einfach Arbeit.«

Gijs Mulder möchte etwas sagen, aber stattdessen höre ich Luft, Atmung, die übergeht in ein künstliches Lachen, das übergeht in Stille. Es ist wichtig, gute Arbeit zu haben. Von Kind an wird das betont. »Was willst du später werden?« Meine Antwort lautete Zeichnerin, worauf kopfschüttelnd gelacht wurde. Als könnte das keine gute Arbeit sein. Während Zeichnerin jetzt von vielen viel mehr geschätzt wird als Reinigungskraft. In der Schule wird nicht dazugesagt, dass der eine Beruf mehr Ansehen genießt als der andere.

»Darf ich fragen, was Sie machen?«

In dem digitalen Fotorahmen schiebt sich ein Foto von zwei Trauerkarten vorbei. Schwarz mit Goldbuchstaben, nebeneinander fotografiert, wie die Babybettchen in Weiß.

»Vormittags mache ich sauber«, sage ich.

»Und nachmittags?«

»Warum muss ich nachmittags etwas machen?«

»Entschuldigen Sie, aber Sie weckten bei mir den Eindruck, Sie würden nachmittags auch etwas machen.«

Dieses Mal bin ich diejenige, die »Oh« sagt und für Stille sorgt.

»Saubermachen ist auch Arbeit.« Gijs Mulder macht eine Pause. »Oder?«

»Ja.« Wieder ist es still.

»Also, wo waren wir stehengeblieben, eine neue Versicherung.«

»Ginge das heute Nachmittag? Ich bin bei der Arbeit«, sage ich.

Mehrere Fotos von einem Friedhof schieben sich vorbei. Zwei kleine Fächer nebeneinander. Weiße Blumen und weiße Steine. Auf dem linken Stein steht Myra und auf dem anderen Charlotte.

»Ist dann jemand zu Hause?«, fragt Gijs Mulder.

»Ja. Ich lege jetzt auf. Können Sie später anrufen?«

»Tut mir leid, so arbeiten wir nicht. Ich notiere das im System, dass einer meiner Kollegen Sie später diese Woche zurückruft.« Er wünscht mir einen schönen Tag und Erfolg in der Zukunft.

Die Zukunft ist jetzt.

Als müsste er das sagen. Natasja arbeitet auch über ein System, meine Mutter ist in demselben System, aber unter der Geschäftsstelle Utrecht. Marlène war während ihres Nebenjobs in einem Supermarktlager auch Teil eines Systems. Buchstäblich: Alles, was an Lebensmitteln reinkam, musste sie in ein Schema eingeben. Was in den Laden importiert wurde, was verkauft wurde und was übrig blieb, erfasste sie.

Marlène,
bald leben wir außerhalb unserer Arbeit auch in einem System. Ich hatte gerade jemanden von Interpolis am Telefon. Er rief in seiner Arbeitszeit an, dachte, ich sei Studentin. Das stand im System.

Nun frage ich mich, ist Studentin sein auch via ein System leben?

Sind wir alle programmiert wie ein Computer, wie das Schema bei der Arbeit? Wie man einkauft. Wie man Kleidung kauft. Zum Arzt geht, zum Zahnarzt. Wie man Radio hört.

Hinter dem Radio verbirgt sich auch ein System, und wenn es nur ist, wer wann das Radio vollredet. Die Sachen in unseren Wohnungen. Mein Tisch, mein Stuhl, mein Bett. Mein Bettzeug. Die Nutzung unserer Computer und Telefone. Läuft Musik hören auch über ein System? Die Musik in Supermärkten und Geschäften sowieso. Aber in deiner eigenen Wohnung?

Ich brauche nicht alles zu wissen. Alles herauszufinden. Das finde ich beklemmend. Als würde die Sandoberfläche, von der ich dir geschrieben habe, gegen den Himmel gedrückt, zusammengepresst. Wie die eigenen Finger auch plötzlich zwischen die Tür gelangen können.

Vielleicht läuft das auch über ein System. Das Älterwerden. Das allmählich alles Herausfinden. Die beschränkte Zahl Kubikmeter Luft, die ich einatme, wird auch über ein System laufen.

»Wer war das?«, ruft Marieke, als wären wir ein Paar, das ständig voneinander wissen will, was der andere auf ihrem oder seinem Handy macht.

»Interpolis.«

»Die Interpolis? Da musst du nicht rangehen! Alles nur Geldschneiderei. Bist du rangegangen?«

»Ja!«, rufe ich.

»Du hättest sagen sollen, dass du bei der Arbeit bist!«

122-D
Das Bad

Eine Mundharmonika schallt durchs Haus. Jack Johnson live. Leute kreischen und johlen. Jetzt schon, er hat noch nicht einmal gesungen.

Ein völliges Chaos. In einer Woche kann viel passieren. Es riecht nach altem Schweiß, Abfall und Rauch, als hätte hier eine Party stattgefunden. Die Vorhänge sind geschlossen. Sita und Paul konnten das Wochenende nicht abwarten.

Ich werde die Fenster öffnen, Stühle gerade rücken, den Abwasch in die Maschine räumen, Platz schaffen.

Auf der Eckbank liegen Zeitungen, alle Beilagen durcheinander. Whisky- und Rotweinflaschen um die Kissen auf dem Boden, kleine Reste noch darin.

Jack singt, ich solle meinen Träumen folgen. Das tue ich auch, ich gehe ein wenig durchs Haus. Er singt, dass alles besser ist, wenn wir zusammen sind, das Gefühl des Zusammenseins mit deinem Liebsten ist das Schönste, was es gibt. Ich bezweifle das, wenn ich so um mich schaue. Ich frage mich sowieso, ob Zusammensein das Schönste ist, man weiß nie, was in dem anderen vorgeht, auch nicht, wenn man fragt, was der andere im Moment denkt. Er oder sie kann lügen, schweigen. Wie Kamiel schwieg über seinen hohen Arbeitsdruck.

Warum die meisten Songs von Liebe handeln, verstehe ich nicht, es gibt so viel mehr, oder? Wenn Jack singen würde, dass ein Badezimmer der schönste Ort im ganzen Haus ist, wo man ungesehen seiner eigenen Wege gehen kann, die unberührten, gefühllosen, fast anonymen Wände dafür sorgen, dass alles auf Pause steht, hätte ich Jack recht gegeben.

Die Palette an Shampoos, Duschgels und anderen duftenden Mitteln stammt von ein und derselben Marke, sogar für Männer. Die vollen Flaschen stehen stramm aufrecht, stolz. Die leeren hängen halb aus dem Regal. Wie beim Fußball warten sie, bis sie ausgetauscht werden. Ich muss mich zurückhalten, um sie nicht wegzuwerfen oder mitzunehmen.

Ich ziehe einen Schrank auf. Drei rosafarbene Kulturbeutel: Make-up von Dior, sogar das Deodorant von Dior. Ich drehe es auf, streiche mit dem Roller unter meine Achseln. Beim zweiten Arm wird mir klar, dass Sita das auch jeden Morgen macht, aber eben unter ihren Achseln.

Ich hab dich, singt Jack. Schnell schraube ich das Deodorant zu. Jack flötet zwischen den Refrains. Das Publikum jubelt.

Der CD-Player muss weg.

Auf dem Rückweg gehe ich am Weinregal vorbei, seit dem letzten Mal sind mehrere Lücken hinzugekommen. Ich öffne eine Flasche Rotwein, nehme einen Schluck. Wieder im Badezimmer. Eine Tube mintgrüne Handcreme. Als ich den goldenen Verschluss öffne, schießt die Salbe heraus. Der Duft ist unsäglich stark. Ich habe genug bis zu meinen Ellbogen.

Mascara von Dior, recht viel anders als die aus dem Kaufhaus finde ich sie nicht. Alle Tuben mit Foundation stelle ich auf. Von groß nach klein. Die hellste Farbe trage ich unter meinen Augen auf. Rouge auf meine Wangen, Kajalstift von Chanel. Ein Schluck Wein. Gut, und dann jetzt: der Lippenstift. Auch hiervon gibt es eine gigantische Palette. Einen nach dem anderen streiche ich auf meine Hand, wie ich es in der Werbung für Parfümerien mit dem besten Angebot und dem kundenfreundlichsten Personal gesehen habe. Ich gehe nie in Parfümerien. Als würden die Menschen direkt aus einer Broschüre steigen.

Ich entscheide mich für den dunkelroten. Trage ihn ordentlich auf, tupfe meine Lippen mit einem Kosmetiktuch ab, damit es natürlich aussieht. Ich. Natürlich. Ich sehe aus wie eine Puppe. Noch einen Schluck. Lippenstift um die Flaschenöffnung. Alles schiebe ich zurück in den Kulturbeutel, konzentriere mich auf die Palette an Parfüms. Fast alle Fläschchen sind rosafarben. Zwei davon nackte Frauen, die auf dem Bauch liegen. Man sieht ihre Pobacken, einen taillierten Rücken und üppige Haare. Ihre Haare bilden den Schraubverschluss. Sie haben keine Beine oder Arme. Sexy ohne Gliedmaßen. Ich lache mir selbst im Spiegel zu. Nehme einen Schluck und entscheide mich für ein Fläschchen, das aussieht wie eine Granate. Viermal sprühe ich in meinen Nacken, süß, zu süß. Obwohl meine Hände stärker riechen. Noch ein paar Schluck Wein.

In der Toilette hängt eine Sparlampe. Hinter dem WC auf dem Sockel stehen Duftkerzen und Duftstäbchen. Ein Foto von Sita und Paul auf Leinwand, vor dem offenen Kamin, ineinander verschlungen. Sie schauen glücklich und lachend zu mir. Sie sind gebräunt, haben weiße, gerade Zähne.

Das Licht wird allmählich stärker. Neben dem WC ein Hocker mit Zeitschriften. Die *Petra, Freundin, Happinez, Elle*. Die Toilette als Miniaturwohnzimmer. Ich muss, aber es kommt nichts. Mein Kopf hämmert, ich starre auf die hellgelbe Tür, ich drehe das Schloss zu, wie Sita es auch machen würde, wenn es ihr kurz zu viel wird.

1
Der gute Ton

»Bist du nicht ein wenig zu jung, um deine Nächte hier zu verbringen?«, fragt ein Mann, als ich meinen zweiten Wein bestelle.

»Nein, wieso?« Die Möbel, Bar, der Boden und die Wände sind aus dunkelbraunem Holz. Es riecht nach Chlor und altem Alkohol.

»Hier sitzen nur alte Säcke.« Seine Schultern beben vor Lachen. Er ist unrasiert, hat fettige Haare, die er zurückhält, indem er ständig mit der Hand hindurchfährt. Ein Mann am anderen Ende der Bar prostet ihm zu.

»Bist du misshandelt, vergewaltigt oder verkauft worden?« Menschen sehen nur sich selbst.

Die Kneipe liegt hinter dem Leidseplein, und es sitzen tatsächlich nur alte Säcke an der Bar, bis auf einen jungen Mann. Er wird um die dreißig sein, starrt unendlich lange auf oder in sein Bierglas. Ein kahler Schädel und eckige Schultern.

»Nein«, sage ich.

»Was ist es dann?«

Ich nippe an meinem vollen Glas.

»Gib ihr ein wenig Sprechwasser«, ruft der Mann. Der Barkeeper nimmt eine Flasche mit durchsichtiger Flüssigkeit, schenkt zwei kleine Gläser randvoll. In einem Zug kippe ich es runter, den starken Anisgeschmack spüle ich mit Wein weg.

»Wo waren wir stehengeblieben?« Er schaukelt mit dem Oberkörper.

»Ich mag es nicht, wenn Leute sofort zum wir übergehen.«

»Soso, das Mädel hat eine große Klappe?« Gelächter. Jemand tippt mir auf die Schulter. Der gute Ton kann sich schnell ändern. Ich kippe den Wein runter, bezahle.

388
Im Dunkeln

»Guten Morgen, alles okay?«, fragt Ferdinand.

»Alles okay«, antworte ich. Ich lege die Zeitungen im Wohnzimmer zu Stapeln zusammen.

Ein beifälliges Nicken. Er leckt sich die trockenen Lippen, geht zum Fenster, zieht die schweren Vorhänge zu.

»Kümmer dich nicht um mich, mach einfach, was du machen musst.«

Mit einem Zeitungsstapel in den Händen bleibe ich stehen. »So sehe ich nichts.« Das Handy in meiner Hosentasche. Zweimal vibriert es, eine SMS. Der Yogamann? Er rief vergangene Nacht an. »Ich kann nicht bis zum 25. Juli warten«, sagte er ohne Gruß. Ich ging gerade durch die Stadt. Als er das merkte, fragte er, wo ich sei. »Komm, wir treffen uns jetzt. Ich bin auch ein schlechter Schläfer.« Ich sagte, er müsse warten, und habe aufgelegt.

Ferdinands Mundwinkel heben sich. Ich sehe es nicht, weiß aber, dass sein Lächeln ein Geräusch macht. Eine Art Schmatzen. Es folgt eine lange Stille. Ich halte den Atem an. Wenn er etwas Unerwartetes tut, helfen mir diese Zeitungen nicht weiter. Ich muss ihn richtig treffen können, ein Haken, ein Knie in die Eier, ein Tritt auf den Fuß, beißen oder schreien und zusehen, dass ich wegkomme. Es wird schwierig werden, ich habe kaum geschlafen. Um fünf Uhr war ich zu Hause. Nach der Kneipe bin ich herumgelaufen.

An einem Friedhof vorbei, an dem Öffnungszeiten angeschlagen standen, einem verlassenen Fitnesssaal, der ungenutzt, futuristisch aussah. Auf einem Radweg entlang einer Schnellstraße. Ab und zu fuhr ein Radfahrer oder ein Motorroller vorbei. Autos, die eilig zum Zentrum fuhren oder sich gerade in hohem Tempo davon entfernten.

Ein Fuß vor den anderen. Wie eine Maschine. Es erinnerte mich ans Putzen. An Essen, Kauen. An Rauchen, Inhalieren, Ausblasen, das Geräusch von Lippen auf dem Filter. An Alkohol, Schummrigwerden. An Einkaufen. An Schreiben, das ständige Anpassen, während niemand etwas sieht. Nirgends ein Anfang oder ein Ende.

Zu Hause war ich in einem Taumel unter die Dusche gegangen, hatte mich danach noch an den Laptop gesetzt.

Ferdinands Tritte klingen hohl, kommen in meine Richtung, in seinen Schritten ist kein Rhythmus: Das linke Bein schlackert, das habe ich die vergangenen Male auch schon bemerkt.

Hoffentlich kann er mein Herzklopfen nicht hören. Sein Atem gleitet an meinem Gesicht vorbei. Seine Kleidung berührt meine. Ein Dunst aus Gel, Aftershave folgt ihm.

Ein dumpfes Geräusch aus der Ecke: Er nimmt auf dem Sofa Platz, klatscht die Hände auf seinen Schoß. Wie ich ihn beim letzten Mal auch auf dem Bett vorfand.

»Daran gewöhnt man sich von allein.« Er holt tief Luft. »Würdest du ab jetzt mit dem Wohnzimmer anfangen?« Er hustet, entschuldigt sich. »Würdest du Antwort geben?«

»Ja.« Ich bewege mich zur Tür.

Als ich reinkam, stand die Schlafzimmertür offen. Sein Kissen lag wie ein Papierpfropfen am Kopfende. Das von

Josefien wie alle vorherigen Male. Nah am Bettrand und ein Kissen in Kniehöhe. Er hat das Bett die ganze Zeit noch nicht neu bezogen, seit sie weg ist.

Ferdinand duschte auch im Dunkeln und mit offener Tür. Er sang lauthals. Englische unverständliche Wörter, ohne Rhythmus. Wie Kinder mitsingen bei Liedern aus dem Radio. Er rieb sich selbst ein, das wusste ich, weil er sagt, was er gerade tut. Sein Gesang ging in Summen über, Gemurmel, tiefe Atemzüge. Das rhythmische Geräusch wurde von einem Fluchen unterbrochen, wurde fortgesetzt, lauter. Seine Stimme wurde schwerer, seine Atmung kürzer, sie endete in einem unterdrückten Schrei. Als würde ihm jemand von hinten plötzlich die Hand auf den Mund drücken.

»Was sagst du?«, fragt Ferdinand. »Ich höre dich nicht. Du sprichst zu leise.« Er lacht.

»Ja«, sage ich laut und fühle mich schmutzig.

8
Krankheiten

Ich steige aus dem Bett, ich bin klebrig. Ich glaubte, mein Vater säße auf der Bettkante. Er zeigte mir ein Tattoo an der Innenseite seines Unterarms. Eine Metallkette auf seiner dünnen, noch roten Haut. Er hatte eine Kiste dabei. Werkzeug. Er wollte auch mir eins stechen. Auch auf meinen Unterarm, an der Innenseite. Er sagte, meine Mutter habe auch eins.

Es ist zehn vor zwei. Meine Decke liegt neben dem Bett.

Der Himmel ist schwarz. Gegenüber brennt Licht, jemand späht auf einen Bildschirm. Bunte Blitze schießen durch sein Zimmer. Im Haus ist es still. Eine quietschende Bremse in der Ferne.

Auf meinem Laptop starre ich auf ein leeres Postfach. Ich bekomme nur Mails von Clean Matching. Eine Erinnerung, dass ich meine Stundenzettel ausfüllen muss, wie viel Gehalt ich bekomme, oder Neuigkeiten wie: Wir starten einen Blog für Reinigungskräfte. Auf dem letztendlich Tipps zum Saubermachen stehen.

In meiner Inbox öffne ich die Mappe Krankheiten.

Bei einem Burnout hat man körperliche und psychische Beschwerden. Müdigkeit und Erschöpfung sind vorherrschend. Die jeweiligen Beschwerden schränken das Funktionieren im Alltag ein.

Die körperlichen Beschwerden sind: extreme

Müdigkeit, Schlafstörungen, Kopfschmerzen, Darmprobleme, Herzklopfen, Schwindel.

Die psychischen Beschwerden sind: grübeln, nur mühsam entspannen können, sich gehetzt fühlen, Reizbarkeit, Schwermütigkeit, Weinkrämpfe, Lustlosigkeit, nicht mehr genießen können, Angstbeschwerden, schlechte Konzentration, Vergesslichkeit, Schuldgefühle und Mangel an Selbstvertrauen.

Ich erkenne fast alles der ersten Kategorie. Die psychischen Beschwerden habe ich nicht.

Ich öffne das nächste Dokument. Noch mehr Informationen über Burnout. Ein drittes Dokument ist ein Scan. Eine Liste, die anfängt mit: Papa. Siebzehnter April zweitausendundsechs. Darunter eine Reihe handgeschriebener Symptome und dahinter ein Häkchen oder ein Strich. Hinter jedem Häkchen eine Erklärung. Hinter dem Satz: viel oder besonders wenig essen, steht: viel. In Druckbuchstaben dahinter eine weitere Liste mit Dingen, die mein Vater in sich reingestopft hat: Knackwurst aus der Dose, tütenweise Chips, Lebkuchen, mehrere Dosen Cola, Bifi, gekochte Eier, Wurstbrötchen und abgepackte Sandwiches. Das alles zwischen Mittag- und Abendessen.

Hinter Schlafprobleme steht ein Häkchen mit einer Notiz: *Seit kurzem geht er erst rund drei oder vier Uhr nachts nach oben. Davor trinkt er Bier oder Bacardi Cola. Er zieht den Kühlschrank mehrmals auf, und wenn mehr Zeit vergeht, höre ich, wie er Selbstgespräche führt.* Mit vier Ausrufezeichen. Ganz klein steht da noch gekritzelt: *Mama sagt, er braucht einen Schlummertrunk.*

Hinter »schlechte Konzentration, Herzklopfen, grübeln« stehen Fragezeichen.

Das nächste Dokument: ein Stresstest. Ich klicke auf den Link. Eine knallgrüne Website mit Weiß erscheint. Der Test ist in sieben Kategorien unterteilt. Test eins hat Selbstbehauptung zum Thema. Nachdem ich alle Fragen ausgefüllt habe, lautet das Ergebnis, dass ich nicht gut für mich selbst einstehe. Ich nehme zu viel Rücksicht auf andere, das macht mich zu einem leichten Opfer für Stress.

Der nächste Test: Entspannung und Erholung. Das Doofe von Tests ist, dass ich sie mache, obwohl ich die Antworten weiß, trotzdem klicke ich immer weiter.

Ob ich regelmäßig Kopf- und Muskelschmerzen habe und mich schwindlig fühle. Ja. Das Ergebnis sagt, dass ich mir zu wenig Zeit für Hobbys nehme. Wer hat noch so was wie Hobbys?

Der dritte Test heißt Lebensgewohnheiten: Ob ich zweimal die Woche Sport treibe. Nein. Wieder die Frage, ob ich täglich zwei oder mehr Gläser Alkohol zu mir nehme. Ja. Mache ich regelmäßig Überstunden? Nein. Ich klicke alles weg. So kann man alles unter einen Begriff fassen.

Eine Rolle Kekse. Ich esse, und zwar viel. Habe ich Hunger? Nein. Ist es Stress? Nein. Ich will essen. Einfach etwas zu tun haben. Laptop wieder aufklappen. Ich fülle die letzten vier Kategorien aus. Ich antworte überall ja, wo ich nein antworten müsste, und umgekehrt.

Ob ich bei einer Meinungsverschiedenheit sage, was ich will. Ja. Ob ich alte Nebensächlichkeiten hinzuziehe. Nein. Ob ich in der Vergangenheit hängenbleibe. Ja. Oder nein. Ja ist nein. Nein ist Ja. Alles ist umgekehrt.

Mein Vater. Er sollte diesen Test machen. Ob er sich die Standpunkte eines anderen anhört. Nein. Ich fülle den Test für ihn aus. Ja ist wieder ganz normal Ja. Nein ist Nein. Ob er den richtigen Moment wählt, um ein Streitgespräch zu führen. Nein. Wollen Sie immer recht haben? Ja. Die meiste Zeit verbringe ich sitzend. Ja. Ich habe die Neigung, zu viel zu essen, vor allem Süßes. Ja. Meine Kekse sind alle, ohne dass ich es gemerkt habe. Fühle ich mich schuldig? Nein. Sie haben regelmäßig Kopfschmerzen. Ja. Sie haben verspannte Muskeln im Nacken, in Schultern und Rücken. Ja. Als Ergebnis bekommt mein Vater, dass er manchmal mit Konflikten umgehen kann und manchmal nicht. Darunter ein Link zu einem Mindfulness-Kurs. Mein Vater im Mindfulness-Kurs. Das wohl kaum.

25
Keine Panik

»Himmel!« Ich mache einen Satz zurück. Spüre meinen Kopf, die kalte Wand. Verschränke die Arme über der Brust. Er fasst mich an den Armen. Ich reiße mich los.

»So!«

»Was!«

»Soso.« Der Mann runzelt die Stirn. Mustert mich von Kopf bis Fuß. Sein Blick bleibt an meinen Armen hängen.

»Was machen Sie hier?«

»Was ich mache? Was machst du hier?«

»Ich muss zur Toilette.«

»Muss auch sein.«

»Genau, dürfte ich bitte vorbei?«

»Jetzt?«

»Was glauben Sie denn?« Eine Stille, in der der Mann mich herausfordernd ansieht. Als stünden wir in einer Diskothek. Ich gegenüber einem Jungen, der mir gefällt, ich gefalle ihm. Wir versuchen, uns gegenseitig anzulocken, obwohl wir wissen, wie es endet, ohne große Mühe.

»Ich war auf dem Weg zur Toilette, und jetzt stehen Sie hier. Nur kurz pinkeln, und ich stehe einem Fremden gegenüber.« Ich bemerke meine Geschwätzigkeit.

»Und das nicht mal in deiner eigenen Wohnung.«

»Auch nicht in Ihrer.«

»Soso.« Er verschränkt seine dicken Arme auch. Er trägt ein ungebügeltes Poloshirt. Einen Kuli in der Brusttasche.

»Dürfte ich bitte vorbei?«

Der Mann tritt einen Schritt zur Seite. Schnell ziehe ich die Toilettentür zu. Jetzt erst spüre ich mein überhitztes Gesicht. Ich musste dringend, aber es gelingt mir nicht. Der Mann verlässt den Flur nicht. Ich höre seinen Fuß leise klopfen. Ich hätte auch nicht so viel trinken sollen. Ich schwenke die Tür auf, gehe, die Hände in die Seiten gestemmt, auf ihn zu.

»Sooo ...« Der Flur ist schmal und hoch.

»Sehen Sie alles?« Ich fühle mich nackter denn je.

»Ja doch, jaaa ...«

»Gut, wer sind Sie?«

»Mich nie zuvor bemerkt?« Er starrt auf meine Brüste.

»Der Spanner?« Ich nicke Richtung Büro.

»Korrekt.«

»Hat er auch einen Namen?«, bluffe ich.

»Berend, angenehm.« Er streckt die Hand aus, ich lasse sie hängen. Ich sage nur angenehm.

»Hat die Dame auch einen Namen?«

»Geht Sie nichts an. Sie wissen schon zu viel.«

»Das liebe ich. Eine große Klappe. Freche Mädels.«

»Wie bitte?« Ich eile zur Dachterrasse. Dafür muss ich an ihm vorbei, er macht einen Schritt zurück. Er riecht nach faulem Fisch. Menno rennt schwanzwedelnd auf ihn zu. Schnell ziehe ich mein Bikinioberteil an und schlüpfe in mein Kleid. Berend bleibt im Flur, streichelt Menno langsam, sorgfältig, lächelnd. Auf so eine Weise einen Hund streicheln sagt genug.

»Da bin ich wieder«, sagt Berend mit hoher Stimme. Als er mich in meinen Kleidern sieht, sagt er: »Schade.« Er grinst.

»Sie sind bestimmt allein.«

»Schon fünfundzwanzig Jahre verheiratet.« Menno setzt sich brav neben ihn.

»Warum sonst stehen Sie hinter dem Vorhang? Sie sind allein.«

»Ich bin seit fünfundzwanzig Jahren verheiratet. Was sage ich, es sind schon fast sechsund…«

»Oder Sie sind krank und allein. Ein Tumor, Blutpfropfen, Magenbeschwerden, Rheuma. Oder in Ihrem Kopf? Psychisch. Je älter Leute werden, desto mehr geht schief.« Ich fühle mich wie Lara. Als wäre ich sie. Ein flottes Mundwerk. Wenn sie mich sähe, wäre sie stolz auf mich. Auf dieses Gespräch. Auf mein Verhalten. Von der Dachterrasse nehme ich die Flasche Rosé. Trinkend kehre ich zurück.

«Findest du mich krank?«

»Könnte sein. Borderline, krankhafte Angst vor Bazillen… Oder stehen Sie auf Tiere? Männer? Dicke Frauen? Kinder? Haben Sie Schizophrenie, oder leiden Sie an chronischer Müdigkeit, oder haben Sie einfach ein Burnout? Kommt häufiger vor, als Sie denken. Jeder siebte Arbeitnehmer hat die Beschwerden eines beginnenden Burnouts. Wollen Sie die Symptome wissen?«

»Nein.«

»Nein?« Noch einen Schluck. Lecker. Ich könnte genau wie Lara Blickkontakt suchen. Aber ich will ihn nicht in mein Bett kriegen.

»Ich habe kein Burnout«, sagt er entschlossen.

»Dann stehen Sie auf Kinder.«

Berend schreckt auf, wie Menno, wenn er die Tür hört. Ich muss lachen. Ich erkenne mich selbst nicht. Aber es fühlt sich gut an. Ich lache, und er sieht mich prüfend an. Ich sage noch einmal, dass ich eindeutig sehe, dass er krank *und* allein ist.

»Ich könnte die Sache ja mal umdrehen. Du stinkst nach Alkohol. Du lallst. Wie viel hast du schon intus? Es ist noch nicht mal vier Uhr. Hinzu kommt: Du hast hier nichts zu suchen. Du bist alkoholkrank und Kleptomanin. Ein Anruf, und du bist diese Adresse hier los.«

»Was sagen Sie dann?«

»Dass du dich hier splitterfasernackt sonnst und seinen Rosé trinkst.« Berend kommt auf mich zu. »Dass du seinen kompletten Vorratsschrank leerplünderst.« Drohend. Menno steht schwanzwedelnd zwischen uns. Ich bleibe stehen, wo ich stehe. Ich tue, als ließe es mich kalt. Dieser Schritt, seine Haltung. Diese Begegnung, was er sagt.

»Dann verderben Sie sich Ihren Spaß des Tages. Ich kann auch anrufen.«

Ich lege meine freie Hand an mein Ohr. »Hier ist Julia, die bei Ihnen saubermacht, ja genau. Nein, ich höre nicht bei Ihnen auf. Keine Panik. Ich weiß, dass Sie mich schätzen. Ich bin zuverlässig, komme pünktlich und an den vereinbarten Tagen. Fällt unser Tag auf einen Feiertag? Dann schlage ich natürlich ein neues Datum vor. Ich kümmere mich um Ihre Wohnung. Ich sage Bescheid, wenn irgendwo ein Leck ist oder Leisten sich gelöst haben, ich sage Ihnen, wenn etwas aufgebraucht ist. Ich wurde mit der Überzeugung erzogen, dass jeder für sein Geld arbeiten muss. Keine Arme? Dann kann man Parkwächter werden. Autistisch? Setzen wir dich an ein System. Schwachbegabt? Dann eben die Straßen kehren. Aber gut. Nein, ich bin froh, dass ich noch immer herkommen darf. Aber Ihr Nachbar von gegenüber, der Menno jeden Tag ausführt, ja, der, ja. Er belästigt mich. Sie verstehen, dass ich meine Arbeit so nicht machen kann.«

Berend kommt noch einen Schritt näher. Dieser faule Fisch. Ich sehe es vor mir, ein toter Fisch an einem verlassenen Kai. Die kleinen Muskeln um Berends Augen verziehen sich. Ich hole tief Luft. Ein Vogel, Möwe? Eine Krähe? Sie landet auf dem Fisch, zerrt einen Darm aus dem Tier.

Entweder Berend macht, was er machen will, oder ich bestimme, wie es läuft. Ich nehme einen größeren Schluck. Der Rosé ist lau geworden, schmeckt nach Essig. »Ja, richtig. Er ist ein Spanner. Sie sagen, er sei krank? Das hatte ich mich auch schon gefragt. Ich zweifelte zwischen körperlich oder psychisch. Aber alles funktioniert noch, glaube ich. Er kann natürlich als Förster in einem einsamen Naturpark arbeiten, irgendwo im Süden des Landes. Aber er könnte auch ausgezeichnet in einem Pflegeheim an der Rezeption stehen. Oder in einer Fabrik, wo er Dosenthunfisch kontrollieren muss. Genügend Auswahl, so krank wird er nicht sein. Was sagen Sie? Sie verbieten ihm, Ihre Wohnung weiterhin zu betreten? Schön. Vielen Dank, ich werde es ihm ausrichten. Ich muss Ihnen schon sagen, dass mir dieses Telefonat Gewissensbisse macht. Ich will keine Unruhestifterin sein, das wissen Sie. Aber ...«

»Es reicht! Du bist total plemplem.« Er tippt mit dem Finger gegen meine Stirn. Ich schaue zu seinem Finger. Ein Schritt zurück, ich trinke die Flasche in einem Zug leer.

Berend schaut statt begierig missbilligend, fast voller Abscheu zu mir. Ich stehe, auch wenn Eigenlob stinkt, recht lässig da. Er stürmt die Treppe hinab. Das Herz klopft mir bis zum Hals. So muss man es also spielen.

76
Tut mir leid

»Wo sind meine Schulbücher?«, ruft Kevin.

»Liegen die nicht irgendwo zwischen den Stapeln?« Sie sitzt auf der Zwischenetage, in ihrem Büro, am Computer. Um sie herum Papierberge und Verpackungen. Unten habe ich alles gestapelt und ordentlich nebeneinandergeschoben. Die letzten drei Stapel habe ich auf die Ecke des Esszimmertisches gelegt. Alles liegt genau in einer Geraden.

Mit einem Ruck dreht sich der Sohn zu mir, mit einer einzigen Handbewegung schiebt er die Stapel vom Tisch.

»Kevin! Was soll das?« Ihre Stimme überschlägt sich, sie kommt runter. Ich zucke die Achseln, lächle ein wenig, hebe alles wieder vom Fußboden auf. Ich mache das gern: ordnen. Vor allem Sachen, die nicht mir gehören. Als würde ich helfen, das Leben eines anderen übersichtlich zu machen.

Kevin geht fluchend durch das Wohnzimmer.

»Ich habe die Bücher gestern hier hingelegt! Hier!«, ruft er und zeigt auf die Tischecke. Er ist ungefähr sechzehn und sieht aus wie ein typischer Teenager. Vor drei Monaten trank er fünf Liter Vollmilch am Tag, er wollte dicker werden. Der Abfalleimer war mit Milchspritzern übersät.

»Liegen sie nicht auf der Fensterbank?«, fragt seine Mutter in einigermaßen normalem Ton. Sie sieht ihn an, wie Mütter ihre heranwachsenden Kinder ansehen.

Er schlurft zum Fenster. »Ausgerechnet du musst überall

ein Chaos veranstalten.« Er sucht auf der Fensterbank, wo ich kleine Bücherstapel gemacht habe.

»Sogar dein BH liegt hier!« Kevin hält den lilafarbenen BH zwischen den Fingerspitzen, als würde er eine tote Maus am Schwanz fassen. »Wundert es dich, dass ich nie mit meinen Freunden hier bin?«

»Kevin«, sagt sie eindringlich. Sie späht von ihrem Sohn zu ihrem BH und von dem BH zu mir.

Ein einziges Mal nannte ich meine Mutter ein Scheißweib. An den Grund kann ich mich nicht erinnern, aber ich weiß, dass ich es nie wieder getan habe. Mein Vater stürmte auf mich zu, mit erhobener Hand rief er, ich hätte keinen Respekt, und er würde eine Entschuldigung verlangen. Menschen, die man einsperrt, werden verrückt. Man braucht sie nicht einmal wirklich einzusperren.

»Kevin, bleib von meiner Unterwäsche weg!« Ihre Stimme überschlägt sich wieder.

»Ich musste stundenlang nachsitzen, und das ist deine Schuld.« Beide sind rot angelaufen.

»Nimm das zurück! Oder entschuldige dich!« Verwirrt schaut sie sich im Zimmer um, als würde ihr jetzt erst klar, dass sie Streit hat.

Ist das Zurücknehmen von Wörtern nicht schon eine Entschuldigung? Am liebsten würde ich weglaufen oder dazwischenspringen. »Immer mit der Ruhe, beruhigt euch doch«, so etwas. Und dann nicht zaghaft, sondern laut. Ich will dieses Haus am liebsten schreiend verlassen, nicht mehr zurückkehren. Aber stattdessen schiebe ich die Stapel auf dem Tisch hin und her, damit sie endlich wieder genau anderthalb Zentimeter vom Tischrand entfernt liegen.

»Nimm deine Sachen mit in dein Zimmer, wenn es dich so stört, und hilf Julia beim Aufräumen! Meine Kursteilnehmer stehen jeden Moment vor der Tür.«

»Alles dreht sich immer nur um diese Ausländer!«

Die Mutter schnappt nach Luft.

Mit geballten Fäusten, die Lippen zusammengepresst, verlässt Kevin das Zimmer. Die Tür wird zugeknallt. Im Flur ruft er, dass er sich wirklich nicht entschuldigt.

Seine Mutter sieht mich fragend an, eine tiefe Stirnfalte in ihrem weißen Gesicht. »Tut mir leid, wirklich. Tut mir leid. Es tut mir so leid.« Stille. »Schaffst du es, das hier aufzuräumen, bevor meine Kursteilnehmer kommen?« Ohne meine Antwort abzuwarten, geht sie die Treppe wieder rauf. Zu ihrer Zwischenetage, ihrem Platz, wo niemand gern ist, außer sie.

Viermal habe ich mich entschuldigen müssen. Erst beim letzten Mal glaubten meine Eltern, dass ich es aufrichtig meinte. Den Ausdruck »Tut mir leid« begriff ich damals nicht, jetzt noch immer nicht. Bei »Tut mir leid« ist es schon zu spät.

1
Unter Kontrolle

Ich bestelle einen Weißwein, der Barmann schenkt das Glas randvoll. Die wenigen Frauen klemmen fest in den Armen eines Mannes. Es wird heimlich geraucht, ich zerpflücke Bierdeckel.

»So, junge Dame, jetzt weiß ich genau, was dir fehlt«, sagt der Barmann und zwinkert mir zu. Mit einer Hand fegt er die Pappstückchen vom Tisch, mit der anderen fängt er sie auf. Nasse Hände, abgenagte Fingernägel. Sein Kopf nah an meinem, er schaut mich an, als wolle er sagen: Dringt eigentlich zu dir durch, was ich sage?

Er fragt, ob ich noch mal dasselbe möchte. »Ich bring's dir auch.« Wieder zwinkert er.

Ich sitze in derselben Ecke wie letztes Mal, die Gesichter der Leute sind Schatten, Jazzmusik im Hintergrund. Die Kneipe hat nirgends ein Fenster. Wie ein Badezimmer oder eine Toilette. Nackt sein ist ein Geheimnis. Alkohol ist ein Geheimnis.

Ich nehme die Bierdeckel von einem anderen Tisch, mache weiter mit dem Zerpflücken.

»Ich kann dir das echt abgewöhnen!«, ruft ein Mann über die Schulter.

Er lacht, seine Freunde schütteln sich mit. Einen Hauch zu laut. Einen Hauch zu peinlich.

Marlène,
ob du nun wirklich neben mir saßest oder nicht: Ich war nicht allein. Auch nicht beim Zerpflücken von Bierdeckeln. Du konntest es besser. Du konntest die Stückchen so klein machen, dass es wirkte, als hättest du darauf gekaut. Kamiel fand es grässlich, je schlechter es ihm ging, desto fanatischer wurde er. Er nahm mir die Bierdeckel weg. Ich griff dann nach seiner Bierflasche und knibbelte das Etikett ab. Worauf er zischte: »Durch dieses Gefummel und Gefriemel denkt man, du wärst unsicher, würdest dich nicht wohlfühlen. Wenn du allein bist, ist mir das egal, aber du bist mit mir hier. Die Leute werden denken, dass ich etwas falsch gemacht habe, aber die Sache ist die, ich tue mein Bestes. Schultern zurück, Kinn hoch und lachen. Zeig, was du denkst und fühlst, damit beruhigst du andere.«

Kamiel aß immer mehr und ungesünder. Kochte weniger, ließ Essen bringen. Hast du das in K. gelesen? Ich kann mich nicht erinnern, es dir erzählt zu haben …

Jemand wirft mir einen Bierdeckel an den Kopf, ehe ich ihm ausweiche, fängt eine Hand ihn ab. Der Mann, der den Bierdeckel warf, ist sichtlich betrunken, ich glaube, er merkte nicht einmal, dass er es tat. Er sackt zusammen, sitzt auf dem Boden, die Beine unter seinem mageren Körper gefaltet. Fast niemand schaut sich zu ihm um, bis auf einen jungen Mann, derjenige, der den Bierdeckel für mich abgefangen hat.

Er hilft dem Mann auf, schiebt ihn leicht Richtung Ausgang. Als sie vorbeikommen, lächelt der junge Mann. Er ist groß, ich erkenne ihn vage. Er hat dunkle Augen, kurzgeschorene Haare und einen großen Schädel. Ich warte, bis er wiederkommt, bis er sein halbleeres Bier austrinkt. Ich könnte mich dann neben ihn setzen, ein Gespräch anknüpfen, er sah ruhig aus. Jemand, der nichts erwartet, der alles gerade darum unter Kontrolle hat. Ich könnte mich bei ihm bedanken oder so etwas Ähnliches.

94-94a
Es gut meinen

Ich habe meine Jacke noch an. Wir stehen einander im Flur gegenüber. Meine Mutter vor meinem Vater, als würde sie etwas Ernsthaftes von der Polizei erfahren.

»Wir finden, dass du uns ausschließt«, sagt mein Vater. »Ausschließt aus deinem Leben.« Das wollte er schon seit Stunden sagen, da bin ich mir sicher.

»Ich bin neunundzwanzig«, entgegne ich. Als würde das alles gut machen.

»Wir sind deine Eltern, und das bleiben wir.« Mein Vater.

»Was Edje meint ...«, versucht meine Mutter zu ergänzen. Sie tritt einen Schritt vor. Hält die Hände so, dass es aussieht, als wolle sie meine Jacke entgegennehmen.

»Ed, ich heiße Ed.«

»Was Ed versucht zu sagen, ist, dass wir wissen wollen, was unsere Tochter im täglichen Leben so beschäftigt.«

»Ihr wisst, was ich mache.«

»Wir wollen stolze Eltern sein, Julia. Stolze Eltern«, sagt mein Vater entschlossen.

»Natürlich sind wir stolz auf dich. Was immer du auch tust, wir bleiben stolz auf dich.«

»Ja dann.«

»Wir sind deine Eltern, nicht dein Feind.« Mein Vater.

Ich frage meine Mutter, was genau das Problem ist. »Du machst auch sauber.«

»Bei mir war und ist es notwendig. Eine Geldfrage.«

»Du hast mir zu diesem Job verholfen.«

»Bei dir sollte es vorübergehend sein. Ein Job neben deinem Studium.«

»Das ist nicht mehr vorübergehend«, sagt mein Vater. »Warum schaust du nicht im Internet nach Stellenangeboten?«

Eine unangenehme Stille tritt ein. Ich will mich umdrehen, weglaufen. In einem der Stresstests ging es um Konflikte. Ob ich sagte, was ich sagen wollte. Als wäre alles schon ausgerollt, ausgemalt.

»Mach dich selbständig,« fährt mein Vater in einem Ton fort, den ich nicht von ihm kenne. »Ich könnte dich finanziell unterstützen.«

»Selbständig? Als was?«

»Texterin«, sagen sie gleichzeitig. Das müssen sie vorbereitet haben. Ich einen Stresstest für meinen Vater, sie einen Berufswahltest für ihre Tochter.

Meine Mutter zupft an ihrem Rock. Mein Vater beißt an einem Fingernagel, spuckt etwas auf den Fußboden.

»Wir meinen es gut.« Meine Mutter greift nach meinen Händen, als wäre sie diejenige, die Trost sucht. Ich reiße mich los. Sie denkt noch oft, dass ich zehn bin.

»Würdest du mich nicht mehr anfassen, bitte?«

Ihre Augen sehen traurig aus. Als hätte ich mein Leben weggeworfen. Oder wäre schon tot. Mein Vater ist ein wenig rot angelaufen, verschwindet ins Wohnzimmer.

Ich weiß, dass man nach einem Burnout noch in Phasen landen kann, in denen einem alles zu viel ist. Man ist schnell reizbar. Man spricht nicht in normalem Ton. Jedes Geräusch kommt extrem laut an. Zuhören tut man auch nicht, man ist nur mit sich selbst beschäftigt, auch das ist ein Symptom. Der Einzige, der etwas daran ändern kann, ist man selbst.

Meine Mutter war erleichtert, dass er keinen Tumor hatte. Am nächsten Tag bewarb er sich weiter. Drei Wochen später bekam er vom Arzt dasselbe zu hören: Er sollte zu Hause bleiben, bis es wieder vorbei war. Ich saß in der Bibliothek, die Bücher erzählten mir, dass an sich selbst arbeiten hart arbeiten ist.

Ohne etwas zu sagen, stehe ich draußen. Ich gehe durch die Innenstadt, absichtlich mit einem Riesenumweg zum Bahnhof. An der Oudegracht entlang, wo Leute draußen Bier oder Wein trinken.

Ausschließen. Sie geben mir nicht einmal die Chance dazu.

Am liebsten will ich jemanden aus so einem Korbstuhl zerren. Beschimpfen, an den Haaren ziehen. So fest, dass die Büschel durch die Luft fliegen. Grobschlächtiges Gerupfe, unter Kreischen, Heulen. Leute werden uns trennen wollen, aber ich werde um mich schlagen, bis nirgends mehr gelacht wird.

Gut meinen: Wenn alles gut wäre, würden alle es gut meinen. Reden sollte es nicht geben müssen. Oder jedes Wort müsste nur eine einzige Bedeutung haben. Sitz! Wie bei Hunden. Sitz, und nichts anderes. Nicht ein wenig liegen oder halb auf den Hinterpfoten stehen. Sitz ist Sitz.

Auf dem Bahnsteig ist wenig los, Leute, die schon irgendwo anders sind. Ich will mich fallen lassen, liegen bleiben, bis ein Güterzug vorbeidonnert.

Gegenüber ein Zug, auf dem in Staub geschrieben steht: Es ist sehr schwierig.

14
Perlen

Genau wie ein Hund seinem Herrchen ähnelt, wird auch jeder Staubsauger von seinem Besitzer oder seiner Besitzerin geprägt. Dieser Staubsauger saugt laut und macht bei jeder Bewegung ein schwerfälliges Geräusch.

»Kommst du?«, ruft Richard. Absichtlich schaue ich auf den Holzfußboden. Wenn er mich meint, wird er es schon noch einmal fragen.

Wieder ruft er. Ich schaue auf. Auf seinem T-Shirt steht: *Be calm and kiss me.* Mit einer weißen Tube in den Händen sieht er mich fragend an. Ich schalte den Staubsauger aus. Ehe ich etwas sagen kann, taucht seine Freundin aus dem Schlafzimmer auf. Sie sieht blass aus, alt, ungeschminkt. Natürlich grüßt sie nicht. Staubsauger wieder an.

Heute Nacht bin ich durch Wohnviertel gelaufen. Da ist fast keiner, alles ist dort wie geleckt. Keine verlorenen, aufgerissenen Müllsäcke. Keine kaputten Laternen, schreienden Touristen, schnell fahrenden Taxis. Die Radfahrer dort haben Licht an den Rädern, strecken sogar die Hand aus, ehe sie abbiegen.

Mein Telefon: *Schweigen. Es ist ein neuer Tag heute, mach's gut! Bis bald, ja!* Der Yogamann. Nachricht gelöscht.

»Mach diesen Staubsauger aus.« Die Freundin plötzlich neben mir. Als ich ihn austrete, seufzt sie. Als wäre sie diejenige, die hier arbeitet. Suchend schauen die beiden sich um.

»Silber«, rufen sie. Der Hund schiebt sich unter dem Sofa hervor.

»Das ist sein Lieblingsort, schön dunkel, wo keiner ihn sehen kann«, sagt Richard.

Er greift Silber am Halsband, hebt ihn auf den Schoß seiner Freundin. Mit einer einzigen Handbewegung dreht er ihn um, wodurch Silber jetzt auf dem Rücken liegt. Der Hund jault.

»Ganz ruhig«, flüstert die Freundin. Ihr Gesicht hält sie schief, wie Leute sich Babys anschauen. Sanft streichelt sie ihm über den Bauch. Silber zappelt, sie hält ihn gut fest.

Mit einer fließenden Bewegung schraubt Richard den Verschluss von der Tube, drückt weißes Gel auf seine Hand. Schnell streicht er es zwischen Silbers Hinterbeine. Beide reden beruhigend auf ihn ein, mit lieben Worten.

Ich stehe in der offenen Küche. Es gibt hier nichts mehr zu tun. Sogar die Küchenschränke habe ich von innen ausgewischt.

»Einen besonders guten Morgen!« Ein hochgewachsener Mann kommt triumphierend ins Wohnzimmer. »Hey, dich kenne ich noch nicht! Ich werde mich kurz vorstellen. Ich bin Bram, Richards Bruder.« Er streckt die Hand aus. Ich erstarre. Bram blickt auf meine Gummihandschuhe. Er sieht aus, als würde er ständig Sport treiben. In einer Hand hält er einen Bilderrahmen, die Vorderseite zu sich gekehrt.

»Haha! Das ist egal, ich muss ja noch duschen.« Er nimmt meine Hand, drückt sie. Während er das tut, schaut er mich lange an. Ich wende den Blick ab, spüre, dass ich rot werde.

»Soll ich heute später noch mal wiederkommen?«, sage ich stockend.

»Wieso?«, fragt die Freundin laut.

»Dann laufe ich euch nicht im Weg herum.«

»Unsinn, mach, was du sonst auch machst«, sagt sie.

»Was denn?«, fragt Bram.

»Ach, ach«, sage ich.

»Ach, ach?«

»Ja, ach. Lass nur.« Ich gebe Allzweckreiniger ins heiße Wasser.

»Genau.« Die Freundin.

Bram fährt sich durch die Locken. »Was genau treibt ihr da gerade?«

Zur Zierde wische ich mit einem Lappen über die Anrichte.

»Wie gut du das kannst!«

Ich spüle den Lappen aus, mir wird schlecht. Am liebsten würde ich das heiße Wasser über ihn auskippen: Du gehörst nicht hierher.

Das Badezimmer oder Schlafzimmer in Ordnung bringen geht jetzt nicht. Nicht solange ich hier noch nicht alles gesaugt und gewischt habe.

»Ich kann euch nicht oft genug sagen, wie froh ich bin, hierbleiben zu dürfen. Darum habe ich etwas für euch gemacht.« Mit großen Schritten geht er auf seinen Bruder zu, gibt ihm einen Klaps auf die Schulter, drückt ihm den Rahmen gegen den Rumpf. Richard wischt sich die Hände an seiner Hose ab. Dann erst nimmt er den Rahmen entgegen. Mit schräg gelegtem Kopf späht er durch die Wimpern, dann zu seiner Freundin.

»Und?«, fragt Bram.

»Schön«, sagt Richard. Er hält den Rahmen etwas weiter

von sich entfernt, betrachtet ihn nochmals, den Kopf jetzt zur anderen Seite schräg gelegt.

»Nur schön?«

»Sehr schön«, sagt Richard.

»Es ist Elena. Siehst du das nicht? Es ist Elena.« Bram zeigt auf die Freundin. Dann auf mich. »Ich bin Künstler und Fotograf.« Bram hält mir das Bild hin.

Der Druck auf meiner Brust ist heftig. Auf der Leinwand ist die linke Seite eines Gesichts zu sehen. Eine Wange, ein Nasenflügel und ein Auge. Das Auge schaut nach oben. Die Haut ist straff, weiß. Sogar das Auge hat dieselbe Art Blässe. Darunter geklebte Perlen. Sie weint Perlen.

»Was hältst du davon?«

»Sehr schön.«

»Sie sieht aus wie eine Prinzessin! Schön für übers Sofa, was?«

Langsam räume ich die Sachen weg, als wäre ich nie hier gewesen. Wenn sie tun, als wäre ich nicht hier, wird ihnen auch nicht auffallen, dass ich weggehe. Wegbleibe.

Bram steht am Sofa. »Vielleicht hier. Oder hier.«

Sie tun auch, als wäre Bram nicht da. Als wären sie vollkommen Fremde ihrer selbst, von anderen und voneinander.

Sie hängen über Silbers Bauch, sprechen zu dem Hund.

»Silber hat Probleme mit trockener Haut«, murmelt Richard.

»Ja, was? Im Sommer hat man Probleme mit trockenen Eiern.«

700-A
Er hat etwas

»Da bist du wieder«, sagt Lex. Leise schließt er die Tür. Ich ziehe meine Jacke aus. Er redet nicht, verschwindet auch nicht in seinem Büro wie sonst, sondern bleibt mitten im Flur stehen. Wenn Leute stehen bleiben, haben sie etwas: Als ich klein war, war es der alte Mann an der Ecke mit den Pfefferminzbonbons. Meine Mutter hatte mir verboten, sie anzunehmen. Wenn Leute heutzutage stehen bleiben, machen sie ein Selfie.

»Siehst du nichts an mir?«, fragt Lex. Er reibt sich die Hände. Seine Haare sind gescheitelt. Er trägt einen schwarzen Anzug. Die Hosenbeine fallen über seine Schuhe. Das Sakko wirkt ein paar Nummern zu groß.

»Ja?«, sage ich. Es dämmert im Flur. Warum werden dunkle Häuser gebaut, obwohl Menschen Licht brauchen?

»Und?« Er schaltet eine Lampe an.

»Ist er nicht zu groß?« Ich frage es vorsichtig.

Mit vier Schritten verschwindet Lex im Schlafzimmer. Er murmelt, so was hätte er sich auch schon gedacht.

Ich drücke zwei Paracetamol aus der Folie, kaue darauf, spüle sie mit Wasser runter. Ob ich Wein trinke oder nicht, ist egal.

Die Schlafzimmertür schwenkt auf. »Und dieser?« Lex dreht eine Runde.

»Dieser ist ganz was anderes.«

»Ich sehe es an deinen Augenbrauen«, sagt er lachend. Seine Hände gleiten über das Sakko.

»Ich mach mich mal an die Arbeit.«

»Nein, oder? Der gefällt dir gar nicht.« Die Hose ist zu kurz.

»Das sage ich nicht.« Meine Hand auf der Türklinke. Die andere auf meinem Kopf.

»Also gut, ich habe noch einen.« Bei den letzten drei Worten ist er schon in seinem Schlafzimmer.

Im Gästezimmer sortiere ich seine Wäsche. Ich klappe das Bügelbrett auf und warte, bis das Bügeleisen heiß ist. Bügeln finde ich am angenehmsten von allen Arbeiten. Die sich immer wiederholende Handlung. Die Wärme, die freigesetzt wird, das leichte Brodeln. Als würde es nichts anderes geben als das. Hier kann kein Missverständnis entstehen. Es ist deutlich, und es kostet keine Mühe. Wie es auch keine Mühe kostet, eine Kassiererin im Supermarkt zu grüßen.

»Ja, nur raus mit der Sprache.« Lex kommt ins Gästezimmer. Die Hände gespreizt. Ein dreiteiliger Anzug mit grauer Weste, einem weißen Oberhemd, schwarzer Hose und Sakko. Der Stoff passt besser zu seinem großen Körper als die beiden vorigen.

Lex kratzt sich am Hinterkopf. Ich hebe die Schultern. Auch seine andere Hand kratzt an seinem Hinterkopf.

»Besser«, sage ich schließlich. »Halt die Hände mal neben deinen Körper.«

Er tut es, und ich sage wieder, dass er besser sitzt als die beiden vorigen.

»Dann wird es dieser.« Auch jetzt streicht er lange mit den Händen über das Sakko. Als könnte er noch nicht glauben, dass das in seinem eigenen Schrank hing. Seine ungeschickte Art, sich zu bewegen, erinnert mich an einen Mann, dem ich diese Woche zweimal im Supermarkt begegnet bin. Er spazierte durch die Gänge, als wäre er derjenige, der sich dieses System ausgedacht hatte. Wenn etwas umgefallen war, auf dem Boden lag, nicht gerade hing oder wenn ein Glas Soße zwischen dem Gemüse lag, sorgte dieser Mann dafür, dass alles wieder so war, wie es sich gehörte. Bei allem, was er tat, lachte er. Leute schauten ihn mit zusammengepressten Lippen an, verdrehten die Augen. Sie konnten es ihm doch nicht übelnehmen, er wollte einfach, dass alles am richtigen Platz stand. Wie man es sich für uns ausgedacht hatte.

»Ich habe noch eine Frage.«

Ich nehme die Boxershorts von dem riesigen Wäscheberg. Jede Woche hat er Bügelwäsche, als würde er für die gesamte Nachbarschaft waschen. Ich streiche die Shorts erst mit der Hand glatt. Mir ist warm, unglaublich warm. Das Paracetamol hält nicht, was es verspricht.

»Mein Bruder glaubt, ich bin noch mit Viola zusammen. Du ähnelst ihr natürlich überhaupt nicht. Aber ich habe lieber jemanden an meinem Arm als überhaupt niemanden. Ich lasse mir was einfallen, mach dir nur keine Sorgen.«

Weil er noch keine Frage gestellt hat, bleibe ich still. In der Zwischenzeit bügle ich die Beine seiner Boxershorts. Allmählich verschwinden alle Falten.

»Du tust es?«

Die Boxershorts fallen, ich bügle noch mal drüber, auch den Gummibund.

»Er heiratet erst in zwei Monaten, aber ich dachte: besser früh als spät.«

»Solltest du nicht erst erzählen, dass Viola weg ist?«

»Vielleicht schon, was?«

Ich falte die Boxershorts zu einem Quadrat. Er trägt Boxershorts, die man bei einem erwachsenen Mann nicht erwarten würde. Man würde überhaupt nicht erwarten, dass jemand sie erfunden hat. Dunkelblaue Boxershorts mit hellblauen Pferden, weiße mit Zebras mit Bürsten an den Beinen, gelbe mit essenden Hühnern oder weiße mit rosa und grünen Quallen darauf.

»Okay?«, fragt er. Das Zischen des Bügeleisens klingt lauter als gerade.

»Okay«, sagt er.

56
Nicht die Einfachste

Kommst du dann vorbei? Papa hat Geburtstag, aber das weißt du ja. Als hätte unser letztes Treffen nicht stattgefunden. Ich reagiere nicht, stecke das Handy weg. Allein in der Öffentlichkeit auf sein Handy schauen ist die Definition von Einsamkeit. Das hat nichts mit dem Zeitgeist zu tun, Menschen haben Angst, allein zu sein. Immer schon so gewesen.

Ein Traum fällt mir ein: Ich lebe in einer großen Sandkuhle. So eine Kuhle, in der Bauarbeiter ihre Arbeit machen. Nicht sehr tief. Leute können mich sehen, wenn sie wollen, aber das war der Punkt, sie sahen mich nicht. Ab und zu warf der Yogamann mir Essen zu. Keine Dosen oder Gläser. Er ließ gekochtes Essen von seinem Teller tropfen. Mit schmatzenden Geräuschen landeten die Spaghetti bolognese oder die Lasagne auf dem Boden. Das kleine Häufchen Nahrung war nichts, verglichen mit dem riesigen großen Loch, in dem ich lebte. Ich aß es mit den Sandkörnern, die zwischen meinen Zähnen knirschten. So lebte ich. Es war nicht einmal schlimm, dass niemand mich sah. Dass ich allein war und alle weiterlebten. Auch meine Eltern schauten sich nicht nach mir um. Aber dass der Yogamann mein Essen so servierte, das hielt ich nicht aus. Mit nassen Wangen wachte ich um halb zwei auf, blieb wach, bis es hell wurde, aber in der Stunde, bevor der Wecker klingelte, musste ich doch noch eingeschlafen sein. Ich wurde mühsam wach, wie jemand mit einem heftigen Kater. Ich schluckte Paracetamol gegen die Schwere und Ibuprofen gegen das scheuernde Gefühl in meinem Bauch.

Zwei nasse Hunde stehen plötzlich vor meinem Tisch. Die Zunge aus dem Maul. Dahinter eine hohe, nasse Gestalt.

»Was für ein Wetter, was?«, fragt der Yogamann. Er trägt einen viel zu großen Regenanzug. »Fast hätte ich vorgehabt, nicht zu kommen.«

»Wegen des Regens?«

»Los, Jungs.« Sanft zieht er an den Leinen. Die nassen Hunde stehen neben mir. Sie stehen hoch auf den Beinen. Es sind diese Hunde, die man in Videoclips sieht. Oder in Filmen neben Frauen mit Geld. Schlanke, große Hunde. Mit elegant fallenden, gekämmten Haaren. Schmalen Augen, einer spitzen Nase.

»Ja, sieh dir das nur an!« Eine Geste zum Fenster. Schnell zieht er seinen Regenanzug aus. Regentropfen auf seinem Gesicht. Ich bekomme drei Küsse, die fast meine Mundwinkel berühren. Die Leute im Café wirken ekstatisch, froh, dass sie drinnen sind.

»Ich habe meine Freunde mitgebracht. Sonst wären sie so lange allein zu Hause gewesen. Stört dich doch nicht, oder? Das ist Sam, und das hier ist Olivia.« Er nimmt Platz.

»Sitz«, sagt er. Die Hunde gehorchen. Sie schauen sich um, als müssten sie sich an die neue Umgebung gewöhnen.

»Was für ein Wetter, was für ein Wetter.« Zu mir.

»Du bist doch nicht aus Zucker, oder?« Sagen, dass ich ihn verstehe, dass ich auch überlegt habe, zu Hause zu bleiben, dass ich nicht mal rausgehe, sobald der Tag auch nur regnerisch anfängt, gelingt mir nicht.

»Angenehm ist anders. Was trinkst du? Schmeckt der? Herzlichen Glückwunsch zum Geburtstag deines Vaters.« Ein übertriebenes Augenzwinkern.

»Da sitzen wir nun«, sagt er zu den Hunden. »Es dauerte eine Weile, bevor wir sie treffen durften, aber wir haben viel Geduld, was, Jungs?« Diesmal zwinkert er seinen Hunden zu.

Nachdem wir eine Karaffe trockenen Weißwein und einen Trinknapf für die Hunde serviert bekommen haben, redet er in einem fort. Seine Hände bewegen sich mit. »Ich komme überallhin, echt, Julia, überall. Von großen Villenvierteln bis zu Wohnungen mit reihenweise Satellitenschüsseln an den Fassaden.«

Er erzählt von Sam und Olivia. Wie er zu ihnen kam. »Das ist eine sehr besondere Geschichte, Julia. Sehr besonders. Ich sah eine Anzeige auf Facebook, dass sie in Spanien bei einer Familie waren, die sich um herumstreunende Hunde kümmert. Sie können natürlich nicht alle Hunde behalten. Ich bin sofort ins Auto gesprungen, ohne meine Termine abzusagen. Für diese beiden großartigen Racker hab ich einen Roadtrip gemacht...« Er erzählt von der Fahrt, streichelt ab und zu einem der Tiere über den Kopf. Erzählt von der Freundschaft, die er mit ihnen schloss, dass er übrigens alle Hunde als seine Freunde betrachtet. Von seinem Leben in einer Wohngemeinschaft. Seine Reisen, das Nordlicht, das er noch einmal sehen will, und die Marathons, für die er jedes Jahr trainiert. Dass er drei- oder viermal die Woche läuft und eine Runde schon mal drei Stunden dauern kann.

»Und was machst du so?« Mit zusammengefalteten Händen beugt er sich ein wenig über den Tisch. Er beißt auf seine Unterlippe. Als würde Kamiel mir gegenübersitzen. Kamiel.

Er ist in einem Ferienhäuschen auf Malta. Mit Frauen, ich weiß es sicher. Er ist so ein Mann, der Frauen anzieht, nicht nur, weil er charmant aussieht, sondern sich auch so benimmt. Galant, aber lässig. Die vier Frauen haben alle schwarze lange Haare, runde Gesichter und tragen Lipgloss. Sie drücken ihn auf den Diwan. Zwei ziehen sich den Reißverschluss ihrer Kleider auf, lassen den weichen Stoff auf den Boden fallen. Mit ihren hochhackigen Schuhen noch an den Füßen kriechen sie auf ihn zu. Sie reißen ihm die Kleidung vom Leib, wie hungrige Wölfe. Sie küssen sich nah an Kamiels Gesicht, er zieht sie zu sich, aber die Frauen schieben ihn zurück. Zuschauen ist das Einzige, was sie ihm erlauben. Die beiden anderen kleiden sich gegenseitig aus, streicheln sich, lecken ihre Hälse, die vollen Brüste. Kamiels Gesicht ist erhitzt, er brummt, grinst. Seine Hände tasten nach Pobacken, Brüsten, Bäuchen. Er wird weggeschoben. Dann tastet er nach seinem eigenen Geschlecht, aber auch das ist nicht erlaubt. Er muss liegen bleiben. Ich schüttele den Kopf kurz hin und her.

»Ich, ich weiß nicht, was ich mache«, sage ich und ringe nach Luft.

»Womit verbringst du deine Tage?« Der Yogamann beugt sich noch ein wenig weiter über den Tisch, als wolle er mich küssen. Jetzt schon. Warmer Atem. Er ist sechsundfünfzig, als würde es mit ihm da weitergehen, wo es mit Kamiel aufgehört hat.

»Mit putzen?« Ein Stich in meinem Bauch, hämmernde Schläfen.

»Du bist Putzfrau?« Er sagt es, als würde es ihm nichts ausmachen. Einer der Hunde springt auf, als er einen anderen Hund entdeckt. »Ganz ruhig«, befiehlt der Yogamann in zwingendem Ton. Der Hund setzt sich wieder. Zur Belohnung streichelt er ihn. Sein Fell ist noch nass. Ich kippe meinen Wein in einem Zug runter.

Kamiel hat doch seinen Willen bekommen, das war nicht Sinn der Sache. Er umschlingt die Taille der Frau, die ihm am nächsten steht, zieht sie an sich. Sie gibt nach, sie will es auch nicht anders. Ihre Haare sind nasse Strähnen. Schweiß tropft von ihrem Gesicht, ihren Hals entlang, über ihre Brüste. Große hellbraune Brustwarzen. Kamiel drückt sie auf sich und gleitet ganz leicht in sie. In zwei Stößen ist er fertig. Er entschuldigt sich, sagt aber witzelnd, er könne nichts dafür. Weil ja, so was ist ihm noch nie passiert, so viele Frauen. Er liegt schweißnass, erschöpft, aber zufrieden auf dem Diwan. Er hat wieder das Sagen. »Nicht abwischen, das ist die Natur, lass es tropfen, ich mache es gleich weg«, sagt er zu der Frau, die nach einem Tuch fragt. Duschen gleich danach erlaubt er nicht, auf die Toilette gehen auch nicht, sie muss liegen bleiben in seinen Armen. Auf dem warmen, beschmutzten Laken, nachgenießend, sinnierend. Die anderen Frauen sind verschwunden. Kamiel liegt dort nur noch mit dieser einen Frau. Ein Streifen Licht über ihren verschlungenen Beinen. Kamiel wird gleich für sie kochen, ihr verbieten aufzustehen. Er wird neben dem Bett eine Flasche kalten Weißwein öffnen, auf das Leben anstoßen.

»Und sonst? Was machst du nach deiner Arbeit?«

Was machen Leute nach ihrer Arbeit, dass es diese Frage gibt?

»Lesen.«

Der Yogamann schenkt aus der Karaffe nach, ich nehme einen gierigen Schluck.

»Das weiß ich. Schreibst du auch?« Wenn er einen Schluck nimmt, behält er den Wein lange im Mund, beim Runterschlucken weichen seine Lippen den Bruchteil einer Sekunde auseinander. Er scheint den Wein wirklich zu schmecken, schließt kurz die Augen.

»Schrieb.« Ich bin nie Schriftstellerin gewesen, wann nennt man sich selbst so? Maurits sagte, viele Leute wollen gern Schriftsteller sein, genau wie plötzlich überall Fotografen, DJs und andere »kreative« Berufe auftauchen. Berufe mit einem Status, der Freiheit zu bieten scheint. Mit der Betonung auf scheint. Vielleicht bin ich eine von denen, die es gern sein wollen. Die es sind, ohne wirklich zu wissen, welche Konsequenzen das hat.

»Der berüchtigte writer's block! Jeden Autor erwischt das.«

»Nein. Man schreibt oder man schreibt nicht. Und jetzt schreibe ich nicht. Nie mehr.«

Die nächtlichen Spaziergänge, das An-der-Bar-Hängen, die Kater und mein Debüt überspringe ich.

»Ich schreibe auch. Kleine Stücke. Jeden Tag ein paar Wörter. Ich nenne es auch Fünfwörtergedichte. Bestimmt hast du es schon gemerkt, ich bin Jude. Ich schreibe über Jüdischsein in dieser Gesellschaft. Ich möchte damit …« Er erzählt weiter. Ich brauche nichts zu tun. Nichts zu sagen, er redet einfach. Ich frage mich, ob ich nur Leute anziehe, die sich selbst gern reden hören, oder ob es nur diese Art von Menschen gibt. Ich schaue zu den Hunden. Einer dämmert ein wenig weg, der andere ist aufmerksam, schaut panisch um sich.

»Willst du sie auch mal streicheln?« Der Yogamann streichelt den panischen Hund. Bestimmt das Weibchen, Aufmerksamkeit heischend. Sie steht plötzlich ohne jeden Anlass auf. Fiept. Jault fast. Sie schaut zu ihrem Herrchen und legt sich dann wieder hin. Der Yogamann steht von seinem Stuhl auf, kniet sich neben sie. Er streichelt sie mit langen Bewegungen. Der Hund rollt sich auf den Rücken, Pfoten gespreizt. Der Yogamann lässt seine Hand gröber über die dünne Haut gleiten. Neun kleine Brustwarzen sind sichtbar. Der andere Hund legt sich daneben. Sie stinken. Sie hecheln. Der Yogamann winkt mir, im Sinne von: Komm auch.

»Nein, danke.«

»Sie tun dir nichts. Soll ich dir mal eine nette Anekdote erzählen?«

Ich zucke die Schultern, er erzählt, und ich trinke, und er ist glücklich. Das merke ich an seiner munteren Stimme, seinen Blicken und seinen Armgesten. Ich denke an Laras Gesicht, das meiner Ohrfeige nachgab.

Unterschiede zwischen Weinsorten schmecke ich nicht, gleich sauer. Zwei Frauen mit zwei Kindern kommen herein. Die Kinder lachen, rennen von der einen Ecke in die andere. Sie wollen bei allem, was sie tun, gesehen werden.

»Mama! Mama, schau!«

Die Mutter lacht und spricht mit ihrer Freundin. Um ihre Lippen spielt dasselbe glückselige Lächeln wie bei dem sprechenden Yogamann mir gegenüber.

Die Kinder rennen, die Hunde fiepen. Sie wollen mitspielen, ihnen nach. Ich will ihnen auch nach. Nicht zum Mitspielen, sondern um ihnen einen Klaps zu geben. Ihnen den Mund zu stopfen, ihre kleinen Hälse umzudrehen.

»Du bist nicht die Einfachste, was? Das dachte ich mir schon, als ich dich zum ersten Mal sah. Aber du faszinierst mich.« In seinen Augen verbirgt sich ein vages Funkeln. Ich fasziniere ihn, als wäre ich ein Thema seiner Dissertation.

Er schaut auf sein Telefon. »Ist es schon so spät? Ich muss noch zum Geburtstag von einem Freund, um den ich echt nicht herumkomme. Geh doch einfach mit. Er hat eine sehr schöne Dachterrasse, obwohl uns das heute ja nicht so viel bringt. Dieser Regen scheint kein Ende zu nehmen! Aber, wie ich immer sage: Wetter hin oder her, Olivia und Sam kommen auch mit, dann wird's auf jeden Fall gut.« Sein Kopf nah an meinem. Eine Zunge über seine Lippen. Ein verspielter Blick in den Augen.

»Und? Das macht doch Spaß, neue Leute treffen, nicht? Neue Leute kennenlernen. Ich tue nichts lieber. Das gehört auch zu den Dingen, die ich gern mache …« Bei jedem Schluck sieht er mich eindringlicher an. Er hört mitten im Satz auf, schaut mich prüfend an. Sein Schlucken macht ein Geräusch, sein Blick macht ein Geräusch, sein Biss auf seine Unterlippe, seine zusammengezogenen Augenbrauen machen ein Geräusch. Ich hole aus. Ich verpasse ihm einen Schlag mitten ins Gesicht. Weniger fest als bei Laura, aber trotzdem. Sein Gesicht federt leicht mit. Er wirkt erstaunt, nicht wütend. Als wäre für ihn alles ein einziges großes Spiel.

»War das nötig?« Ein hohles Geräusch, als würde ich in dieser Sandkuhle stehen, und er hätte mir einen Teller Spaghetti bolognese gegeben und noch kurz dazu gesagt: »Guten Appetit.«

»Nein«, sage ich. »Ich komme nicht mit zu diesem Geburtstag.«

»Ist es das?«

»Nein.«

»Du hast mich geschlagen, weil ich dich zu einem Geburtstag eingeladen habe?«

»Nein, tut mir leid«, sage ich. »Das ist einfach passiert.«

Er steht auf, geht zur Bar. Ich sitze da mit Sam und Olivia, die auch aufstehen. Ihm folgen wollen.

Wieder eine Ohrfeige ausgeteilt, wieder kein Schuldgefühl. Ich sagte, tut mir leid, obwohl ich es nicht aufrichtig meinte. Im Nachhinein betrachtet würde ich es wieder so machen. Fester. Damit ein roter Abdruck auf seiner Wange stünde. Er jetzt nicht an der Bar um die Rechnung, sondern um Eiswürfel bitten würde. Oder so fest, dass er blutet. Dass die Umstehenden nicht nur aufschauen, sondern ihm zu Hilfe kommen, mich gemein anschauen. Sie würden sagen, dass ich eine widerliche Person bin.

Aus der Ferne höre ich meinen Namen. »Julia? Hallo? Puh, du warst weit weg! Ich habe die Rechnung bezahlt.« Er hat seinen Regenanzug schon an.

»Ich bleibe, tschüs.«

»Komm her, passt du gut auf dich auf?« Seine Hände auf meinen Schultern. Er gibt mir drei Küsse. Dieses Mal sind sie lang, nass und so gut wie auf meinen Lippen. Ich habe ihn gerade geschlagen, und ich bekomme drei Küsse zurück.

122-D
Da sein

»Bist du jetzt schon da?« Sita steht im Flur, trägt ein verwaschenes weißes Shirt, das knapp über ihre Hüften reicht. Ihre Brüste sind voll und rund, ihre Brustwarzen hart. Ihr Make-up ist verwischt. Sie streicht sich eine Haarsträhne aus dem Gesicht.

»Ich dusche, danach gehe ich eine Runde um den Block, dann stehe ich dir auch nicht im Weg.«

In der Küche ein Gemisch aus Rauch und Essensdünsten. Verpackungen vom Bestellservice liegen herum, das Besteck noch in der Plastikfolie. Als würde jeder mal in einer Phase von Plastikbesteck und Fertigmahlzeiten landen. Ich öffne den Kühlschrank, er wurde nicht aufgefüllt.

Mein Telefon vibriert. *Lass dir den Tag nicht durch den Himmel verderben, alles Liebe.* Dreimal lese ich die SMS vom Yogamann.

Auf dem Sofa ein Schlafsack und ein Kissen. Paul hat wilde Träume gehabt. Die Pflanzen brauchen Wasser. Die Schmutzwäsche liegt in der Ecke, und das Laminat ist mit Kaffeeflecken übersät.

Ich räume den Geschirrspüler aus. Den Schlafsack mit dem Kissen lege ich ins Gästezimmer. Die leeren Flaschen in eine Plastiktüte.

Morgens denke ich: Ich will nie mehr trinken, aber ich weiß, dass ich heute Abend wieder eine Flasche aufmache.

Und auch Wein zum Nachtisch trinken werde. Ich weiß auch, dass ich danach denke, dass ich der Welt gewachsen bin, und rausgehe.

»Was für ein Dreckshaufen.« Sita steht im Türrahmen, trägt Pauls blauen Samtbademantel. Jetzt, da sie sich frisch gemacht hat, sind die Ringe unter ihren Augen deutlich sichtbar. Sie zündet sich eine Zigarette an und sieht zu, wie ich aufräume. Ich höre sie inhalieren.

»Ich bleib doch lieber drinnen, lass das Schlafzimmer einfach aus.« Träge fährt sie sich mit einer Hand durch die nassen Haare, schluchzt trocken. Sie will, dass ich frage, was los ist. Sita ist so eine Frau, die für alles eine Tablette braucht: eine zur Beruhigung, eine, um wach zu bleiben, eine, um die richtige Menge Vitamine zu bekommen, eine Pille, um schnell schwanger zu werden, dann eine, um schwanger zu bleiben, eine, um die Hormone unter Kontrolle zu behalten, eine gegen UV-Strahlung, eine Pille, um das Haarwachstum zu stimulieren, um die Emotionen zu unterdrücken, für den Stuhlgang oder eine Pille gegen die Müdigkeit.

Sita kann schwelgen in Selbstmitleid. Wie viele Frauen es können. Sie wiederholen die schmerzhaften Momente, am liebsten verstärken sie diese mit passender Musik. Sie erzählen ihren Nächsten von dem erlebten Elend, tun das mit ernsten Blicken: Nein, es geht mir wirklich nicht gut, siehst du das denn nicht?

Ich richte den Blick auf das dunkelrote Sofa, das wieder das verschlissene Sofa ist, wie ein Sofa sein sollte. Die Glaskugel liegt in Stücken auf dem Fußboden. Sita schlägt die Augen nieder. »Räum das auf und wirf es weg. Ich will es nicht mehr sehen.« Mit gesenktem Kopf geht sie in den Flur. »Und ehe ich es vergesse«, sagt sie etwas lauter, »die kommende Zeit werden wir nicht hier sein. Wir bezahlen dich weiter, wenn du dafür den Pflanzen jede Woche Wasser gibst … Putzen ist nicht nötig.« Sie steht wieder im Türrahmen. »Ich schicke dir eine Nachricht, wenn alles wieder normal ist.«

Julia,
du sagst, dass alle auf Distanz gehen, wenn sich Menschen in einer Krise befinden. Helfen geht nicht, behauptest du. Irgendwo hast du einen Punkt, wirklich helfen geht auch nicht. Aber bei Freunden oder Familie ist das anders: Du hättest auf jeden Fall für mich da sein können. Ich meine, was habe ich nicht alles für dich getan, als es aus war mit Kamiel? Sogar als unser Kontakt weniger wurde, habe ich dir noch zu einer Wohnung verholfen!

Seit wir mit dem Studium fertig sind, habe ich noch keine Nachricht von dir bekommen. Du hast dich von niemandem verabschiedet, keine Träne vergossen, ich frage mich, ob du überhaupt Gefühle hast, ob du das Wort überhaupt kennst.

Du sagtest, dass da sein dasselbe ist wie zuschauen. Du schautest lieber weg, und die Filme auf YouTube, die ich dir immer mitschickte, von einem Papagei in einem Spielzeugauto oder einer dicken Katze, die in einen Karton sprang und wieder raus, die fandest du oberflächlich. Aber ist es nicht oberflächlich, dass du dich danach sehntest, dass es allen Menschen um dich herum ständig gut geht? Ist es milde ausgedrückt nicht egoistisch, dass du, sobald du mit deinem Buch anfingst, Kamiel (die einzige Person, die wirklich immer für dich da war) gigantisch verletzt hast, indem du ihn so dargestellt hast? Natürlich war das nur eine Rohfassung, aber was da während der Diplomverleihung auf diesem Sockel lag, war nicht viel anders als das letztendliche Buch.

Niemand schreibt reale Informationen (mit echten Namen, ohne Erlaubnis!) über seinen Liebsten. Als ich meinen Namen sah, wusste ich, dass es nicht schlimm war, dass unser Kontakt allmählich einschlief. Dass wir fertig waren mit dem Studium, dass ich diese Zeit und dich hinter mir lassen würde. Ich bin sogar froh, dass es so läuft. Wie lange warst du eigentlich damit zugange? Schon als du meine Neuigkeiten hörtest? Ich vermute schon.

M.

8
Kombi-Mikrowelle

»Tut mir leid!«

»…«

»Ich sage doch, tut mir leid?«

»Glaubst du, das ist genug?«

»Nicht weglaufen.«

»…«

»Das hätte nicht passieren dürfen.«

»Was genau?«

»…«

»Ich will es von dir hören.«

»Dieser Klaps.«

»Dass du mich geschlagen hast, meinst du.«

»Ja, das tut mir leid.«

»Was tut dir leid?«

»Dass ich dich geschlagen habe, es tut mir leid, dass ich dich geschlagen habe. Wirklich. Ich meine es ernst.«

»Schon gut. Aber weißt du was? Ich dachte gleich, als du hier reinkamst, dass mit dir was nicht stimmt. Niemand lässt ein Schloss in seine Tür einbauen. Als würdest du dir ein Haus aneignen. Come on. Du wohnst in einem Haus mit lauter Studenten.«

»Wir hatten Kontakt, oder?«

»Ich war diejenige, die auf dich zuging.«

»Ob's das jetzt war?«

»Was machst du da mit deinem Telefon?«

»Ich habe eine SMS.«

»Du?«

»Ich kann nicht zwei Dinge gleichzeitig machen.«

»Von wem hast du eine SMS?«

»Niemand. Er fragt, ob's das jetzt war.«

»Sag ja.«

»...«

»Sag ja.«

»Warum?«

»Sag, dass du am liebsten allein bist. Schreib, dass du nie kochst, alles heimlich machst. Schreib, dass du Tee in deinem Zimmer kochst, sogar Kaffee, dass deine Mikrowelle auch dort steht. Und sag ihm, dass du dich nachts davonschleichst. Sag ihm, dass du kein Leben hast, dass du ein einsamer Loser bist.«

»Es ist eine Kombi-Mikrowelle.«

»Mein Gott. Kombi-Mikrowelle. Von mir aus. Ich kann verstehen, dass dieser Alte dich verlassen hat.«

»...«

»Das hat bestimmt noch nie jemand zu dir gesagt, Julia, mein Gott. Dass du alles von diesem Mann notiert hast, ist krank, weißt du das? Logisch, dass keiner dein Buch gekauft hat, und logisch, dass dieser Verleger dich hat sitzen lassen. Das will keiner lesen.«

»Ich dachte, du würdest nur Thriller lesen.«

»Ich hab mal was anderes versucht. Aber das war eine einmalige Sache.«

»...«

»Das bist du nicht gewöhnt, dass jemand dich so anfährt.«

»Doch.«

»Ich verstehe dich nicht. Du sprichst zu leise.«

»…«

»Du bist fast dreißig. Was machst du hier?«

»…«

»Worauf wartest du?«

»…«

»Pack das Telefon weg, wir führen ein Gespräch.«

»…«

»Also?«

»Was?«

»Worauf oder auf wen du wartest.«

»Auf nichts. Nicht dass ich wüsste.«

»…«

»Es tut mir leid.«

»Himmel.«

»Ich meine es ernst. Ich hätte dich nicht schlagen dürfen.«

»Darum geht es nicht. Ich bin froh, dass ich bald hier wegkomme.«

27
Rotes Handtuch

Hallo, Julia. Zu meinem großen Schrecken musste ich gestern zum Tierarzt. Die Ärzte stellten fest, dass Bobbi schon lange Zeit ernsthaft krank war. Zu meinem großen Bedauern wurde er gestern eingeschläfert.

Ich bitte dich zum letzten Mal, das Katzenklo zu reinigen. Lass es nur an derselben Stelle stehen. Auch möchte ich dich bitten, die Futternäpfe jede Woche sauberzumachen und dennoch zu füllen. Lass das Spielzeug bitte liegen, wo Bobbi es zuletzt berührt hat. Ich räume es später weg. Ich bin in der kommenden Zeit im Büro. Danke dir und gutes Gelingen heute. L.

Seine Handschrift ist flach, die Buchstaben neigen sich nach rechts.

Seit diesem Zettel liegt über dem Puff im Wohnzimmer ein rotes Handtuch. Nachdem ich ihn zum ersten Mal gelesen hatte, habe ich das Handtuch ausgeklopft und mit dem Gedanken zusammengefaltet, dass er Bobbi am Tag zuvor daraufgelegt hatte: Leon wird das kalte Tier vorsichtig auf den Puff gebettet haben. Er hat daran gedacht, dass ein totes Tier nicht gut ist für den Möbelbezug.

Auf den Knien hat er neben dem Puff gehockt, seinem

Empfinden nach hat er sein Haustier stundenlang angeschaut. Die Zeit hat er an diesem Sonntag nicht mehr mitbekommen. Er hat nicht einmal an die Tatsache gedacht, dass jeder Tag einen Namen hat. Und dass ein Sonntag ein schöner Todestag ist: sowohl für Menschen als auch für Tiere. An diesem Tag hat er nicht gekocht, nicht eingekauft, sondern die Suppe von vorgestern aufgegessen, obwohl sie nach wenig schmeckte. Ihm war nicht bewusst, dass es stark regnete, dass das Leck im Flur wieder größer geworden ist. Er hörte das Tropfen im Gang nicht, er roch auch nicht den miefigen Geruch, der allmählich durch sein ganzes Haus zieht. Er dachte: Das ist der Tod, der da durch mein Haus geistert.

Das gefaltete Handtuch habe ich auf die Sofalehne gelegt. Ich bin kurz daneben stehen geblieben, wie Menschen es bei Toten tun: Augen geschlossen, den Kopf gebeugt und die Hände gefaltet. Danach habe ich mir die Hände gewaschen.

Eine Woche später lag das Handtuch wieder über dem Puff. Ich tat dasselbe wie in der Woche davor, habe aber alle Laden seiner Tiefkühltruhe geöffnet. Ich habe in den Kühlschrank geschaut, sogar die Gemüseladen durchsucht, die Abstellkammer und seine Waschecke inspiziert. Bobbi wurde natürlich besonders gut weggepackt, um mir einen Schrecken zu ersparen.

Aus dem Leck war inzwischen ein Wandgemälde geworden, ich habe ein paar Schälchen daruntergestellt. Der Flur liegt voll ungeöffneter Umschläge, die ich jede Woche ordentlich stapele. Ich klopfe das rote Handtuch nicht mehr jede Woche aus, ich falte es nicht zusammen und wasche mir die Hände auch nicht mehr. Aber ich beuge mich noch immer darüber, auf der Suche nach neuen Totenkatzenhaaren.

POSITIONIERUNG

(immer ist es die Außenwelt, selbst wüsstest du schon, wie du lebst, aber die Außenwelt lässt dich zweifeln)

Doeschka Meijsing – *En liefde in mindere mate* (Und Liebe in geringerem Maße)

19
Ideal

»Was meinen Sie selbst, was fehlt Ihnen?«

Ich zucke die Achseln. Ich bin hier, weil du die Ärztin bist. Du hast hierfür studiert. Du weißt, wie Körper funktionieren. Oder wie sie nicht funktionieren. Was sie haben können, ob ich Medikamente nehmen muss. Ob ich einen Coach brauche, jemanden, der mich begleitet, sogar wenn ich einkaufen gehe. Du weißt, wann du mich ins Krankenhaus einweisen lassen musst. Schnurstracks in den OP, unter Narkose. Wochenlang werde ich versorgt, bekomme Besuch, weil du sagst, dass ich das brauche. Aber das sage ich natürlich alles nicht.

Die Ärztin hat einen Kurzhaarschnitt, sie scheint in meinem Alter zu sein, ist aber etwas größer. Nicht dick, groß. Sie hat grobe Arbeitshände. Kurze Nägel mit schwarzen Rändern. Ihre Haut ist braun, und sie sieht ruhig aus.

»Schlafen Sie gut?«

»Nein.« Sogar meine Fingerglieder scheinen schlafen zu wollen.

»Gehen Sie rechtzeitig ins Bett?«

»Auch nicht.« Sie späht durch ihre langen Wimpern. Ich muss an die Bushaltestellenhäuschen denken: Frauen mit Wimperntusche, durch die man extralange Wimpern bekommt, oder schlanke, sexy Frauen, die so aussehen, weil sie Parfüm eines Modedesigners benutzen. Und an *Eine Rose aus Fleisch*, in der sich die Hauptperson totärgert über diese Reklame, mit der man täglich überschwemmt wird, damals schon.

»Früher ging ich zwischen zehn und elf schlafen, aber es macht keinen Unterschied«, sage ich nach einer langen Pause.

»Wie spät gehen Sie denn ins Bett?«

»Zwischen fünf und sechs.«

»Morgens?«

Ich nicke.

»Jeden Tag?« Es klingt spöttisch. Der kalte Schreibtisch zwischen uns ist schmal. Sie müsste mich riechen können. Ich bin froh, dass ich gerade geduscht habe, meine Haare nicht einmal, sondern viermal gewaschen habe. Dass ich mich mit dem Schwamm eines meiner Mitbewohner geschrubbt habe. Mich gründlich rasiert habe, meine Beine, meine Achseln, meine Bikinilinie. Immer wieder fuhr ich darüber, kein Härchen durfte mehr zu sehen sein. Ich wusste nicht, was ich daraus folgern sollte. Sorgfältig trocknete ich mich ab. Auch die Stellen, die ich sonst nur flüchtig trockne. Ich rieb mich mit Laras Bodylotion ein und benutzte auch ihr Parfüm. Das Fläschchen hat die Form eines Apfels, der verrückterweise auch nach Apfel riecht. Ich föhnte meine Haare, zog saubere Unterwäsche an. Ich benutzte Zahnseide, putzte mir die Zähne länger als zwei Minuten, schnitt meine Zehen- und Fingernägel, feilte sie nach und lackierte sie schließlich mit durchsichtigem Nagellack. Noch ein wenig zusätzliches Parfüm und ein wenig Mascara.

Jetzt sitze ich hier, gepflegt, wie meine Mutter mich am liebsten hat, in einer Stoffhose ohne dünne Stellen, einer ordentlichen Bluse mit einer blauen Jacke ohne Löcher, dazu meine neuesten Turnschuhe ohne gebleichte Flecken von einem giftigen Reinigungsmittel.

Sie wiederholt ihre Frage.

»Nicht jeden Tag, aber öfter als dreimal die Woche.«

»Sind Sie tagsüber nicht müde?«

»Sehr. Aber ich schlafe nachmittags.«

»Hm. Nehmen Sie Medikamente?«

»Paracetamol und Ibuprofen.« Mein Blick bleibt an dem einzigen farbigen Gegenstand in diesem Zimmer hängen. Eine Pflanze in der Ecke hinter ihr. Die Blätter sind lang und an der Außenseite dunkel- und innen hellgrün. Der Stamm ist dick, im Topf ausgetrocknete Erde und diese rötlichen Steinchen.

»Wie viel, wenn ich fragen darf?«

»Ein paar pro Tag.«

Sie sieht mich an, als wäre es Quatsch, überhaupt Schmerzmittel zu nehmen.

»Ich habe Kopfweh, und ich will wissen, was es ist.«

»Das verstehe ich, aber lassen Sie uns erst dieses Formular ganz ausfüllen. Trinken Sie Alkohol?« Sie schaut auf ihren Bildschirm, tippt mit, wenn ich etwas sage. Die Tasten klingen laut in dem kleinen, hellen Raum.

»Auch. Aber erst seit kurzem.«

»Wie viele Gläser pro Tag?«

»Eine Flasche pro Nacht, oder anderthalb. Manchmal zwei.« Ich merke, dass ich lächle, als wäre ich stolz.

»Zwei?«

»Manchmal zwei.« Ich lache wieder.

»Kommen Sie ohne aus?« Sie findet es nicht zum Lachen. Ihre Lippen bilden einen dünnen, geraden Strich. Das erste selbstgemalte Bild eines Kindes.

»Ja.«

»Woher wissen Sie das so sicher?«

»Ich bin nicht süchtig.«

»Rauchen Sie?«

»Manchmal.«

»…«

»Wenn jemand es mir anbietet.«

»Wie viel Kaffee trinken Sie am Tag?«

»Hängt davon ab, manchmal nur zwei, manchmal sechs.«

»Wovon hängt es ab?«

Ich hebe die Schultern, murmele etwas wie, dass ich es mir nicht aufschreibe.

Wie würden wir miteinander umgehen, wenn wir uns in einem Café treffen würden? Würde sie mich erkennen? Würde sie ihrem Freund von meinen Beschwerden erzählen? Oder würde sie mich ignorieren?

Sie schaut, als würde sie tief nachdenken. »Beschreiben Sie den bitte mal, den Schmerz in Ihrem Kopf.«

»Morgens ist er an den Oberflächen, an meinen Schläfen. Mal links, dann wieder rechts. Je später es wird, desto heftiger die Schmerzen. Wenn ich mich bücke, etwas Starkes rieche, mich erschrecke oder schnell umdrehe, ist es, als würden meine Schläfen zusammengepresst.«

»Und Sie sind sich sicher, dass es kein Kater ist?«

Wieder nicke ich.

»Haben Sie noch andere Beschwerden? Wenn Sie so viel Paracetamol nehmen und Alkohol trinken, könnte ich mir vorstellen, dass Ihr Bauch auch was zu melden hat. Oder noch etwas anderes, das mit diesen Kopfschmerzen einhergeht?«

»Ich habe Bauchschmerzen, ja. Und ich habe oft ein seltsames Gefühl auf der Brust.«

»Können Sie das beschreiben?«

»In meinem Bauch habe ich Krämpfe oder ein scheuerndes Gefühl. Auf meiner Brust liegt ein ständiger Druck. Mein Zwerchfell spannt.«

»Leiden Sie unter Stress?« Sie schaut besorgt; hat sie Mitleid? Führt man, wenn man ihren Job hat, automatisch ein vernünftiges Leben? Sie sieht aus, als würde bei ihr nie etwas misslingen. Beherrscht.

»Natürlich nicht«, bringe ich raus. Das ist dieselbe Frage, die mir während der Sprechstunde gestellt wurde. Die Assistentin hatte recht, die Ärztin fragt dasselbe.

»Sind Sie viel draußen?«

Ich nicke zögernd.

»Sehr gut, gehen Sie so viel wie möglich nach draußen. Was machen Sie beruflich, wenn ich fragen darf?«

Ich will sagen, was tut das zur Sache? Gib mir eine Tablette oder einen Tipp, und ich lebe wieder weiter. Ich antworte manierlich.

»In der häuslichen Pflege?« Sie schaut wohlwollend.

»Nein, bei gesunden Leuten.«

»Als Reinigungskraft?«

»Als Reinigungskraft.«

»Befriedigt Sie Ihre Arbeit?« Den Blick auf den Bildschirm gerichtet, tippt sie mehr, als ich sage.

»Befriedigung, Befriedigung ...« Hat mich das Schreiben von *K.* befriedigt? Fällt Befriedigung nicht auch unter Krankheit?

»Befriedigt Sie diese Arbeit?«, frage ich plötzlich. Sie hört auf zu tippen, lässt die Finger aber noch über der Tastatur schweben. Sie lacht, schaut nach oben.

»Ja.« Sie sagt es, als säße ein Kind ihr gegenüber. Ich will sie fragen, was ihr denn so gut daran gefällt, den ganzen Tag kranke Menschen zu empfangen. Aber sie kommt mir zuvor, wie es sich gehört. »Haben Sie jemanden, mit dem Sie reden können?«

»…«

»Einen guten Freund oder eine gute Freundin, Ihre Eltern?«

»Ja«, sage ich. »Genügend.« Bei genügend zittert meine Stimme. Sie muss es gehört haben. Eine kurze Stille.

»Man kann unsere Lebensbedürfnisse mit denen einer Pflanze vergleichen.« Sie zeigt mit dem Kopf nach hinten. Natürlich, sie ist so jemand, der in seiner Freizeit gern im Garten arbeitet. In ihrem Bücherregal hat sie extra ein Brett reserviert für Bücher über biologisches Gärtnern. Seit letzten Sommer hat sie bestimmt einen eigenen Schuppen gebaut, in dem sie ihre neuen Gartengerätschaften untergebracht hat.

»Mit einer Pflanze?«, frage ich. Gemeinsam betrachten wir die grünen Blätter.

Eine Pflanze: Da sein, ohne es zu merken. Ideal.

»Genau, sie brauchen Wasser, Licht, Sauerstoff und ein wenig Zuwendung. Genau wie wir.« Sie berührt die Blätter kurz, streicht darüber. »Pflanzen mögen auch nicht zu viel Chaos, genau wie Menschen. Nicht zu viel Alkohol, Zucker oder andere überflüssige Fette. Die meisten mögen saubere Luft und wollen an einem festen Wochentag Wasser.« Sie sagt es, als wäre sie mit der Pflanze allein.

Aus dem Drucker gleitet ein Papier.

»Ich empfehle Ihnen, Frau Pepermans mal anzurufen.« Sie reicht mir das Papier. Ich lese den Namen und den Beruf.

»Ich bin doch nicht verrückt.« Ich will wiederholen, dass ich schon monatelang mit einem schweren Kopf rumlaufe. Dass es nichts mit Verrücktheit zu tun hat. Sondern etwas Körperliches sein muss. Dass ich durch einen Scanner geschoben werden muss. Dass ich Tests machen will.

Aber sie steht auf, geht auf mich zu, und automatisch stehe ich auch auf. Wir gehen zusammen zur Tür, als wären wir zu einer gemeinsamen Schlussfolgerung gelangt. Sie wünscht mir alles Gute und schüttelt mir die Hand.

8
Nachttier

»Du schreibst?«, wird der Mann fragen.

»Nein, ich habe geschrieben«, werde ich sagen.

»Pardon, und worüber hast du geschrieben?«

»Über ein Mädchen.«

»Zum Beispiel?« Er wird die Arme verschränken.

»Die sich in einen älteren Mann verliebte und mit ihm zusammenzog.«

»Und dann?«

»Und dann wurde er krank.«

»Hm.«

»Und also machte er Schluss. Sie musste allein wohnen und sprach ihren Ex nie wieder.« An seiner Stelle würde ich auch denken: Was für eine beknackte Geschichte. Logisch, dass ihr Buch keine Aufmerksamkeit bekam.

»Welcher Altersunterschied?«, ertönt es kritisch.

»Als sie sich kennenlernten, war sie fünfundzwanzig und er einundfünfzig.«

»Okay, okay, und warum glaubst du, in unser Unternehmen zu passen?« Der Mann reibt sich die Hände.

»Weil ihr jemanden sucht, der schreibt. Sachen für eure Website, einen Texter?«

»Weißt du nicht einmal, worauf du dich beworben hast?«

»Schon, aber ich hatte das Wort vergessen.« Es ging schon schief, ehe ich den Raum betreten hatte.

»Halt«, flüstere ich und trete die Decke weg.

»Klar«, sagt der Mann. Es wird eine Stille eintreten, in der er auf sein Handy schaut, was bedeutet: Geh weg. Ein Telefon als Alarm für Desinteresse. So läuft es, wenn ich mit jemandem spreche, genau so wird ein Bewerbungsgespräch laufen.

Meine linke Schulter fühlt sich an, als würde sie nicht auf der Matratze liegen, sondern auf den Brettern darunter.

Seit seinem Geburtstag hat mein Vater nichts von sich hören lassen. Ich habe ihm nicht einmal gratuliert. Die Tage ohne entgangene Anrufe sind befreiend. Niemand, der konstant über meine Schulter schaut. Ich fülle sie selbst aus, die Tage. Sie ähneln einander, gehen schnell vorbei, wenn ich tagsüber schlafe.

Auf dem Rücken liegen fühlt sich an, als würde ich nachts an einer Bushaltestelle warten.

Ich schicke dem Yogamann eine SMS: *Das war's nicht, kommst du um zwei zum Wetering?*

»Sag mal, was machst du nachts eigentlich so?« Lara. Ihre Haare sind nass von der Dusche. Ein Handtuch um ihren Körper geschlagen.

»Weiß nicht«, sage ich. Ich bin froh, sie zu sehen.

»Wieso, weißt du nicht? Wenn ich mich nicht täusche, gehst du gleich weg und kommst gegen drei oder vier Uhr nach Hause. Dann stehst du eine Stunde unter der Dusche und stellst dich ungefähr zehn Minuten vor den Kühlschrank und führst Selbstgespräche. Danach kramst du ein wenig in deinem Zimmer rum und gehst zwischen vier und fünf zur Toilette. Sogar ich gehe Sonntagabend nie aus dem Haus.« Ihr Blick bleibt an der Flasche Wein hängen, die ich möglichst locker in der Hand halte. Ich stehe schon an meiner

Tür. Ihre Schlüsselbeine zeichnen sich so sichtbar ab wie bei einem Fotomodell. Ihr Handtuch kann jeden Moment von ihren Brüsten gleiten. Das scheint ihr egal zu sein.

»Hast du das Ausgehen wiederentdeckt?«

»Nein.«

»Gibt's einen Mann?«

Ich drücke meine Türklinke runter.

»Es gibt einen Mann, was? Ist er hier gewesen?«

»Nein.«

»Kriege ich ihn bald mal zu Gesicht?«

Ich gehe rein, schließe die Tür ab.

»Sie hat einen Mann, ich wusste es«, ruft Lara lachend. Als hätte unser letztes Gespräch nie stattgefunden. Als würden wir immer so miteinander umgehen.

Auf meinem Telefon: *Nachttier, ich komme. Ich ziehe in zehn Minuten von zu Hause los. Liebe Grüße.*

Ich schenke ein Glas voll und betrachte mich im Spiegel. Ein paar Schluck, und meine Lippen wirken voller, meine Wangen runder. Allmählich fühle ich mich gut. Ein zweites Glas, unglaublich gut. Beim vierten scheint es, als würde alles in meinem Kopf durchgerüttelt, hätte noch keinen Platz gefunden. Nach einer Flasche hängen meine Gedanken still, oder besser gesagt, sie schweben, wie Vögel es können. Flügel ausgebreitet, in der Luft hängend. Das muss bleiben, ich will niemanden sprechen. Die SMS hat es nicht gegeben.

8
Kein Match

»Guten Tag, hier ist Natasja, von Clean Matching.«

»Ja?« Ich liege auf meinem Bett.

»Spreche ich mit Julia Stern?«

»So heiße ich.«

»Kommt mein Anruf gelegen? Du klingst ziemlich weit weg«, sagt Natasja.

»Dein Anruf kommt gelegen.«

»Sehr schön, Julia. Weshalb ich anrufe, ich habe von Herrn van Rijk vernommen, dass ihr kein gutes Match seid. Kann das stimmen?«

»Wieso?«, frage ich, obwohl ich es natürlich weiß.

»Er sagte, du seist vom einen auf den anderen Moment verschwunden, ohne weitere Erklärung.«

»Das stimmt.«

»Dann kann ich wohl feststellen, dass ihr kein Match wart. Kannst du erzählen, warum, Julia?«

»Natasja, jetzt, da wir einander doch beim Namen nennen, kannst du mir erzählen, was genau du während deiner Arbeitsstunden an deinem Computer machst?«

»Wie bitte?«

»Tanja«, flüstere ich und sehe den verstaubten und klebrigen Computer von Herrn van Rijk vor mir. Die Fenster mit den Rollvorhängen. Die Ritzen mit Plastiktüten verdeckt.

»Ich heiße Natasja.« Eine kurze Stille. »Ich weiß nicht, wovon du redest.« Ein Seufzer. »Ich rufe dich bloß an, um die Angelegenheit mit Herrn van Rijk anständig abzuschließen. Damit er Ersatz bekommt, worauf jeder Kunde Anspruch hat«, sagt sie. Ihre Stimme hat etwas Trauriges bekommen.

»Ich glaube, Herr van Rijk weiß ganz genau, warum ich weggegangen bin. Du könntest ihn doch fragen.«

Eine kurze Stille.

»Es gibt keine einzige Beziehung, die aus oberflächlichen Liebkosungen besteht«, sage ich.

»Soll ich dich später zurückrufen? So kommen wir nicht weiter.«

»Ich bin mir sicher, dass du, wenn du wüsstest, wie seine Wohnung aussah …«

»Julia Stern, ich leite das an meinen Chef weiter, der nimmt heute oder diese Woche noch Kontakt mit dir auf.«

»Ich bin mir sicher, dass du ihn blockieren würdest, wenn du wüsstest, wohin du deine Reinigungskräfte schickst. Niemand will bei so einem Mann im Haus sein. Vielleicht wäre es eine gute Idee, wenn ihr die Kunden erst zu Hause besucht. Dann wisst ihr, wohin ihr eure Leute schickt. Tanja?« Inzwischen sitze ich aufrecht. Keine Antwort. Sie muss irgendwann aufgelegt haben. Ich werfe das Telefon quer durchs Zimmer, krieche wieder unter die Bettdecke.

Als ich heute Morgen meine Mail öffnete, hatte ich eine Nachricht von Marlène. Ein paar Sekunden lang starrte ich auf ihren Namen. Ich öffnete sie und las:

Hallo,
ich bin bis zum 5. August im Urlaub und antworte, sobald ich wieder da bin. In eiligen Fällen können

Sie sich an meine Kollegen/Kolleginnen wenden, die Ihnen gern weiterhelfen.

Darunter mit freundlichen Grüßen und ihr Name, darunter die E-Mail-Adressen ihrer Kollegen.

Wieder gab ich ihren Namen ein, fand nichts. Dann wurde mir klar: Wenn ich eine Abwesenheitsmail bekam, musste ich ihr eine Mail geschickt haben. Gleichzeitig schoben sich die Bilder der morgendlichen Stunden an mir vorbei: Mein Laptop, der aufgeklappt auf dem Tisch stand, ein Becher schwarzer Tee oder kalter löslicher Kaffee daneben.

Wieder öffnete ich meine Mail, ging zum Postfach »Gesendet«. Da standen meine Mails alle untereinander. Und alle verschickt an m_vdpoort@monsterboard.nl. Diese Woche vier Mails, letzte Woche zwei, in der davor fünf. Sie sind unterschiedlich lang. Im letzten Satz einer Mail steht: *Wie Freunde es machen: etwas von sich hören lassen, Informationen austauschen, die wichtig sind oder auch nicht.* Alle Mails sind mitten in der Nacht oder frühmorgens verschickt worden. Ich habe eilig durch sie hindurchgescrollt. Mit hämmernden Schläfen, und meine Kiefer schienen nicht mehr voneinander loszukommen. Ich klickte alles weg, bin ins Bett gekrochen und dort geblieben.

25
Keks zum Tee

»Sorry, ich hab dich doch nicht erschreckt? Ich bin gleich wieder weg, zu einem wichtigen Geschäftstermin.

Gut, dich zu sehen, Julia. Wie geht's dir? Jetzt, wo ich dich doch spreche, meine Mutter ruft in letzter Zeit ziemlich oft an. Gestern Nachmittag meinte sie, sie würde es kurzhalten.

Ich gehe jeden Tag ran, je nachdem, wie hoch die Aktenstapel sind, die reinkommen, aber das weiß sie.

Arbeit geht nun einmal vor.

Gestern dauerte unser Gespräch länger als normalerweise. Meist nur ein paar Sekunden. Wie ein Keks zum Tee. Ein Keks zu ihrem Tee. Gestern dauerte es sechs Minuten siebenundvierzig. Sie sagte: Wer genau ist diese Julia?

Diese Julia?, sagte ich. Sie meine es nicht so, sagte sie. Meine Mutter wollte wissen, was für einen Hintergrund du hast. Ich sagte, ich wisse nicht viel über dich. Dein Buch habe ich verschwiegen. Noch zu deinem Buch: Diese Beziehung mit diesem älteren Mann, das stört mich doch. Traurig, dass Liebe so laufen kann. Und dieser Vater. Ich würde fast sagen, dass dieser Kerl, über den du schreibst, ein Klon deines Vaters ist. Was sage ich da? Ich meine natürlich den Vater im Buch. Ich sage nicht, dass du dieselbe Person bist wie in *K.*

Nun gut.

Meine Mutter erinnerte mich an die Reinigungskräfte vor dir: Eine stahl mein Besteck. Die andere war allergisch gegen Menno. Eine war allergisch gegen Putzmittel. Jemand hatte in meinem Haus ein Unternehmen gründet. Ja, das war vielleicht was: Ich merkte, dass jede Woche anders saubergemacht wurde. In der einen Woche war die Toilette geputzt und in der nächsten nicht. Was war der Fall? Die Frau setzte illegale Putzfrauen ein! Ich wollte sie anzeigen, aber das brachte ich nicht übers Herz. Sie hatten nicht mal einen Ausweis! Sofort hätte ich es auf dem Gewissen, wenn sie nach Gott weiß wohin zurückgeschickt wurden! Verblüffend, Julia, wirklich sehr verblüffend.

Sorry, kann ich hier mal ran? Ich packe inzwischen meine Tasche, sonst komme ich zu spät zu meinem Termin. Aber wo war ich stehengeblieben? Meine Mutter wollte wissen, wie du aussiehst, welche Kleidung du trägst. Ich sagte, daran könne ich mich nicht erinnern. Nichts Auffälliges, sonst wüsste ich es ja noch.

Die gibt's natürlich, Frauen, die auffällige Kleidung tragen. Beispielsweise tragen sie eine Latzhose, haben lauter gelbe oder lauter blaue Sachen an oder eine viel zu große Jacke oder zu große Jeans. Schrecklich finde ich das, zu große Kleidungsstücke bei Frauen. Da ist mir der gepflegte Typ viel lieber. Eine Frau ohne Schnickschnack, mit funkelnden Augen. Eine Frau mit Klasse und Stil. Eine Frau, die nicht zu viele Hormone hat. Jemand, der stabil ist und in Teilzeit arbeitet.

Meine Mutter sagte, wir könnten, was deine Kleidung betrifft, ja immer noch das eine oder andere an dir verändern. Das ist, was sie wörtlich sagte. Nicht zu fassen.

Ich fragte sie, wer wir sind.

Meine Mutter antwortete, sie habe ihre Blusen noch nie so dermaßen ordentlich zurückbekommen wie bei dir, Julia.

Das solltest du als ein großes, großes Kompliment betrachten! Meine Mutter ist schwierig. Sie erzählte, du würdest alle Nähte gut aufbügeln, die Knopfleisten und den Kragen nie vergessen und sie immer schön zugeknöpft auf einen Kleiderbügel hängen, wie es sich gehört.

Meine Mutter lud sich selbst ein. Gott sei Dank ist sie leicht dement. Sie wusste nicht mehr, an welchem Wochentag du kommst. Ich sagte, das sei jede Woche unterschiedlich. Das würde sich nach deinen Vorlesungstagen richten. Und als ich das sagte, Julia, als ich das sagte, wusste ich, dass ich mich verraten hatte.

Aha!, rief meine Mutter. Du weißt also doch, was sie macht! Ich antwortete nicht. Meine Mutter sagte, sie wolle dich kennenlernen. Dann könne sie sehen, ob du was für mich wärst. Als würde sie über einen neuen Bezug für meine Eckbank sprechen.

Es dauerte eine Weile. Der Keks zum Tee war schon längst aufgegessen. Das konnte ich hören. Sie stochert sich gnadenlos mit dem Finger die Reste aus den Zähnen. Ihrem linken kleinen Finger, um genau zu sein, schamlos. Mund offen, Augen geschlossen, wie eine Zahnbürste. Das macht sie überall. Kennt keine Scham mehr.

Ich sagte, das kannst du nicht machen, was denkst du dir eigentlich dabei? Was um Gottes willen!?

Meine Mutter sagte, ihr sei es egal, ob du Putzfrau seist oder nicht, ob du studierst oder nicht. Sie schloss damit ab, dass es für mich nur vorteilhaft wäre: jemand, der gut im Haushalt ist. Das Putzen, so sagte sie, damit kann sie aufhören, wenn ihr zusammen seid. Lächerlich, was?

Ich muss gehen. Tut mir leid, wir reden beim nächsten

Mal weiter. Und nimm's dir nicht zu Herzen. Ich musste es offensichtlich kurz loswerden. Weißt du, was sie ganz zum Schluss sagte? Dass sie es schön fände, noch ein Enkelkind zu bekommen! Viel Erfolg heute!«

4-C
Niemand entscheidet sich für Rheuma

Marieke sitzt wieder in diesem verschlissenen Sessel. Der Fernseher läuft. Nur ihr Kopf ist zu sehen, der über die Rückenlehne ragt. Flachsfarbene strähnige Haare hinter mit Vogelmist verschmierten Fensterscheiben.

Diese Gegend lag wahrlich nicht auf der Route. Aber ich bin noch nicht müde. Sechs Gänse watscheln hintereinander mitten über die Straße. Sie lassen sich Zeit, die größte an der Spitze.

»Ich will hier nicht saubermachen«, sagte ich letzte Woche. Auch da saß Marieke mit diesem Ordner auf ihrem Schoß. Als müsste sie sich selbst jedes Mal daran erinnern, warum ich zu ihr in die Wohnung kam.

»Warum nicht? Wir haben doch einen Vertrag?«

»Der ist noch nicht unterschrieben.«

Am liebsten hätte sie sich auf mich gestürzt. Das Einzige, was sie tat, war, ein angewidertes Gesicht zu ziehen, ihre Hände noch fester um den Ordner zu klemmen. Sie wurden ganz weiß, die Hände.

»Ich mache es nicht.« Die Wohnung ist wie die von van Rijk: Es bringt nichts, wenn ich jede Woche komme. Vielleicht sollte das in den Schaufenstern der Makler hängen: Zum Kauf angeboten: Haus an der Herengracht vierhundertsieben. Baujahr: Neunzehnhundertsechs. Wohnfläche: siebenhundertachtundneunzig Quadratmeter, einschließlich

Badewanne und vier Einbauschränken. Und so weiter. Und so weiter. Aber bitte beachten! Unterhalt ist notwendig. Keine Reinigungskraft inbegriffen. Selbst machen.

So in der Art.

»Warum nicht?«, fragte Marieke.

»Es ist zu weit mit dem Rad.«

»Kommst du aus dieser Richtung?« Mit ihrem schlaffen Arm winkte sie nach hinten. Ihre Wohnung ist hellhörig, die Nachbarn sprechen in einer unbekannten Sprache.

Die Nachbarn sind wie Marieke auch schon hellwach. Sind sie krank? Offensichtlich machen sie sich nicht für einen Arbeitstag bereit. Sie sitzen vor dem Fernseher. Vor jeder Haustür liegt ein kleiner Garten, der aus Kieselsteinplatten oder einem kleinen Müllhaufen besteht. Die ganze Straße hat Schüsseln an ihren Häusern befestigt. Trotz des klaren Morgenlichts ist diese Straße, dieses Viertel grau. Auch das ist Amsterdam. Die Gänse verschwinden, folgen der Krümmung.

»Dann kannst du sehr schön durch den Park fahren, wo gerade prächtige Sträucher blühen, diese, diese, Gott, wie heißen diese Sträucher noch mal?«

»Ich kann freitags nicht.«

»Clean Dingens sagte, du könntest. Sie sagten, du könntest freitags kommen!« Mit einer einzigen Bewegung warf sie den Ordner in meine Richtung. Mit einem dumpfen Knall landete er vor mir. Sie atmete laut und gehetzt. Gereizt schaute sie mich an, wie ein Kater nach einem Kampf mit einem anderen Kater.

»Jetzt gehen Sie zu weit«, sagte ich. Beide schauten wir auf den Ordner, der mit der Aufschrift oben lag.

»Bitte, mach hier sauber, nur heute noch. Ich schaffe das nicht allein. Ich habe doch Rheuma.«

»Das sagten Sie, ja.«

»Was sagte ich?«

»Dass Sie Rheuma haben.« Rheuma ist ein Sammelbegriff für über zweihundert rheumatische Leiden. Aber allen Rheuma-Arten ist gemein, dass sie Schmerzen in Teilen des Bewegungsapparates erzeugen: Knochen, Muskeln, Gelenken und Sehnen. Die genaue Ursache von Rheuma ist noch nicht bekannt. Marieke hat wahrscheinlich Verschleißrheuma, auch Arthrose genannt.

»Stimmt. Ich kann nichts dafür.«

»Sie können nichts dafür.«

»Nein. Wirklich.«

»Zum Glück.«

»Was zum Glück?«

»Dass Sie sich nicht bewusst für Rheuma entschieden haben.«

»Niemand entscheidet sich für Rheuma.«

Als ich Clean Matching davon berichtete, sagte Natasja, wir würden beide Ersatz bekommen.

Ich habe keine Ahnung, wie lange ich hier schon stehe, wie lange ich schon Mariekes Hinterkopf anstarre, die schäbige kleine Bank neben ihrer Haustür, die verwitterte Hausnummer, und ich weiß vor allem nicht, warum ich hier bin. Was ich wohl weiß, ist, dass ich es angenehm finde, keine Zeit zu haben, dass niemand weiß, dass ich hier stehe. Mein Hals ist trocken, ein saurer Alkoholgeschmack und ein hämmernder Kopf, ich kneife die Augen automatisch zusammen. Sie haben Überstunden geleistet, sie wollen schlafen.

Am Anfang des Abends, oder eigentlich gestern Abend, bekam ich eine SMS vom Yogamann: *Entschuldigung akzeptiert, wenn wir nächste Woche lunchen. Und zwar bei dir zu Hause. Frech, was? Liebe Grüße.*

Als ich fragte, ob er zum Wetering komme, war ich nicht aufgetaucht. Das ließ mich nicht los. Ich hörte nichts mehr von ihm. Ich hatte ihm ein Sorry geschickt. Jetzt das: gemeinsam lunchen. Nicht bei mir zu Hause. Aber so enden wie Marieke will ich auch nicht. Reglos sitzt sie vor dem Fernseher. Ich gehe weiter. Dr. Phill spricht ihr zu.

8
Fröhlich ist jung

Marlène,
es ist sieben nach fünf, es wird schon hell. Ich vermute, dies wird das letzte Mal sein, nachdem ich deine Abwesenheitsmail bekommen habe. Du könntest es als eine Abrundungsmail betrachten. Ich weiß, dass du schon wieder da bist, dass du deine Arbeitsmails schon gesehen haben musst. Es ist mitten im August, du bist am fünften nach Hause gekommen.

Dass du nichts von dir hast hören lassen, enttäuscht mich doch. Mir geht es gut, solltest du dich das fragen. Obwohl ich jetzt zwei, nein, nach heute Nachmittag drei Menschen geschlagen habe. Wusstest du das? Oder ist das neu für dich? Drei Menschen geschlagen und kein Gefühl der Reue, Schuld oder was auch immer. Im Gegenteil, ich denke mit Vergnügen daran zurück.

Heute Morgen habe ich bei einer Frau saubergemacht, die immer munter ist. Singend machte sie sich ihr Frühstück. Joghurt mit Müsli und eine große Kanne schwarzer Kaffee. (Damit kommt sie, glaube ich, durch den ganzen Tag, in der Küche liegt nie Brot oder Brotbelag. Ihr Sohn? Der isst nicht.) Mit ihrem Frühstück eilte sie durch den Flur zu einem Zimmer. Das Telefon klingelte. Auf der Stelle blieb sie stehen, knallte das Müslischälchen auf einen Schrank und rannte zu dem Klingelgeräusch.

Einen wunderschönen guten Morgen!, sagte sie fröhlich. Fröhliche Menschen konnte ich noch nie ausstehen. Das weißt du. Menschen, die zu laut lachen, als müsste jeder es sehen. Junge Frauen auf der Straße. Vor allem nachts. Wusstest du, dass die am schlimmsten sind? Das Gelächter, das die Illusion weckt, sie seien fröhlich.

Und fröhlich ist jung und jung ist schön und schön ist immer gut.

Aber gut, während sie telefonierte, knallte sie die Tür zu. (Vielleicht solltest du wissen, dass ihr Haus alt und groß ist. Ihr Stockwerk bewohnt sie zusammen mit ihrem Sohn Kevin und einer Freundin, die ich noch nie gesehen habe.) Ich öffnete die Balkontüren zur Küche hinaus. Es war ein kalter Morgen, bei dir zu Hause auch? Wo warst du eigentlich im Urlaub? Und mit wem? Mit deinem Freund? Habt ihr ein Kind? Ich muss wissen, ob du ein Kind hast.

Es war kalt, aber die frische Luft war besser als die Kochdünste vom vorigen Abend. Ich frage mich oft, ob Leute wissen, dass man Fenster öffnen kann. Dass man mit Fenstern das Haus lüftet.

Nun gut. Die Frau kam zurück, weißt du, was sie sagte?

Dann mach ich mir mal schnell Frühstück. (!) Das Müsli streute sie neben die Schale. Ich stand noch auf dem Balkon.

Du musst doch noch staubsaugen, oder?, fragte

sie. Ihre Haare waren noch nass von der Dusche. Weißgraue nasse Strähnen.

Ich muss mir die Haare föhnen, sagte sie, mehr zu sich selbst als zu mir. Ihr Oberkörper neigt immer etwas vor. Singend ging sie zu ihrem Föhn. Alte Leute, das Unbeholfene, es macht mich fertig. Vergangene Nacht bin ich wieder in die Kneipe gegangen. Auf dem Leidseplein sind viele Touristen. Die meisten merken schnell, dass ich auch mit Sprechwasser kein Gesprächspartner bin. Ich will trinken, schauen, warten, bis der Schlaf mich holt.

Wird ein Moment kommen, da ich schlafen werde? Wie meine Nachbarn von gegenüber? Zwischen elf und zwölf knipsen sie das Licht aus, es springt erst gegen acht Uhr wieder an. Jede Nacht wieder. Am liebsten hätte ich sie mit einer Gehsteinplatte geweckt, die ich durch ihre Fensterscheiben pfeffere: Ich nicht, ihr nicht. Man schläft gemeinsam, nicht allein.

Nachts in der Kneipe sitzen Leute, die auch keinen Schlaf finden können. Oder sie sitzen dort mit anderen Problemen. Sie kommen zum Reden, lassen den Alkohol in sich sprechen. Das kann ich auch nicht ausstehen, Leute, die ein Gespräch anknüpfen. Gerade wenn der Alkohol das Thema vorgibt.

Gut, wo war ich stehengeblieben? Diese Frau, das Schlagen. Die Frau fragte, ob sie da rankönne. Ich staubsaugte gerade. Wieder öffnete sie die Küchenschränke, nahm das Müsli und eine Schale. Sie fragte, oder nein, sie rief, wieso ihr Joghurt so leer war. Wiegend hielt sie die Verpackung in der Hand. Ich staubsaugte weiter.

Ich musste an die beiden früheren Male denken, als ich jemanden geschlagen hatte. Aber diese Frau also, sie rief was, als sie die Schale Müsli entdeckte, die auf dem Schrank im Flur stand. Ich lächelte, obwohl ich ihr am liebsten die Staubsaugerschlange gegen den Kopf geschlagen hätte.

Nicht einmal, sondern mehrere Male.

Knüppeln.

Wie jemand, dem schwarz vor Augen wird.

Das Bewusstsein verlieren. Schlagen, nur noch schlagen. Auf die Schienbeine.

Hart auf hart. Bis Ellbogen knacken. Und sie in einer Haltung daliegt, in der nur Tote liegen können, die von einem Hochhaus gesprungen sind: verdrehte Körperteile. Blut, Sabber überall, bis sich der Körper nicht mehr anfühlt wie ein Körper, sondern wie ein Sack.

Polizisten, Eltern, Journalisten und Leute, die sich die Nachrichten ansehen, werden sich fragen: Wie kann das nur geschehen? Oder: Warum so etwas Grausames bei unschuldigen Menschen?

Sorry, dass ich das sage, bleibt das unter uns? Aber ich kann mich gut in Märtyrer, Misshandler oder Terroristen reinversetzen.

Schalter umlegen, und alles wird zerstört.

Gerade die unschuldigen Dinge und Menschen. Das sorgt für mehr Trara, mehr Verständnislosigkeit, vielleicht sogar für Veränderung. Wenn Leute fragen, was in dich gefahren ist, die Schultern zucken und gelangweilt um sich schauen. Auch das ist normal für Leute, die Gewalt anwenden: schweigend mit verbissener Wut durchs Leben gehen.

Der Staubsauger tobte immer weiter, die Frau kam in die Küche, lebhaft redend mit diesem Dauerlächeln auf der Visage, in jeder Hand eine Müslischale. Ich koppelte die Stange ab.

Sie fragte, ob der Staubsaugerbeutel voll sei. Sie klatschte die Schalen auf die Anrichte, sagte, sie habe bestimmt noch irgendwo neue. Sie kramte in dem Schrank unter der Spüle, eilte zu den Schränken im Flur.

Sie waren alle, aber das war nicht schlimm, sagte sie. Ich dürfte nach Hause gehen und bräuchte mir keine Sorgen um meine Stunden zu machen, das sei schon in Ordnung. Mit ihrem weißen Kalknagelzeh drückte sie den Staubsauger aus. Ich sagte okay und drückte den Staubsauger wieder an. Sie schaute mich prüfend an, das Lächeln blieb. Sie hob die Schultern und öffnete den Kühlschrank abermals. Sie sagte, sie hätte so einen Hunger.

Mit viel Schwung traf ich ihren Hinterkopf, fester, als ich es mir vorgestellt hatte. Sie fiel, als hätte ich ihr Gleichgewichtsorgan getroffen. Kein Blut. Kein Sabber. Nur ein verdrehter Arm unter ihrem Kopf.

Ich drückte den Staubsauger aus, schaute zu ihr. Eine Totenstille herrschte. Okay, bis auf das Surren des Kühlschranks. Aber die Zeit schien stillzustehen, bis ein fauliger Geruch meine Nase erreichte.

Diesen Kühlschrank muss sich die nächste Reinigungskraft mal vornehmen, dachte ich. Jetzt, da ich so darüber nachdenke, kann ich mich nicht daran erinnern, ihn je saubergemacht zu haben.

Ich könnte durchdrehen, aber da war kein Schwarz vor meinen Augen. Ich zitterte am ganzen Körper, als hätte ich tagelang nichts gegessen. Abgesehen von diesem Zittern verspürte ich wiederum keine Reue. Ein Lächeln tauchte auf meinem Gesicht auf, als wäre es von ihrem zu meinem übergegangen.

Im Nachhinein betrachtet, muss es der Spinat gewesen sein, der stank. Manche Gemüsesorten sollten besser in kleinen Portionen verkauft werden. Nicht jeder wohnt zu fünft.

Beim Schließen der Kühlschranktür drückte ich ihre Knie mit dem Fuß ein wenig zur Seite. Sie fühlte sich schwerer an, als sie aussah. Ich packte den Staubsauger weg. Wusstest du, dass mich in jeder Wohnung Mitleid erfasst? Staubsauger werden immer an den hässlichsten Orten aufbewahrt.

Vielleicht liegt die Frau noch immer auf diesem kalten Küchenboden, gehört ihre Etage zum hässlichsten Teil des Hauses. Vielleicht gehört sie von all den Menschen, die dort wohnen, zu den Vergessenen.

Ich glaube, ich kann von Glück reden. Sie hat mich nicht angerufen; natürlich kann sie sich an nichts erinnern, sonst stünde die Polizei ja vor der Tür. Meinst du nicht? Keine Polizei bedeutet, mit den Taten durchzukommen.

Hoffentlich hattest du einen schönen Urlaub, bist gut nach Hause gekommen. Ich vermisse dich, aber vermissen ist eine Krankheit, und Krankheiten muss man loswerden. Du wirst dir Sorgen machen, oder gerade nicht, sonst hätte ich ja was von dir gehört etc. Aber mir geht es gut. Ich brauche dein Mitleid nicht. Oder doch, oder nicht. Nein. Doch. Nein.

25
Der Nachbar von gegenüber

Hallo, Julia,
ich kann dich einfach nicht erreichen. Vielleicht denkst du, es geht um meine Mutter. Bitte entschuldige das letzte Treffen, hoffentlich habe ich dir keinen Schrecken eingejagt. Ich weiß nicht, was in mich gefahren war.

Weil ich dich einfach nicht erreichen kann, hier ein Zettel. Um gleich mit der Tür ins Haus zu fallen: Der Nachbar von gegenüber hat an sonnigen Tagen ein junges, schlankes Mädchen auf meiner Dachterrasse gesehen.

Erst, sagte er, kam sie donnerstagmorgens und blieb bis zum frühen Nachmittag.

Aber im Moment, sagt er, wo die Studenten Sommerferien haben (er war früher Lehrer an einem Gymnasium), sitzt das Mädchen offensichtlich auch an anderen Werktagen auf meiner Dachterrasse.

Er fragte mich, ob du meine Freundin bist. Das fragt er natürlich mit einem Grund, wie du weißt, lässt er Menno jeden Tag raus. Seine Frage lautete daher auch: Wenn sie deine Freundin ist, warum geht sie nicht mit Menno Gassi? Das würde seine Tageseinteilung erheblich effizienter machen, sagte er.

Er hat recht, aber die Sache ist, dass das schlanke,

junge Mädchen nicht meine Freundin ist. Obwohl ich, wie viele Männer mittleren Alters, gern so ein junges Ding hätte.

Meine letztendliche Frage lautet: Bist du das Mädchen, das alle sonnigen Tage auf meiner Dachterrasse verbringt? (Es scheint auch so zu sein, dass du oder wer auch immer einen weißen Bikini trägt; er hat dich von meinem Büro aus beobachtet und ist dann wieder nach unten gegangen.) (Er sagt, er habe dich gesprochen, aber das glaube ich nicht, er ist nicht sehr redselig.)

Ich müsste dich bitten, das nicht zu tun, es dir verbieten und dir kündigen. Aber um den Nachbarn die Aussicht nicht zu nehmen und weil meine Dachterrasse sonst so ungenutzt bleibt, möchte ich dich bitten, deine heimlichen Besuche künftig anzukündigen. Und wenn du eh da bist, verbringst du dann auch ein wenig Zeit mit Menno?

Einen guten Arbeitstag!

Gruß, Peter

P.S. Hast du meine Mutter inzwischen schon kennengelernt?

15
Du hier

In meinem Supermarkt gibt es eine neue Theke, hinter der Japaner live Sushi zubereiten. Drei kleine Männer und zwei Frauen, sie tragen schwarze Schürzen und Kochjacken, auf dem Kopf eine hohe Mütze. Sie stehen in einem Quadrat, das mit einer dünnen Glaswand abgetrennt wurde. Ihre Blicke sind starr auf ihre weißen Handschuhe gerichtet. Untereinander wird nicht gesprochen. Was sie zubereiten, liegt in den sie umgebenden Vitrinen. So weiß man, was man isst, und noch wichtiger: wer genau es gemacht hat.

Dass Supermärkte Sushi verkaufen, okay, dass sie frische Sushi verkaufen wollen, auch gut. Aber dass Supermarktchefs Sushi machen lassen, bloß um zu zeigen, dass sie frisch sind, das geht sehr weit.

Eine bekannte Stimme hinter mir. »Findest du das wirklich? – Ja. – Ach ja? – Ja.« Ein langes Ja-jaaaa. Wie ältere Frauen, und übrigens auch junge Frauen, es auf dem Gehweg zueinander sagen. So ein Ja. »Hm.« Ferdinand. Als würde er mit Ohrstöpseln telefonieren. Oder sind alle telefonierenden Leute mit Ohrstöpseln Ferdinand?

»Du hier?« Er schlägt sich mit einer Hand auf die Schenkel. In der anderen hält er einen Pappbecher mit schwarzem Kaffee. Ferdinand wirkt viel magerer. Seine Stirn ist schuppig, seine Zähne sind gelb und klein. Das ist mir zuvor nicht aufgefallen.

»Ich hier, ja.« Vielleicht ist er auch hier, um die Zeit totzuschlagen.

»Stehst du in der Schlange?«

»Nein«, sage ich.

»Du stehst hier einfach.« Abermals schlägt er sich auf die Schenkel, wiederholt mit dieser anderen Stimme, dass ich hier einfach stehe.

»Genau«, sage ich.

Wir schauen wie gebannt auf die Kochszene. Mehrere Leute stellen sich zu uns. Manche gehen zufrieden mit einem Plastikschälchen Richtung Kasse.

Ferdinand steht dicht neben mir, eine Hand über den Augen. Als würde er in die Sonne schauen. »Heftiges Licht hier, was?«

»Was?«

»Das Licht.« Er zeigt nach oben. »So heftig.« Er lacht hohl, schaut Beifall heischend um sich. Niemand bemerkt uns. Wir stehen hier wie zwei Bekannte, Freunde, Verwandte.

»Bist du blind?«

»Sehe ich blind aus?«

»Nein.«

»Das dachte ich mir.« Seine Lippen weichen kurz auseinander, verschlucken die Fast-Worte dann aber wieder. Wir lächeln. Nach einer Weile geht er zu dem Sushi-Angebot, wählt bedächtig ein viereckiges Schälchen, hält es sich vor die Nase, schnüffelt daran. Ohne sich zu mir umzudrehen, geht er zur Kasse. Unterwegs trinkt er den restlichen schwarzen Kaffee.

Ich weiß, wie er nach Hause geht, mit diesem Schlackerbein. Wie er versucht, mit allen hübschen Frauen Blickkontakt aufzunehmen. Dass er an seiner Haustür verstört auf seine Taschen klopft.

Ich sehe vor mir, wie erleichtert er ist, seine Schlüssel zu finden, seine Wohnung betritt: die Vorhänge noch geschlossen. Wie er das Essen, die Jacke noch an, in sich hineinstopft, schlingend, den Blick schräg vor sich gerichtet. Wie er leicht betreten auf das leere Schälchen starrt. Wie er summend die Hände auf seine Schenkel klatscht, um sich schaut. Wie er überlegt, was er jetzt mit diesem langen Nachmittag anfangen soll. Er wird sich fragen, warum jeder Tag aus einem Morgen, Nachmittag, Abend und einer Nacht besteht. Warum nicht ein Teil übersprungen werden kann. Ich weiß, wie er über seinen Krempel hinwegsteigen wird, dass es ihm nicht mal aufgefallen ist, dass das letzte Mal mein letztes Mal war.

1
Ein durchschnittlicher Sommer

Nachdem der Barmann mir meinen Wein gebracht hat, wieder mit diesem Augenzwinkern, stoße ich auf meine Hausärztin an. Sie wird zu Hause sein, mit ihrem Freund in ihrem Haus mit Garten, wo sie Rotwein trinken. Sie trinken beherrscht: Ein Gläschen, das kann doch nicht schaden? Zufrieden schauen sie sich um.

Ich schreibe SMS-Nachrichten in mein SMS-Notizbuch. Ein A4-Blatt mit einem ausgedruckten Text fällt heraus:

Julia,
wo bist du? Seit Tagen versuche ich schon, dich anzurufen, aber du gehst nicht ran.

Du kommst zu spät zum Unterricht und stolperst aus dem Raum, wenn die Stunde nicht mal vorbei ist. Ist etwas mit Kamiel? Muss ich mir Sorgen machen?

Ich war beim Arzt, aber das erzähle ich dir lieber Face-to-Face.

M.

Ich zerknülle das Blatt, Mails gehören nicht hierher. Weitere Schlucke. Die SMS-Nachrichten meines Vaters dominieren, würde er sie noch mal lesen, würde er verstehen, dass ich den Kontakt vermeide.

In der Kneipe ist viel los. Leute sitzen und stehen. Mir

wird plötzlich klar, dass ich jetzt wirklich alle Menschen um mich herum vernachlässige. Warum? Ich schreibe die Antwort auf vier Bierdeckel. Danach schicke ich dem Yogamann eine SMS: *Ich mache dir Lunch. Komm Donnerstag um halb 1 zur Breitnerstraat 122-D.*

Aus den Augenwinkeln sehe ich den Jungen hereinkommen. Ich traue mich nicht, ihn anzusehen, also starre ich auf meine Hände, den Stift, mein Heft, das zerknüllte Papier, mein leeres Glas.

»Hast du einen guten Sommer?« Ein leichter Duft nach Aftershave umgibt ihn.

»Durchschnittlich.«

Er lächelt, will weitergehen. Schnell stelle ich ihm dieselbe Frage. Er antwortet, er habe auch einen durchschnittlichen Sommer.

»Du könntest dich hierhersetzen«, sage ich, statt ihn abblitzen zu lassen.

Als er Platz nimmt, nenne ich meinen Sommer Theater, über das ich lieber nicht allzu viel erzähle. Er nennt seinen anstrengend, aber damit möchte er mich nicht weiter behelligen.

Ohne zu fragen, ob ich es mag, bestellt er zwei Bier, danach noch zwei. So sitzen wir eine Weile schweigend nebeneinander. Nicht aus Unbehaglichkeit, sondern einfach still, wie man auch allein still sein kann.

Ich knibbele das Etikett von seiner Bierflasche, er schaut zu, unterbricht meine obsessive Tätigkeit nur, um ab und zu einen Schluck zu nehmen.

700-A
Festliche Kleidung

Ich bin eine gute Stunde zu spät. Im Haus ist nur das Ticken einer Uhr zu hören. Um die Stille nicht zu unterbrechen, gehe ich leise zum Gästezimmer. Dieses Mal fange ich mit dem Bügeln seiner Bettwäsche an. Draußen ist ein zwitschernder Vogel zu hören, der von einem anderen Vogel übertönt wird, der Schnattergeräusche von sich gibt.

Das Bügeleisen brodelt über den hellgelben Bettbezug.

Der Junge fragte, ob ich mit zu ihm nach Hause käme. »Zum Teetrinken«, sagte er. Ich hatte genug Alkohol getrunken, um mitgehen zu können. Mich zu ergeben.

Wir gingen zu seiner Wohnung. Er wohnte in einem schiefen, schmalen Haus an der Elandsgracht über einem Dritte-Welt-Laden. Er setzte einen Wasserkessel auf. Seine Wohnung war niedrig und braun und stank nach Rauch. Überall Sachen: LPs, Kleidung, Turnschuhe und zwei leere Basketbälle. Auf einem Glastisch standen nur Pflanzen. Daneben ein einziger Stuhl, darauf eine Schale, aus der Joghurt gegessen worden war, der Löffel lag noch darin. An der Wand hingen Ansichtskarten von nackten Frauen und von Landschaften mit strahlend blauen Seen. Das Teeglas, das ich bekam, war so ein neues. Aus Plastik, doppelwandig. Um das man die Hände falten konnte, ohne sie sich zu verbrennen. Ich machte es mir auf seinem Ecksofa gemütlich, im Schneidersitz.

Ich wurde nüchterner. Der Himmel färbte sich langsam von dunkelblau zu hellrosa. Von hellrosa zu hellblau. Als würde die Luft aus einem tiefen Schlaf erwachen. Ich schaute zu, wie er eine Zigarette drehte. Er hatte ein breites Gesicht. Seine Augen standen weit auseinander. Ein spitzbübischer Ausdruck und ein Nasenring. Ich meinte zu erkennen, dass er muskulös war. Seine Kleidung fiel locker um seinen Körper. Ich fragte mich, was ich bei so einem jungen, schönen Mann in der Wohnung machte. Bis jetzt waren es Touristen oder alte Kerle, die mich ansprachen. Oder schaute ich nicht genau genug hin?

»Wir trinken Tee«, sagte ich.

Er lachte übers ganze Gesicht. »Das stimmt. Möchtest du noch welchen? Dann setze ich frisches Wasser auf.«

»Nein, danke.«

»Woher diese Feststellung?«

»Als du Tee angeboten hast, dachte ich, der will nur eines.«

Er lachte wieder. »Würdest du das wollen?«

»Das weiß ich nicht. Ich sitze gut hier.«

»Du scheinst nahezu mit den Kissen zu verschmelzen.« Bei allem, was er sagte, lachte er. Er lachte ohne Geräusch, und das gefiel mir. Ich hoffte, er könne auch ohne Geräusch wütend werden. Oder schlafen, weinen und angespannt sein ohne Geräusch.

Es trat Stille ein, die nicht peinlich war. Es entstanden Gespräche, die nicht zu persönlich waren. Kein: »Was machst du?« Oder: »Was willst du?« Als würden wir hier schon seit Monaten so sitzen. Er rauchte eine Selbstgedrehte nach der anderen. Ich bin auf dem Sofa eingeschlafen.

»Ich hatte dich in festlicher Kleidung erwartet.« Lex stand

plötzlich im Türrahmen, als stünde er dort schon die ganze Zeit in demselben dreiteiligen Anzug wie letztens. Seine Haare mit Lack besprüht in einer gigantischen Wolke aus Aftershave.

»In festlicher Kleidung?«

Er wippt auf den Zehen. »Ich bin bereit!« Er breitet die Arme aus. »Kein Problem, dass du erst deine Arbeit machen willst. Du kannst auch die Hälfte erledigen, dann kommt der Rest später. Ich meine, du hast ja sowieso später angefangen.«

»Pardon?«

»Ich bezahle dich weiter, während des Fests. Und zwar ohne seltsame Gegenleistungen.« Er lacht, wippt wieder zurück von den Zehen auf seine Fersen. Glänzende schwarze Schuhe.

»Ah ja«, sage ich. »Ist die Heizung an?«

»Es ist Sommer. Soll ich Kaffee machen? Dann kannst du dich danach umziehen.«

Mit großen Schritten verlässt er das Gästezimmer. In der Küche stellt er das Radio an: »Otto motzt« schallt eine Männerstimme durchs Haus. Zuhörer können anrufen, wenn sie die Radiomacher bei Fehlern ertappen: »Herr van Dammen hat Folgendes geschickt: Mit viel Vergnügen höre ich eure Sendung, bloß weiß ich nie, wie spät es ist, könntet ihr die Zeit bitte öfter nennen?« Die klare und muntere Radiostimme lacht. Er spielt ein Fragment von heute Morgen vor. Der Inhalt wird weitergespult: »Es ist halb sechs … Es ist zwanzig vor sechs … Viertel vor sechs. Es ist zehn vor sechs, es ist fünf vor sechs … Sechs Uhr. Einen guten Morgen!«

»Der Kaffee ist fertig! Ich habe wieder zwei Donuts gekauft.« Lex ist munter, als wäre er schon auf dieser Hochzeit.

Soll ich sagen, dass ich keine festliche Kleidung dabeihabe? Unter dem Vorwand, ich hätte mich mit dem Datum vertan, und dann die Schlüssel abgeben? Oder Natasja anrufen, dass es um ein Missverständnis geht, Misskommunikation? Der Gedanke, dass ich diejenige bin, die Natasja um Hilfe bittet, gefällt mir nicht. Ich mache einen Schritt: Nein. Ich kann Lex' Blick nicht ertragen. Seine flatternden Hände, roten Wangen, wie er tut, um alles reibungslos verlaufen zu lassen. Ich gehe so leise wie möglich zur Toilette. Schließe die Tür ab.

»Meine Familie weiß von dir. Ich habe nach meinem Dafürhalten eine ziemlich glaubwürdige Geschichte daraus gebastelt. Ich erzähle sie dir gleich«, ruft er.

Es riecht nach Bleichwasser. Das Licht weiß und grell. Ich rieche nach Rauch. Mein Magen macht knurrende Geräusche. Ich bin von der Elandsgracht aus zu Fuß hierhergekommen. Halb rennend. Der Stresstest erzählte mir: Wenn du angespannt bist, vermeide Eile: Lege alle fußläufigen Entfernungen gehend zurück. Ich mache das jetzt seit einer Woche, aber bisher bin ich überall zu spät gekommen. Die Stadt ist viel zu groß für Spaziergänger.

»Ich dachte, Frauen bräuchten so lange, um sich zu schminken. Du bist da eindeutig anders. Du bist ja auch ein seltsamer Vogel.« Lex lacht kurz, er drückt die Türklinke runter.

»Du hättest dich auch im Gästezimmer umziehen können.«

Ich drehe das Schloss auf.

»Hey! Du hast deine Arbeitskleidung ja noch an. Und wie du aussiehst! Hattest du eine wilde Nacht? Wir gehen gleich los, und dein Kaffee wird kalt.« Ohne sich umzusehen, geht er in die Küche. Gedankenlos folge ich ihm. »Ich habe meine festliche Kleidung vergessen.«

Lex schaut mich lange an, leicht missbilligend. »Hier, trink erst mal deinen Kaffee. Dann sehen wir weiter.«

8
Brave Leute

Ein großer Rucksack im Flur. Meine Mitbewohner von oben sind weg. Umgezogen. Nicht nur in ein anderes Haus, in ein völlig neues Leben. Sie freuten sich darauf. Ich hörte das Umzugsgepolter an einem Sonntagnachmittag, ekstatisch, voller Energie. Einfach so ein neues Leben.

»Fährst du noch weg diesen Sommer, oder warst du schon?«, fragt Lara.

»Noch keine Pläne, nein. Hast du alles gepackt?«

»Natürlich! Ich möchte dich um einen Gefallen bitten. Ich habe eine Untermieterin organisiert. Ein meganettes Chick, das garantiere ich dir. Wir sind fast gleich. Sie mag Ausgehen, Jungs und trinkt gern. Ich dachte, hier im Haus muss schon ein wenig Leben bleiben. Sonst komme ich wieder, und hier wohnen nur noch brave Leute.«

»Findest du mich brav?«

»Ich weiß ernsthaft nicht, wie ich dich finde. Aber was ich sagen wollte, der Vermieter weiß Bescheid, bloß kann ich ihr die Schlüssel nicht geben. Dann sitze ich schon in meinem String in der Sonne.« Sie girrt. »Würdest du das machen? Die Schlüssel? Sie kommt erst irgendwann im September. Ich schreibe ihr im Taxi deine Nummer.« Sie gibt mir zwei Schlüssel an einem rosa Schnürsenkel.

Ich kenne niemanden, der das macht. Vielleicht sollte ich es auch versuchen, reisen. Geld habe ich: Mein Leben ist nicht teuer. Um die Welt. »Jetzt geht es noch«, sagte Lara, als sie es erzählte. Sie meint eigentlich: Jetzt ist keiner da, der mir vorwirft, dass ich fliehe. Vor Erwartungen davonlaufe. Ein guter Job, und wenn nicht, ein Partner mit einem guten Job. Ein Haus mit Garten und Schaukel, einem Haustier und am liebsten noch einem Kind dazu. Natürlich denken wir in diesen Zeiten nicht mehr traditionell, aber auf die Dauer wird die Umgebung ungeduldig. Wird man älter, und fangen sie an zu fragen. Sogar Leute, die am wenigsten mit einem zu tun haben, die man aufs Geratewohl trifft, zum Beispiel in einem Café.

»Okay«, sage ich. Meine Stimme ist heiser.

»Ist was?« Ihre klingt munter, wie immer. Sie schaut von ihrem Rucksack zu ihrer Handtasche und wieder zurück. Doublecheck.

»Nichts.«

»Ich muss jetzt los, sonst verpasse ich meinen Flug noch. Komm her.«

Stiche im Magen, Schwindelgefühle im Kopf. Ich beiße auf meine Unterlippe.

»Bekomm ich noch einen hug, oder wie sieht's aus?« Sie packt mich kräftig an den Schultern, umklammert meinen Körper. Sie ist kleiner, aber fühlt sich stärker an. Diese Berührung ist anders als die anderen bewussten oder unbewussten Berührungen mit ihr. Wie Freunde. Sie riecht wieder süß, frisch, wie neu. Vorsichtig lege ich die Hände auf ihr Kreuz.

»Passt du gut aufs Haus auf?«

»Ja.«

»Und auf dich selbst?«

»Auch.«

»Dann geh ich mal.« Sie windet sich aus meinen Armen und nimmt ihren Rucksack. Hängt sich in die Gurte.

»Schleppst du das all die Monate mit dir rum?«

»Werde ich wohl müssen«, sagt sie. Ein Funkeln in ihren Augen. Als könnte sie es mit der Welt aufnehmen. Schon dabei ist. »Tschüssi!« Sie zwängt sich durch die Türöffnung.

In ihrem Zimmer steht ein Doppelbett an der Wand. Es ist kahl, so ohne Kissen mit Aufdrucken, undefinierbare Schmusetiere, bunte Poster und Bettzeug. Die Matratze ist an der Seite der Wand ein wenig eingesackt. Staub wirbelt über das zerkratzte Laminat. Der Schrank steht offen. Leere Bretter, bis auf einen roten Slip. Auf dem Schreibtisch eine Flasche Wein. Am Hals hängt ein Kärtchen für meine neue Mitbewohnerin. Auf der Vorderseite ein Schokoladendildo, auf der Rückseite: *Liebe Ilja. Hab eine großartige Zeit in diesem Haus, in dieser Stadt! Hier schon mal ein Anfang. Dicker Kuss. Auf bald! Liebe Grüße!*

Lara ist noch nicht ganz weg, und schon riecht das Zimmer miefig. Den Slip, die Karte und den Wein nehme ich mit in mein Zimmer.

Es ist still hier, hohl. Als würde niemand mehr hier wohnen, hätte niemand hier je gewohnt. Als würde das Haus schon seit Monaten leer stehen und leer bleiben.

56
Besondere Aufmerksamkeit

»Du darfst ruhig lachen«, sagt ein Mann im orangefarbenen Arbeitsoverall. Sein Kollege sitzt im Auto, die Fenster offen. Lachend schlägt er auf das Armaturenbrett. Ich sehe sie nicht an, sie rufen noch was. Es sind immer Männer, die solche Sachen rufen. Offensichtlich ist man als Frau dazu verurteilt, fröhlich zu schauen. Lachend über die Gehwege zu paradieren. Als würden Männer immer mit einem Lachen auf dem Gesicht herumlaufen.

Ich gehe rein.

»Was darf es sein?«, fragt die Kellnerin.

»Einen süßen Weißwein bitte.«

Sie schaut auf ihr Handgelenk, als trüge sie eine Armbanduhr. Dreht den Kopf, als würde sie sagen: »Musst du selbst wissen.« Es ist ein Uhr. Ich bin nach dem Saubermachen, ohne zu duschen, sofort hierhergegangen. Mein Handy brummt schon den ganzen Morgen. Mit jedem Anruf wächst der Druck auf mein Zwerchfell. Ich gehe ran.

»Ja?«

»Ich will ein normales Gespräch.«

»Ich auch«, sage ich.

»Schön, wie geht's?«, fragt er laut.

»Gut, und dir?«

»Schön. Wo warst du an meinem Geburtstag?«

»Zu Hause, und dir?«

»Konntest du keine Nachricht hinterlassen? Ist sogar das zu viel Mühe?«

»…«

»Hallo?«

»Ja«, sage ich laut.

»Nun gut, und was machst du jetzt nach dem Putzen?«

»Wie geht es dir?«, frage ich wieder.

»Wo bist du?«

»…«

»Vielleicht kannst du bei einem Zeitarbeitsbüro schauen, die haben immer was.«

»Und wie geht es dir jetzt?«, frage ich in demselben zwingenden Ton.

»Oder schreibst du an einem neuen Buch?«

»Du wolltest ein normales Telefongespräch«, sage ich.

»An deiner Stelle würde ich erst mal einen anderen Verleger suchen, einen bekannten. Einen, der eine Kampagne bietet. Marketing. Werbung, viel Werbung. Damit man dich sieht. Damit du Aufmerksamkeit bekommst. Besondere Aufmerksamkeit.«

»Ein normales Telefongespräch?«

»Und richtig gut wäre es, wenn sie dir einen guten Vorschuss geben würden, damit du das Putzen bleiben lassen kannst.«

»Edje!«, höre ich meine Mutter im Hintergrund rufen.

»Pa«, sage ich nach einer kurzen Stille. »Such dir Hilfe oder lass mich in Ruhe.«

»Ich will nicht, dass du so endest wie deine Mutter«, flüstert mein Vater.

»Aber«, sage ich. »Vergiss es.« Ich habe aufgelegt. Mein Telefon stumm geschaltet, so gelassen. Als wäre ich im Urlaub. Warum will und erwartet jeder besondere Aufmerksamkeit? Maurits versprach mir das auch. Marlène sagte, sie verdiene sie. Kamiel forderte sie auch. Aber der Punkt war, ist: Jede Aufmerksamkeit ist besonders, oder? Wenn ich mit meinem Vater spreche, spricht er in diesem Moment nicht mit den Nachbarn. Wenn die Kellnerin gleich kommt, konzentriert sie sich in diesem einen Moment auf mich, oder? Man kann auch zu viel wollen.

»Bitte sehr, ein süßer Weißwein.« Die Kellnerin schaut mich eindringlich an. Sie hat mich gehört, sie sieht mein Gesicht, lächelt. Ich hebe die Schultern, nehme ein paar große Schlucke, fühle mich bedeutend besser. Alkohol als Trost, als Freund, las ich irgendwo, es klang mir zu klischeemäßig.

Der Wein wirbelt mir durch den Kopf. Ich bestelle noch einen. Die Kellnerin fragt, ob es mir gut geht.

»Doch, danke. Und dir?«, sage ich lauter, als ich wollte. Sie lacht, sagt dann, ihr würde es auch gut gehen.

Ich suche mein Buch: *Der Pfirsich der Unsterblichkeit.* Nun, da ich so viel von Jan Wolkers aufs Neue lese, komme ich dahinter, dass seine Bücher, so blöd es klingen mag, ein Griff aus der Wirklichkeit sind. Kein Anfang, kein Plot, kein Ende. Es läuft, wie Tage jeden Tag wieder neu anfangen. Daran ist nichts Ausgedachtes. Die Figuren werden nach dem Buch weiterleben. Aber sie haben, auch bevor die Geschichte anfing, schon ein ganzes Leben gehabt. Die Mitte als Anfang und als Ende, als Teufelskreis.

Im Café ist es noch ruhig.

Ich bin hier Stammkundin.

Das ist, was ich tue, Pa.

Kundin sein.

25
Hitzewelle

Hallo, Peter,
meine Entschuldigung für die heimlichen Besuche. Damit möchte ich sagen, dass ich diejenige bin, die Ihre Dachterrasse genießt (sind Berend und ich die Einzigen, die auf Zehenspitzen durch Ihr Haus schleichen?).

Ich muss Ihnen auch sagen, nun, da ich erwischt wurde, dass ich Menno ausführlich begrüße. Ich fülle seinen Wassernapf auf und gebe ihm Futter. Aufmerksamkeit bekommt er an sonnigen Tagen ganz bestimmt nicht zu wenig!

Das Ausführen nehme ich gern auf mich. Aber wenn es bewölkt ist, habe ich oft andere Pläne. Darum ist es, denke ich, besser, weiterhin Berend für Menno kommen zu lassen.

Übrigens ist es bestimmt auch gut für ihn, sich künftig nicht mehr vor mir verstecken zu müssen. Das macht Berend nämlich gern: Er steht in Ihrem Büro, hinter Ihren Vorhängen, und bespitzelt mich.

Wir sind uns tatsächlich begegnet und haben miteinander gesprochen. Würden Sie ihm bitte sagen, dass Sie das wissen? Dass Sie wissen, dass ich auf Ihrer Dachterrasse sitze? Und auch sagen, dass ich weiß, wo er tagsüber hockt? Dass ich weiß, was er an einem solchen Tag macht?

Julia

PS. Ich habe Ihre Anrufe gesehen, ich habe absichtlich nicht zurückgerufen.

PPS. Danke, dass Sie mir nicht kündigen und ich Ihre Dachterrasse benutzen darf! Für die nächste Woche ist eine weitere Hitzewelle gemeldet!

PPPS. Ich habe noch keine Mutter gesehen, und die Entschuldigung ist natürlich angenommen.

122-D
Juli

»Hier wohnst du«, sagt der Yogamann. Wohlwollend schaut er sich um. Von dem großen Spiegel zu dem dunkelroten verschlissenen Sofa. Von dem an der Wand montierten Flatscreen zu den Leinwandfotos sonniger Kontinente. Langsam geht er am Bücherregal vorbei, den Kopf schräg.

Ich frage, ob er was trinken möchte.

Es ist halb eins, von mir aus kann der Wein schon aufgemacht werden.

»Ein Glas Wasser, danke.« Der Tag, an dem das ganze Land sich in Scharen auf den Wasserhahn stürzte, ist mir entgangen. Als ich klein war, tranken wir immer Fanta oder Saft. Seit Kamiel weiß ich, dass Leute Wasser als vollwertiges Getränk betrachten. Er trank kein stilles Wasser und auch kein Sprudelwasser, sondern Wasser mit medium Kohlensäure. Sanft.

»He! Jamie Oliver! Offensichtlich kochst du gern. Das trifft sich gut, finde ich auch total spannend. Was ist dein Lieblingsgericht von ihm?«

Ehe ich antworten kann, liest er die Titel vor, nicht, wie sie dort stehen, er übersetzt sie aus dem Englischen: »Jeden Tag Superfood, Jamies 15-Minuten-Mahlzeiten, Sparen mit Jamie, Jamies 30-Minuten-Mahlzeiten, Jamies Großbritannien, Jamies große Italienflucht. Du hast sie fast alle.« Er geht weiter zum Kühlschrank, zieht ihn auf. »Ich bin immer neugierig, was meine Dates im Kühlschrank haben.« Er steht da, als wäre er hier zu Hause, suchte eine Zutat.

»Magst du auch so gern Kapern?« Er zwinkert mir zu »Du hast nicht viel im Haus.«

»Nein«, sage ich.

»Entschuldige.« Er schließt die Tür.

»Was hast du zum Lunch gemacht?« Er schaut mich begierig an.

»Und wer ist das?« Er zeigt auf ein Foto. Das hatte ich noch nicht gesehen. Vor einer Stunde hatte ich alles, was zu persönlich war, mit einem gelben Klebezettel versehen, auf den ich geschrieben hatte, wo es stand, und unters Bett geschoben.

»Das«, sage ich. »Sind meine Nichten.«

Er nimmt das Foto und dreht es um. »Aus Oxford, ich wusste nicht, dass du Familie in England hast. Was weiß ich eigentlich von dir? Komm, wir setzen uns, ich will jetzt alles über dich wissen.« Er drückt mir das Foto in die Hände und geht am Esstisch vorbei. Seine Hand gleitet über das rohe Eichenholz, er nimmt Platz. Ich setze mich ihm gegenüber und klemme die Hände um mein Glas Fanta.

»Ich fühle mich sehr geehrt, dass ich dich endlich besser kennenlernen darf. Vor allem nach dem, was beim letzten Mal passiert ist. Normalerweise dauert es nie so lange.« Er lacht geheimnisvoll.

»Sorry dafür.« Meine Hände kribbeln. Dasselbe Kribbeln wie beim letzten Mal im Café.

»Schon gut. Ich bin natürlich schon ein wenig älter. Ein wenig Erfahrung habe ich schon, was dachtest du denn?« Er nimmt einen kleinen Schluck, lässt sich schwer gegen die Lehne fallen. Seine Mundwinkel formen sich zu einem Lachen. Mein Atem stockt. Als bekäme ich ununterbrochen kleine Elektroschocks.

Gestern Nachmittag habe ich halb betrunken durch die Sites mit Stellenangeboten sämtlicher Zeitarbeitsbüros gescrollt. Erst durch die Berufe, die jeder kann: Reinigungskraft für Züge, Aufsicht, Rezeptionist, Lagermitarbeiter, Hostess, Reinigungskraft zur Aushilfe, flexible Reinigungskraft für Büros. Dann die Berufe, von denen ich noch nie gehört habe oder für die ich nie angenommen würde: Wartungsmonteur für Sicherheitsanlagen, leitender Ingenieur, medizinische Sekretärin, Prozessoperator, Entwickler Mobile Apps, Traineeship Recruitment Consultant, Testkoordinator Infrastruktur, Informationsmanager. Ich klickte auf die Anforderungen, die man erfüllen muss, um Manager eines Apple-Stores zu werden. Verlangt wird, dass man unter anderem Erfahrung mit dem diplomatischen Lavieren zwischen kollidierenden Interessen von Kunden, Mitarbeitern und der Betriebsleitung des Stores hat. Man muss immer die Ruhe bewahren. Sich der im ständigen Wandel begriffenen Retailumgebung anpassen.

Nein, danke, ich hab schon.

»Was machst du denn?«, fragt eine willkürliche Person, mit einem willkürlichen Aussehen.

»Ich mache sauber.«

»In der häuslichen Pflege?« Ein wohlwollendes Nicken.

»Nein, bei Leuten mit Geld, die keine Lust oder keine Zeit haben, ihre eigene Wohnung sauberzumachen.«

»Okay?«

»Okay ist das Wort.«

»Wie bitte?«

»Nichts.«

»Okay.«

»Halt«, sage ich.

»Was sagst du?«, fragt der Yogamann, er räuspert sich.

»Nichts.«

»Ich muss sagen, du wohnst nett hier. Ich dachte, du würdest mit lauter Studenten in einem Haus wohnen. Ist das Eigentum, oder mietest du es?«

»Mein Vater hat es gekauft.« Ich wusste nicht, dass ich so schnell lügen konnte.

»Was für ein Luxus, eine gute Investition auch, bestimmt wohnst du hier noch jahrelang.« Er grinst, fragt, was wir essen.

»Ich hab Weißbrot und Schokostreusel.«

»Eine ganze Batterie von Kochbüchern … Nun gut, du verrückte Nudel.«

Ein Schlüssel im Schloss. Oder täusche ich mich? Nochmals wird ein Schlüssel ins Schloss geschoben. Er wird die Tür nicht aufbekommen, meiner steckt innen. Erschrocken stehe ich auf. Die Klingel. Laut und kurz.

Die Sachen müssen zurück, die Gläser müssen gespült werden, aber das Wichtigste: Der Yogamann muss weg.

»Erwartest du jemanden?«, fragt er aufreizend. »Mach nur, ich komme schon zurecht. Ich bleibe sitzen, wo ich sitze.« Wieder die Türklingel. Ein Stich in meiner Brust, mir ist schwindlig.

»Nein, es ist besser, du gehst.« Ich fege die Gläser vom Tisch, gieße sie leer und stelle sie in die Geschirrspülmaschine.

»Solltest du nicht erst mal die Tür aufmachen?« Er sitzt da, als würde er sich von einem pompösen Mahl erholen.

»Ja, und du musst gehen«, zische ich.

»Ist es dein Freund?«

Ich schüttele den Kopf.

»Dein Ex? Das wundert mich nicht. Wie ich schon sagte, ich kenne wenige Frauen, die so lange um ein erstes Date schleichen. Ich hab schon vermutet, dass da noch jemand im Spiel ist.« Er lacht: gelbe Eckzähne, dünne Lippen. Er zupft eine eingebildete Fluse von seinem Angorapulli.

Jemand hämmert gegen die Tür.

»Sita! Mach die Tür auf, ich weiß, dass du zu Hause bist.«

»Ja, ja, ich geh schon«, sagt der Yogamann lächelnd. »Ich glaube, du schuldest mir noch eine Erklärung, Sita.« Bei Sita wird seine Stimme tiefer. Ein breites Grinsen.

Das Herz klopft mir bis zum Hals, als ich zur Haustür gehe. Schnaubend schöpfe ich Atem, streiche mir eine Haarsträhne aus dem Gesicht. Es ist der Alkohol. Nach zahlreichen Zeitarbeitsbüros und anderthalb Flaschen Wein bin ich gestern vor meinem Laptop eingeschlafen. Um elf Uhr wachte ich erst auf. Ich habe eine Pizza gegessen, den restlichen Wein ausgetrunken und bin rausgegangen. Durch die Stadt streunen, das Einzige, was in diesem Moment zählt. Genau wie bügeln. Genau wie essen. Trinken. Niemand sieht mich. Es gibt die dunklen leeren Straßen und mich. Die saubere Wäsche und mich. Das Essen und mich. Das Trinken und mich. Nichts widerspricht mir. Will etwas von mir, nagt. Saugt.

»Wenn ich die Tür aufmache, musst du sofort, ohne zu grüßen, raus, nicht umschauen. Einfach weg.«

»Wer ist da bei dir?!« Eindeutig Pauls Stimme.

»Und was bekomme ich dafür?« Der Yogamann hebt das Kinn.

»Nichts.« Ich drehe den Schlüssel um, trete zur Seite und hole tief Luft. »Okay, geh!« Gleichzeitig stoße ich die Tür auf.

»Paul?«, sagt der Yogamann laut.

»Nein«, rufe ich.

»Noam?« Paul schüttelt den Kopf kurz hin und her. »Julia?«

»Was macht ihr hier? Julia, was für ein Tag ist heute? Du kommst doch immer morgens früh?«

Beide Männer schauen mich mit hochgezogenen Augenbrauen an.

»Weiß Sita davon?« Paul sieht gut aus, gesund. So wie das erste Mal, als ich ihn sah. Ich schüttele den Kopf. Ich stocke, will erklären, was ich getan habe, ziehe die Schlüssel hervor.

»Behalt die nur, ich weiß nicht, was du mit Sita abgemacht hast. Ich hole nur meine Sachen.« Hinter Paul steht ein Mann, den ich nicht kenne. Er hat die Hände in die Taschen seiner Lederjacke geschoben. Verlegen schaut er zu uns, dann lächelnd zu Boden.

»Ja, das ist …« Paul wird rot.

Der Yogamann steht hinter mir. Ich höre, wie er durch die Nase lacht.

»Paul, was ist passiert?« Der Yogamann reibt sich die Hände.

Paul zuckt die Achseln. »Es ist unglaublich schnell gegangen. Sita weiß noch von nichts.« Er steht noch immer im Türrahmen seines eigenen Hauses, wie ein Verwandter oder ein Spendensammler.

So unauffällig wie möglich gleite ich an ihnen vorbei. Der Yogamann zieht an meiner Hand. »Das ist also nicht deine Wohnung? Du überraschst mich immer wieder!«

Ich reiße mich los. Ich sage zu Paul, dass ich ihn noch anrufe. Dass ich nächste Woche für die Wohnung da bin. Paul nickt abwesend, fasst nach den Händen des Mannes hinter ihm. »Komm, hilf mir, die Sachen zu packen. Sollen wir danach was trinken gehen?«

»Gute Idee, ich glaube, wir haben uns was zu erzählen. Juli, kommst du auch mit?«, höre ich den Yogamann fragen. Ich bin schon eine Treppe tiefer, noch fünf weitere.

8
Dritte

Ich verlange eine Entschuldigung, sagt er kaum verständlich. Zwischen seinen Händen klemmt ein Becher schwarzer Kaffee. Es ist schon sein dritter Kaffee an diesem Morgen. Alles ab drei fällt auf.

So sah ich diese Woche vier weinende Mädchen auf der Straße und fünf Leute, die mit Handschuhen einen Apfel aßen.

Noch im Schlafanzug sitzt er am Esstisch. Wie jeden Tag kommt er um elf runter, nimmt am Tisch Platz und starrt die erste halbe Stunde vor sich hin. Erst nach dem Kaffee, den meine Mutter ihm jetzt schon seit dreieinhalb Monaten kocht, kehrt wieder Leben in ihn. Sein Leben. Er nimmt die Zeitung und fängt mit einem Kreuzworträtsel an. Vornübergebeugt sitzt er dort bis zum Tagesende und murmelt vor sich hin. Manchmal ruft er plötzlich ein Wort oder einen Satz, »ein anderes Wort für … japanischer Troll«, worauf es still bleibt. Meine Mutter lässt ihn. Sie meint, es sei besser, ihn kaum anzusprechen, »dann wird er von selbst wieder der Alte«, hat sie sich weisgemacht.

Heute starrt er nicht vor sich hin, sondern sieht mich und meine Mutter abwechselnd an. Seine Augen sind dick und wässrig. Ich hörte das Auto heute Nacht erst gegen drei Uhr auf die Auffahrt fahren. Ich könnte heulen, wie ich es gestern Abend auch getan habe.

Er ist ein dicker großer Mann mit breiten Hängeschultern. Vor vier Monaten waren sie noch zurückgebogen, aber seit dem Tod seiner Mutter scheinen sogar seine Schultern keine Lust mehr zu haben.

Ich ignoriere seine Forderung und schaue wie die vergangenen Monate auch an ihm vorbei. Jedes Wochenende komme ich nach Hause, nicht mehr wegen der Ruhe, sondern um meiner Mutter zu helfen. Sie bereitet die Mahlzeiten zu, wechselt seine Pyjamas und schaltet jeden Abend um acht Uhr den Fernseher auf RTL4. Damit er mit gut gefülltem Bauch seine Lieblingssoapserie schauen kann.

Er lacht sie oft aus, die Schauspieler. Nicht wegen ihrer schauspielerischen Qualitäten, sondern wegen ihrer Rollen. So findet er Jeff einen Schlappschwanz, Barbara eine abhängige Hausfrau und Nina ein verwöhntes Kind.

Ich verlange eine Entschuldigung, und zwar auf der Stelle!, sagt mein Vater, jetzt mit erhobener Stimme. Meine Mutter eilt mit einem Tablett in den Händen herbei, sie hat Angst vor einer Szene wie gestern, nachdem ich ihn mit Jeff verglichen hatte. Er will nicht mit dem Hund spazieren gehen, nicht mehr im Schuppen rumwerkeln oder mit dem Bäcker schwatzen.

Liegt es an deinem Alter?, frage ich ihn. Vielleicht befindet sich mein eigener Vater in einer

Midlifecrisis. Ich habe nie an das Wort geglaubt, ich machte nur Witze mit meinen Freunden darüber. Wir glauben, dass das Leben besser wird, immer nur besser, je älter man wird. Er atmet immer lauter, auf seiner Stirn treten die Adern von gestern Abend hervor, und er hat wieder diesen harten Blick in den Augen. Ich möchte meinen Vater in die Arme nehmen, ihn streichelnd beruhigen, wie ich es mit unserem Hund mache, wenn es ein Gewitter gibt.

Er sucht nach Worten.

Natürlich ist es nicht das Alter, natürlich ist es nicht nur meine Mutter. Es will einfach nicht mehr, Fiene, sagt er und hält sich die Fäuste vor die Augen. Ich musste gestern weg, sonst wäre es verkehrt gelaufen, ich bin durch die Stadt gekurvt. Und hab am Wasser gestanden, sagt er, während er unsere Blicke vermeidet.

Nie habe ich ihn weinen sehen, als wäre ich diejenige, die in einer Soap spielt. Mit einem schlappen Mann, einer abhängigen Hausfrau und einer naiv verwöhnten Tochter. In der wir drei füreinander spielen und keine Ahnung haben, wie es endet. Mein Vater sieht niedergeschlagen aus.

Ich zupfe an den Häutchen an meinen Fingernägeln herum, mein Daumen blutet, und ich stecke ihn in den Mund. Meine Mutter stellt das Tablett auf den Tisch. Sie steht am Kopfende, die Hände neben ihrem Körper hängend. Als ob ihre Schultern es auch aufgegeben hätten. Ich beiße die Häutchen weiter von meinem Daumen ab, und mir wird bewusst, dass meine Schultern noch den Stolz tragen, den ich mitbekommen habe. Und dass - wenn meine anfangen herabzuhängen - ich die Dritte bin und es dann erst richtig auffällt.

Laptop zu.

Es ist vier Uhr nachts, ich muss zur Toilette, aber ich habe keine Lust. Laptop wieder offen.

Sogar Internet ist öde, wenn das Ziel fehlt. Als ich noch Facebook hatte, ging es automatisch. All die Filme, Fotos, die Artikel, die man anklicken konnte, die wieder zu einem folgenden Link führten. Jetzt, da das nicht mehr da ist, sitze ich oft da und starre auf meinen Laptop, wie mein Vater auf den Fernseher starrt. Ich checke meine Mail, keine Nachrichten. Zum Ordner *lang*. Die letzte Mail von Marlène.

Julia,
du sprachst von Glück, dass unser Kontakt vor allem aus Mailkonversationen bestand. Ich muss zugeben, anfangs fand ich das schön und besonders. Fast idyllisch, ein wenig wie ein Paar: zusammen sein, ohne etwas zu sagen, es schön haben.

Mit Glück meintest du (das fand ich erst später heraus), dass du es schön fandest, die Gesprächsthemen selbst zu bestimmen. Über meine schwierigen Passagen hast du hinweggelesen. Ich kam dahinter, weil ich sie dir mehrmals mailte.

Du reagiertest nicht.

Dass du nicht darauf geantwortet hast, kommt, weil du nichts wissen willst. Den Kopf buchstäblich in den Sand steckst. Du liest keine Zeitung, schaust keine Nachrichten, Diskussionen, Talkshows, siehst nicht fern, suchst einen anderen Sender, wenn der Radiomoderator von Weltkatastrophen erzählt.

Du hörtest unseren Mitschülern, denen es schlecht ging (wegen sich selbst, eines anderen oder ihrer Texte), nie zu, du halfst mir nicht, wenn ich dir einen Text schickte, du wolltest ihn dir nicht anschauen, weil, so sagtest du, du nicht verstehen konntest, was ich schrieb. Es gibt einen Unterschied zwischen nicht wollen und nicht können.

Wo warst du, als es mir so dreckig ging? Nun, da ich darüber nachdenke: Warst du für deinen Vater da, in dieser schwierigen Phase? Du warst noch jung, aber du weißt selbst auch, dass ein labiler Mensch Rückfälle hat. Stehst du ihm jetzt zur Seite? Und deiner Mutter, standest du ihr zur Seite? Warst du für sie da? Und Kamiel, wie kommt es, dass er dich aus dem Haus geworfen hat? In deinen Büchern geht es doch auch nicht immer gut? Oder ist das einfacher für dich, weil es nicht von dir ist?

Ich weiß, dass in den letzten Monaten vor dem Abschluss alle Stress hatten. Aber bei mir war eindeutig mehr los. Das weißt du. (Du brauchst jetzt nur nach unten zu scrollen, solltest du dich fragen: Wovon redet sie?)

Sammelst du meine Mails auch, um sie schließlich herausgeben zu können? Oder handelt dein zweites Buch von deinem Vater? Bist du so jemand, der nur schreibt, wenn es dem anderen schlecht geht?

Für den anderen da sein kann genug sein. Von mir aus durftest du zuschauen, solange du nur für mich da warst. Aber das ist der Punkt, du bist nicht da.

Du hast meine Mailadresse benutzt, um Dampf abzulassen. Jetzt spüre ich erst, wie sehr wir aneinander vorbeigelebt haben. Das ist nicht meine Definition von Freundschaft, Julia.

Weil ich weiß, dass du meine Mail überfliegst, habe ich den wichtigsten Satz für den Schluss aufgehoben:

Hör auf, Kontakt zu suchen.

M.

61
Ich wohne hier

»Was genau soll das?« Er klingt weit weg.

Die Fliesen, das Waschbecken, die Tablettenschachteln. Alles ist, als wäre es in Luftpolsterfolie eingepackt.

»Nein«, sage ich. Das Wasser hat seinen Schaum verloren. Ich fühle mich genauso nackt, wie ich bin. Einen Arm über meine Brüste und eine Hand vor meinem Schritt, als würde er dann nicht sehen, dass ich keine Kleidung trage.

»Ich … Ja, ich …«, versuche ich, sogar meine Zunge fühlt sich dick an. »Wie sind Sie reingekommen?«

»Ich wohne hier.«

»Das weiß ich.«

»Du hattest den Schlüssel in der Haustür stecken lassen. Nachdem ich dreimal vergeblich geklingelt habe, bin ich durch die Hintertür hereingekommen.« Seine Augenbrauen hochgezogen.

Guido verschränkt die Arme und nimmt sich die Zeit, meinen Körper eingehend zu mustern.

»Die Hintertür.« Noch immer vergesse ich, dass es Menschen mit einer Hintertür gibt. »Ich muss hier raus.« Ich will aufstehen, aber das wird so nicht gehen. Zu lange Gliedmaßen im Verhältnis zu meinem Rumpf, mein Hintern zu groß, Brüste zu klein, mein Bauch zu dick, viel zu dick. So ein Reifen um meinen Unterbauch. So eine Fettschicht, von der Frauen über fünfundzwanzig sagen, dass sie mit den Jahren kommt und mit einer Wampe endet, denn, ja, leckeres Essen zu gegebener Zeit darf man sich nie versagen.

Vorsichtig ziehe ich mit dem Fuß an der Kordel des Stopfens, die Beine übereinander. Das Wasser gurgelt, versickert langsam schlurfend, zusammen mit meinen Augenlidern, Unterarmen und Nackenwirbeln, als würde alles aus mir gesaugt.

»Ich muss hier raus.«

Guido nickt, nimmt mein mitgebrachtes Handtuch, das auf dem Waschbecken liegt. Ich will es annehmen, aber er zieht es zurück.

»Erst hinstellen, sonst wird das Handtuch nass.«

Verkrampft stehe ich auf. Ich bleibe gebeugt stehen wie eine alte Frau, die zum ersten Mal vom Pflegedienst gewaschen wird. Ich reiße ihm das Handtuch aus den Händen und schlinge mir den groben Stoff um den Körper. Ein Handtuch von jemand anders zu benutzen ist dasselbe, wie sich die Zähne mit der Zahnbürste seines Vaters zu putzen, das macht man nicht.

»Jetzt muss ich raus.« Meine Füße stehen in einer niedrigen Wasserlache.

»Dann mach.« Guidos ironischer Unterton ist verschwunden. Als hätte er sich in eine Person verwandelt, die etwas vorhat.

»Ich würde es schätzen, wenn Sie das Badezimmer verlassen würden, damit ich mich abtrocknen und anziehen kann«, sage ich. Das Badezimmer ist für eine Person gemacht, oder für zwei verliebte Menschen.

»Ich wohne hier, das ist mein Badezimmer.«

Ich stehe jetzt neben ihm, spüre seine Körperwärme.

Er riecht nach Schweiß. Eilig ziehe ich meinen Slip an und meine Hose. Das Handtuch gleitet von meinem Körper.

»Solltest du dich nicht abtrocknen?«

Meinen BH stopfe ich in meine Hosentasche. Ich ziehe mein Hemd und Shirt an, das ich runterrollen muss.

»Das ist nicht gut für die Haut.« Guido grinst. Er hat recht, aber ich gönne ihm nicht noch mehr Nacktheit.

»Gut, ich gehe.« Ich stampfe die Treppe hinunter.

»Möchtest du nicht noch was trinken? Oder ein wenig tanzen im Wohnzimmer?«, ruft er mir nach. »Warte, ich sollte es nicht tanzen nennen!«

Ich lasse die Schlüssel im Schloss stecken. Draußen erst frage ich mich, wieso Guido so früh von seiner Arbeit zurück ist. Ich will die Telefonnummer von Clean Matching suchen. Ein entgangener Anruf: der Yogamann. Und zwei Nachrichten: *Ich sah dich auf dem Rad, wohin fährst du?* Eine Stunde später: *Zeit für einen Kaffee? Oder gemeinsam Mittag essen? Du schuldest mir noch eine Erklärung, Sita :-)*

Ich drücke ihn weg, ihn will ich nicht mehr sehen.

»Natasja, ich möchte ab sofort eine neue Adresse, jemanden ohne Kamera, jemand, der nie zu Hause ist und nicht unerwartet nach Hause kommt.«

1
Ich folge

Ich sitze hier schon eine Weile. Mit Ausblick auf einen alten Kerl, der hier, glaube ich, wohnt. Sein Haus ist der vierte Barhocker von links. Er sitzt wie immer vornübergebeugt. Eine magere Erscheinung. Sein Jeanshemd ist in seine Hose gestopft, ein breiter Gürtel. Manchmal streckt er plötzlich den Rücken, lehnt sich zurück, zieht den Bauch ein. Dann denke ich, er steht auf, wird dem Volk erzählen, wie die Welt funktioniert. Aber was er macht, ist, eine Hand in seine Hose zu zwängen. Ganz langsam. Als würde das Gehänge immer an der falschen Stelle landen, und er müsste es wieder richten. Er sieht nichts und niemanden, starrt nur auf sein Bierglas.

Der Junge taucht aus dem Nichts auf, stellt zwei Bierflaschen auf den Tisch. »Jetzt, wo du meine Wohnung gesehen hast, will ich deine sehen.« Er sagt es nicht mit Überzeugung.

»Ich habe keine ganze Wohnung.«

»Wo wohnst du denn?«

»Ein Zimmer in einer Wohnung.«

»Das ist doch egal, oder?« Er reibt sich das Gesicht, als wäre er gerade erst wach, würde auch keinen Rhythmus kennen. Er fragt, ob ich was genommen hätte. Ich sage ja, sechs Wein. Er schaut mich prüfend an. Ich sage nein. Und wir lachen. Er redet. Nicht über sich selbst, sondern darüber, was er gesehen hat: eine Taube, die plattgefahren unter einer

Brücke lag, und dass alle einfach über sie hinwegbretterten, während ihre Beine noch in die Höhe ragten.

Er fragt, ob es mich nervt, dass im Sommer alle Straßen aufgerissen sind.

»Nein. Dich?«

»Nicht? Mich schon. Alle, du brauchst bloß morgens mit dem Rad durch die Stadt zu fahren, um den Hass zu erleben.«

»Ich fahre auch morgens mit dem Rad durch die Stadt.«

»Worauf achtest du dann?«

Ich zucke mit den Schultern, nehme einen Schluck.

Er sagt, dass das Klima krank geworden ist. Unsere Gespräche haben keine Übergänge, er führt, ich folge. Natürlich.

Wieder tritt Stille ein, die nicht unbehaglich ist, und ich knibbele wieder die Etiketten von den Flaschen. Er ist wie nachts duschen: ein stetes Geräusch in einem schlafenden Haus. Das lauwarme Wasser auf meinem Gesicht. Mein Nacken und meine Schultern, die sich nur dann zu entspannen scheinen.

33
Von großer Bedeutung

»Guten Morgen, bist du an der richtigen Adresse?«, fragt ein junger Mann im Türrahmen. Die Tür ist gigantisch, ebenso wie der Flur dahinter.

»Ich bin von Clean Matching. Die Haushaltshilfe, ich komme zum Saubermachen.«

»Pardon. Willkommen. Leg nur los.« Er stellt sich nicht vor, durchkreuzt den Flur mit energischen Schritten und biegt dann links ab. Ich folge ihm. Er setzt sich an einen Computer und tippt wie besessen auf der Tastatur, als hätte er hier die ganze Nacht gesessen. Er ist schmächtig. Die Computer auf den Schreibtischen sind groß. Auf jedem zwei Bildschirme. Es riecht nach altem Kaffee.

Der Flur führt mich nach rechts, dort steht eine schwarze, kleine Theke. Niemand sitzt dort. Dahinter eine Küche. Nur eine kleine Anrichte, darauf ein Topf mit benutzten Teebeuteln. In einem Schrank finde ich einen Eimer und ein karges Angebot Reinigungsmittel. Und Großverpackungen Süßigkeiten. Eine Dose Haribo, eine mit Schokolade und eine mit Keksen. Ich nehme ein Twix, reiße es auf und schlinge es hinunter.

Natürlich habe ich verschlafen, hastete ohne Frühstück hierher. Der Junge lag noch in meinem Bett. Ich hoffe, er liegt dort noch, wenn ich gleich nach Hause komme.

Heute Nacht habe ich Tee für mich gemacht und löslichen

Kaffee für ihn. Er sagte, er fände mein Zimmer gemütlich. Ich habe nur einen Stuhl. Einen Tisch und ein Bett. Erst saß er auf meinem Holzstuhl und ich auf dem Bett. Dann gingen wir in Laras leeres Zimmer. Wir schoben ihr Bett ans Fenster und schauten von der kahlen Matratze aus zu den umherirrenden und schreienden Menschen auf dem Overtoom. Wir landeten in meinem Bett, mit Sachen an. Ohne Streicheleinheiten, Rumküssen oder sonstigem kompliziertem Hickhack. Wir lagen dort, als wären wir allein und redeten mit uns selbst. Ich erzählte von den Gesprächen in meinem Kopf. Nicht wörtlich, ich brachte die andere Stimme zu Gehör. Er schien es nicht zu merken. Ging auf die Stimme ein, als ob ich dieser Jemand wäre.

Ich nehme noch ein Twix, stopfe es wieder in mich hinein. Ein Mars, ein Bounty und noch ein Mars.

Das ganze Gebäude riecht nach Kaffee und Kopiermaschinen. Oben stelle ich fest, dass es noch ein viertes Stockwerk gibt. Außer Atem. Meine Schläfen, irgendwann explodieren sie.

Vorsichtig öffne ich die Türen. Aus der Ferne höre ich Stimmen, als wären alle gerade wach. Hinter einer Tür ein runder Tisch mit Frauen und geraden Rücken. Sie halten eine Besprechung ab, schauen verstört auf, als ich den Kopf um die Ecke stecke.

Hinter der Tür daneben eine Reihe von Tischen mit Computern, Leuten, die pausenlos tippen.

Ich fange mit der Toilette an. Auf der Fensterbank steht eine weiße Orchidee in einer kleinen Vase.

»Darf ich mal kurz?« Eine Frauenstimme. Ohne abzuwarten, betritt sie denselben kleinen Raum. Ich fliehe nach draußen. Auf dem Waschbecken steht auch eine Orchidee, eine lilafarbene. Im Spiegel sehe ich meine geschwollenen Augen, dunkle Augenschatten und weiße Haut.

Die Frau schaut mich nicht an.

Hier sehen alle gleich aus: groß, weiß, dunkelblonde Haare, und sie tragen helle Hemden oder Blusen zu einer schwarzen Stoffhose. Ihr Gesichtsausdruck ist auch gleich, als wäre alles, was sie tun, von großer Bedeutung.

»In den Büros putze ich nicht«, sage ich zu mir selbst. Ich wische das Treppengeländer ab.

»Verzeihung.« Ein anderer junger Mann geht vorbei. Sein Blick ins Unendliche gerichtet.

»Ja.« Ein ähnlicher Typ Mensch stürmt an mir vorbei.

»Morgen.« Eine Frau, die in meinem Alter sein müsste.

»Sorry.«

»Kann ich mal vorbei?«

Marlène will mich nicht. Aber was, wenn ich sie will? Nicht ohne sie sein kann? Angenommen, sie sieht mich wieder als vollwertigen Menschen? Wäre dann alles wieder so, wie es war? Würde ich dann wieder eine oder mehrere Nachrichten in meiner Mailbox vorfinden, wenn ich nach Hause komme? Ich will sie besuchen. Ich will ihr Haus riechen: Riecht es nach Raumspray? Ist es immer kalt, weil sie gut lüftet, oder wird es nach Essen riechen? Knoblauch und Zwiebeln. Ich will mir ihren Eingang ansehen, ihr drei Küsse auf die Wange geben, ihr Parfüm riechen, ihre Haut spüren. Wird ihre Haut noch immer glatt sein? Hat sie noch immer rissige Lippen? Welchen Labello benutzt sie jetzt? Heuschnupfen oder doch eine Allergie? Ich will wissen, welche Sachen in ihrem Schrank hängen, was auf ihrer Spüle steht. Ich will ihr Bett sehen, darauf liegen, ihre Decken spüren. Wissen, ob sie Weichspüler verwendet. Ich muss mir ihre Wände ansehen. Hängt das Kinderfoto von ihr in einer Hütte noch da? Lackiert sie ihre Fingernägel noch immer so sorgfältig? Ich will ihren Mann kennenlernen, ich will wissen, ob sie zusammen essen, ob sie mit ihm redet. Ich werde ihm die Hand geben, meinen Namen nah an seinem Gesicht nennen und seinen Atem riechen können, wenn er seinen ausspricht. Ich will wissen, wie sie das macht: all die Räume, all die Leben, all die Arbeit in einem einzigen Haus. Und das Wichtigste: Was macht sie? Wohin geht sie jeden Tag? Hat sie einen Laptop von der Firma, oder arbeitet sie zu Hause, freiberuflich?

»Halt, halt!«

Jemand sieht mich mit hochgezogenen Augenbrauen an, rennt weiter die Treppe hinunter.

»Kochst du auch Kaffee? Ich hab total Lust auf Kaffee.«

»Verzeihung.« Ein Mann, noch jung.

»Morgen.« Ein Mann oder eine Frau.

»Hinter dir.« Ein Mensch.

Der Staubsauger. Er ist rund, rot, hat Augen und einen lachenden Mund. Das Stück, an dem die Schlange befestigt ist, soll seine Nase sein. Die ganze Schlange ist seine Nase. Der Staubsauger ist mächtig schwer und unpraktisch.

»Heißer Kaffee!«

»Dieser Staubsauger, geht das auch später noch?«

»Darf ich mal?«

»Verzeihung.«

»Verzeihung.«

»Morgen.«

»Kann ich vorbei?«

»Entschuldige, aber ich hab dich was gefragt, dieser Staubsauger, geht das auch später? Ich bin mitten in einer wichtigen Besprechung.« Der Mann sieht mich mit feurigem Blick an. Eine falsche Antwort, und er wird mir mit der flachen Hand ins Gesicht schlagen.

»Reagier nicht so panisch, er bittet dich einfach, mit dem Staubsaugen aufzuhören.« Die Stimme, die heute Nacht gehört wurde, jetzt aber unterdrückt wird.

»Er bittet nicht einfach. Sieh dir nur diese Visage an. Diese Augen.« Es ist die Müdigkeit. Ja klar, das weiß ich. Es ist die Müdigkeit, ich weiß, dass Gedanken dann ihre eigenen Wege gehen. Als wäre ich diejenige, die folgen muss, aber nicht folgen will. Meine Muskeln sind schon ganz schlapp, mein Mund ist trocken und von innen kaputt. Vitaminmangel. Sagte der Junge gestern Nacht. Er hat viel Ärger mit einem kaputten Mund. Er hat viel Ärger mit sich selbst. »Aber wer nicht?«, fragte er.

»Es gibt genug andere Arbeit zu tun.«

»Es gibt immer genug andere Arbeit zu tun.« Bis auf das Getöse des Staubsaugers ist es still. Ich sehe den Mann an. Er mich auch. Es wirkt, als wolle er ein angeekeltes Gesicht ziehen, aber seine guten Manieren unterdrücken diesen Blick. Als wäre ich Haarklumpen, vermischt mit Nägeln, aus dem Ausguss der Dusche, ausgebleichte Sojasprossen aus dem Küchenausguss. Ungeziefer. Eine eitrige Wunde, eine aufgekratzte Wunde, eine Krankheit, ein Tumor auf Beinen.

Ich lasse den blasenden Apparat los. Der Körper donnert drei Treppen hinunter. Die Schlange holpert achtlos hinterher. Der Stecker oben springt aus der Steckdose.

»Wie bitte?«, fragt der junge Mann. »Wie bitte? Was soll

das heißen?« Sein Zeigefinger belehrend. Wir sind gleich alt. Ich will ihm ins Gesicht spucken.

»Was für ein Getöse!« Jemand kommt aus dem Büro.

»Kann ich vorbei?«, fragt eine junge Frau mit zusammengezogenen Augenbrauen.

»Was geht hier vor sich?«

»Kann mir mal jemand erklären, was hier los ist?«

»Was macht dieser Staubsauger im Flur vor der Treppe? So können wir unsere Kunden doch nicht empfangen?«

»Haut sie ab? Ich habe die, glaube ich, nie vorher gesehen.«

»Sie klaut unsere Süßigkeiten!«

»Hallo, die traut sich!«

»Ich rufe dieses verdammte Büro wieder an, das ist schon die zigste, die hier alles vermurkst.«

»Wie schwierig kann es denn sein?«

»Ja, wie schwierig kann es sein?«

27
Das Haustier des anderen

Der Junge lag nicht mehr in meinem Bett. Ich hatte Süßigkeiten für zwei mitgenommen. Die aber allein aufgegessen. Die Nächte danach habe ich ihn auch nicht mehr gesehen. Mehrmals bin ich an seinem Haus vorbeigegangen. Ich habe sogar darauf geachtet, was ich unterwegs sah.

Ich habe mich ein paar Mal an der Elandsgracht draußen in ein Café gesetzt. So konnte ich seine Haustür beobachten. Ich zweifelte an mir, ob ich etwas Falsches gesagt hatte. Hätte ich mich mehr entblößen sollen? Oder mich verabschieden, bevor ich wegging? Da stehe ich nun, ich kenne nicht einmal seinen Namen.

»In einer knappen halben Stunde schließen wir. Möchten Sie noch was bestellen?«

Ich schüttele den Kopf. Im Café sitzen noch fünf andere. Alle allein an einem Tisch. Es werden keine Geschichten erzählt. Es ist nicht gesellig, es wird nicht genossen. Es wird gewartet. Eine junge Frau schaut schon, solange ich hier sitze, verbittert vor sich hin. Nach jedem Schluck zieht sich ihr Gesicht kurz zusammen.

Ich kippe meinen Wein runter, bezahle.

Vögel drehen schwirrend ihre Runden. Vögel, die einem zeigen, dass der Tag warm wird. Mit meiner Jacke unter dem Arm laufe ich direkt, und ohne zu zögern, zu seinem Haus. Die Schlüssel hängen an meinem eigenen Schlüsselbund.

Die Stadt ist ausgestorben, alle sind im Urlaub.

Er wohnt in einer Gasse hinter dem Dam. Vorsichtig drehe ich das Schloss auf. Sein Haus riecht miefig. Der Geruch des Wasserrohrbruchs beherrscht das ganze Haus. Die Fußmatte ist mit Umschlägen übersät, die räume ich morgen auf.

Die Lichter lasse ich aus, ich kenne den Weg.

Leon liegt auf der Seite unter einer großen Bettdecke. Er hat keine Kissen. Ein Arm liegt unter seinem Kopf, der andere ruht unter der Decke.

Seine langen Haare kleben ihm wirr am Kopf, seine geschlossenen Augenlider zittern. Ein paar Minuten lang lausche ich dem regelmäßigen Atem, ich will von seiner Ruhe angesteckt werden. Es ist dieselbe Stille, die nach einem ersten Schneefall in der Stadt herrscht: Alle Geräusche werden gedämpft, die Straßen sind eingeschränkt begehbar, und es gibt weniger Eile, weniger Chaos. Als hätte der Schnee kurz den Druck von meinen Schultern genommen. Hätte alles zugedeckt, wie Autos auch niedlich aussehen können mit Schnee auf dem Dach und auf den Seitenspiegeln.

Im Bruchteil einer Sekunde sehe ich mich selbst von oben: die Jacke unter dem Arm, meine Leinentasche in der Hand, mit angehaltenem Atem stehe ich am Fußende eines schlafenden Mannes. Bobbi, der fragte auch nichts, der war einfach nur da. So sollten wir sein: das Haustier des anderen. Aber Bobbi ist tot, und Leon ist allein.

Ich hänge meine Jacke über seine kurzen Mäntel im Flur. Meine Tasche an einen leeren Haken. Ordentlich. Wie fast alles hier sorgfältig hingestellt wurde. Langsam ziehe ich meine Turnschuhe aus, stelle sie neben seine aufgereihten Lederschuhe. Ich komme von einem langen Arbeitstag nach

Hause. Toben in meinem Kopf, als hätte ich Gegenwind und als bestünde keine Möglichkeit, sich mit dem Rad dagegenzustemmen. Ich muss absteigen, eine Weile zu Fuß gehen. Ich höre nichts, nur das Wüten des Windes.

Auf Zehenspitzen gehe ich zurück.

Er hat sich auf die andere Seite gedreht. Wenn er jetzt aufwacht, wird er erschrecken, die Schlüssel zurückfordern oder sogar die Polizei anrufen, weil seine Putzhilfe halbnackt in seinem Schlafzimmer steht.

Sein Atem stockt, ich erstarre. Meine Hände sind klamm, ich habe meine Socken noch an. Ein paar Sekunden hänge ich über seinem schlafenden Körper, der säuerlich und alt riecht.

»Hier bin ich endlich, dein Haustier.« Meine Stimme ist heiser, hat noch nicht gesprochen. Am liebsten hätte ich geduscht, ich rieche mich selbst.

Ich schlage die Bettdecke auf. Bewusst oder unbewusst macht er Platz, als wäre ich seine Partnerin, die kurz zur Toilette war, während er in der Zwischenzeit die maximale Fläche des Doppelbetts genutzt hat.